로크미디어가
유혹하는
재미있는 세상
ROK
MEDIA
로크미디어

어게인 마이 라이프

SEASON 2

어게인 마이 라이프 Season 2 20 완결

2017년 7월 20일 초판 1쇄 인쇄
2017년 7월 25일 초판 1쇄 발행

지은이 이해날
발행인 이종주

기획 팀 이기헌 왕소현
책임 편집 최전경

발행처 (주)로크미디어
출판등록 2003년 3월 24일
주소 서울시 마포구 성암로 330 DMC첨단산업센터 3층 314호
Tel (02)3273-5135 **Fax** (02)3273-5134
홈페이지 rokmedia.com **E-mail** rokmedia@empas.com

값 8,000원

ISBN 979-11-294-0016-1 (20권)
ISBN 979-11-255-8823-8 04810 (세트)

SEASON2
Again my Life
어게인 마이 라이프
SEASON2

이해날 장편소설

20 완결

ROK
MEDIA
로크미디어

CONTENTS

Chapter 1

"해외로 자금을 빼돌리고 있는 것 같습니다."

희우의 말에 윤수련 검사의 놀란 목소리가 빠르게 흘러나왔다.

- 네? 자금 도피요?

희우는 작게 한숨을 내쉬었다.

"아직은 가정이지만 거의 확실하다고 봅니다. 한상제 변호사가 사망에 이를 정도라면 그건 우리가 상상할 수 없는 막대한 돈 또는 그 돈에서 나는 구린 냄새 때문이겠죠."

- ……!

"쉽지는 않겠지만 몇 년 동안 제왕 그룹이 해외 사업에 진출한 내역을 확인해 주십시오. 자금 도피를 했다면 적법한

외환 거래인 것처럼 위장했을 겁니다."

수화기 너머에서 윤수련 검사의 한숨이 흘러나왔다.

제왕 그룹은 해외에 공장을 세우고 투자를 하는데 활발한 활동을 하는 회사다. 당연하지만 그 숫자만 해도 한두 개가 아니다.

어마어마한 숫자가 전 세계에 뻗어져 있었다.

그것을 모두 조사한다면 오랜 시간이 걸릴 것은 깊게 생각하지 않아도 쉽게 예측할 수 있었다.

하지만 해야 했다.

윤수련 검사가 입을 열었다.

—알겠어요. 하지만 시간은 조금 걸릴 겁니다. 하루 이틀 내로 할 수 있는 일은 아니에요.

"얼마나 걸릴 것 같죠?"

—빨라도 두 달요.

"전부 찾을 필요는 없습니다. 투자 후 1~2년 안에 폐업하고 제왕 그룹이 가지고 있던 지분을 조세 피난처의 회사로 매각한 곳을 위주로 조사하면 나올 겁니다."

—……!

수화기 너머에서 잠시 아무 말이 없었다.

윤수련 검사가 생각에 빠진 것이다.

잠시 후, 윤수련 검사의 목소리가 흘러나왔다.

—그러니까, 조세 피난처에 있는 회사 역시 알고 보면 제

왕 그룹의 회사였다는 건가요?

"아마도?"

-그렇다면 제왕 그룹은 해외에서 손해 본 금액을 손실 처분으로 회계 처리했겠네요.

"네, 하지만 손실이 아니죠. 천호령 회장이 밖으로 빼낸 돈일 뿐이죠."

윤수련 검사의 한숨 소리가 들렸다.

-알겠어요. 지금부터 조사해 보겠습니다.

"기간은 최대한 짧았으면 좋겠네요. 얼마나 걸립니까?"

-글쎄요. 늦어도 한 달?

방금 말했던 빨라도 두 달과 늦어도 한 달의 차이는 컸다.

희우가 슬쩍 웃으며 말했다.

"힘들겠지만 부탁드립니다."

그리고 전화를 끊었다.

옆에서 상만이 눈을 깜빡이고 있었다.

"천호령 회장이 돈을 밖으로 빼내려 한 건가요? 왜요?"

"왜라니?"

"천호령 회장은 돈이 많잖아요. 그런데 왜 돈 더 벌려고 그 귀찮은 일을 하는 거예요?"

희우가 어깨를 으쓱해 보였다.

"글쎄, 천호령 회장이 귀찮은 일을 직접 했을까? 지시했겠지. 실제로 움직이는 사람은 따로 있지 않겠어?"

상만이 고개를 저었다.

“정말 이해가 안 가요. 그 많은 돈을 가지고 있으면서 왜 계속 돈을 벌려고 하는 건지 모르겠어요.”

“돈에 잡아먹혔으니까.”

“전 절대 안 잡아먹힐 거예요.”

“그럼 커피는 네가 사라.”

희우의 말에 상만이 어이없다는 표정을 지었다.

“사장님, 기억 안 나시나 본데요. 커피는 선불이었고요, 제가 샀어요.”

희우가 미소를 지으며 고개를 끄덕였다.

“그럼 잘 마실게.”

그리고 커피 잔을 들어 입에 댔다.

그는 천천히 생각에 빠져들었다.

상만에게는 아무 말도 하지 않았지만 희우는 이제야 천호령 회장이 왜 자신에게 USB를 넘겼는지 알 것 같았다.

천호령 회장은 세상의 혼란을 원하고 있었다.

그 이유는 원래 그가 생각하던 계획과 어긋났기 때문이다.

천하민의 구속과 대통령과의 갈등으로 천호령 회장이 머릿속에 그리고 있던 그림은 완전히 찢어져 버렸다.

하지만 천호령 회장은 다른 그림도 손에 들고 있었다.

그게 바로 지금의 사건, 희우에게 USB를 넘겨 세상을 혼란에 빠뜨리려는 것이다.

'대한민국의 모든 기관이 순간 공황 상태에 빠졌을 때를 노리는 건가?'

그 시기를 틈타 더 많은 재산을 해외로 빼돌리려 하는 것 같았다.

여기까지는 예상되었다.

세금 문제와 같은 이유로 해외로 돈을 빼내려는 사람은 많으니까.

'그런데…….'

희우의 눈이 찌푸려졌다. 아직 풀리지 않는 게 있었다.

'단지 세금을 내기 싫어서 대한민국을 혼란에 빠뜨리려 하는 건 아니잖아?'

희우의 눈동자는 점점 차가워졌다.

하지만 풀리는 것 없었다.

며칠 후, 희우의 집.

집 안에 돌상이 차려졌다.

호화찬란한 돌상은 아니다.

식탁에 과일 몇 개와 케이크를 가져다 둔 게 전부였다.

희우가 딸 귤희를 앉힌 유아 의자를 식탁 앞으로 끌어 놓은 뒤 몸을 돌렸다.

그의 앞에 부모님과 아내가 보였다.
희우는 꽤 이름이 알려진 국회의원이다.
비록 무소속이라 할지라도 그가 돌잔치를 연다는 말이 돈다면 어느 장소를 빌린다 하더라도 자리가 모자랄 것이다.
희우의 아내 역시 마찬가지였다.
그녀는 천하 그룹의 막내딸로, 한때는 경영을 하기도 했던 사람이다. 대한민국의 내로라하는 경제인들이 참석한 돌잔치를 만들어 줄 수도 있었다.
하지만 두 사람은 그런 허례허식을 선택하지 않았다.
손님을 부르지 않고 가족끼리만 간략히 하기로 했다.
아쉬운 점이 있다면 아내의 오빠들이 참석하지 않는다는 것이다.
잠시 아내의 표정을 보던 희우가 시선을 돌려 부모님을 바라봤다. 그리고 말했다.
"그럼 귤희 생일 노래를 부르고 돌잡이할까요?"
부모님이 고개를 끄덕였다.
하지만 고개만 끄덕였을 뿐이다.
희우가 무슨 말을 했는지 들리지 않는 것 같았다.
부모님의 시선은 희우를 향하지 않았다.
오로지 귤희만 보며 우리 손녀가 제일 예쁘다, 미스 코리아에 나가야 한다 같은 말을 하고 있었다.
희우는 부모님을 보며 미소 지었다.

지금의 이 삶, 이 행복을 지키고 싶었다.
이전의 삶에서 희우는 부모님이 교통사고로 돌아가셨다.
그의 성격은 음침했고 이런 행복이 있다는 것조차 몰랐다.
희우의 시선이 슬쩍 주방에 걸린 달력으로 향했다.
앞으로 남은 날짜들을 보자 입안이 바짝 마르는 것이 느껴졌다.
그가 죽었던 날이 빠르게 다가오고 있었다.
아무래도 불안할 수밖에 없었다.
희우는 작게 고개를 저었다.
'살아야지. 꼭 살아야지.'
딸 귤희에게 아빠가 있는 행복을 알려 주고 싶었다.
희우의 시선이 다시 부모님과 딸에게로 향했다.
그가 큰 목소리로 입을 열었다.
"생일 축하 노래 부를게요."
이제야 그의 목소리가 부모님에게 닿았나 보다.
부모님이 고개를 끄덕이며 귤희의 앞에서 한발 물러섰다.
아내가 희우를 보며 말했다.
"불 끄고 노래 부르자. 커튼도 칠까?"
아무래도 촛불은 어두울 때 쳐야 느낌이 산다.
아내가 커튼을 치고 있을 때, '딩동' 하고 초인종이 울리는 소리가 들렸다.
인터폰을 확인하던 희우가 어색하게 웃었다.

희우의 표정에 커튼을 치던 아내가 묻는다.

"누군데?"

"상만이."

"응? 상만 씨?"

분명 가족끼리만 한다고 말했었다.

하지만 집 안으로 들어온 상만은 크게 웃으며 말했다.

"저도 가족이잖아요, 희우 형, 희아 누나. 하하하하."

희우의 아버지 찬성이 고개를 끄덕였다.

"상만이는 가족이지. 가족이야. 어서 들어와."

"감사합니다."

상만이 큰 목소리로 인사했다. 그리고 양손에 들고 온 쇼핑백을 희우의 아내에게 건네며 말을 이었다.

"아기 옷하고 장난감요. 제가 이런 거 고르는 센스가 없어서 영수증도 넣었어요. 혹시 마음에 안 들면 가서 교환하시면 돼요. 하하하하."

상만이 들어오자 시끌벅적해졌다.

아내가 살짝 웃으며 고개를 끄덕였다.

"감사해요."

희우가 상만을 보며 말했다.

"생일 축하 노래 부를 거야. 열심히 불러라."

"그럼요, 제 조칸데 당연히 열심히 불러야죠."

희우가 손뼉을 쳤다.

"그럼 이제 생일 축하 노래 부를게요."
하지만 이번에도 부르지 못했다.
다시 딩동, 초인종 소리가 울렸기 때문이다.
희우가 다시 인터폰을 확인했다.
"……!"
희우의 눈이 아내를 바라봤다.
눈을 마주친 아내가 눈을 깜빡였다.
"누군데?"
"형님."
"……?"
둘째 김자혁이었다. 천하 자동차 대표이기도 했다.
현관문이 열리고 김자혁이 들어왔다.
희우는 김자혁에게 살짝 고개를 숙였다.
"감사합니다."
정말 감사했다.
김자혁은 현재 희우와, 그리고 첫째 김용준과 대립하고 있었다.
하지만 그렇다고 해도 아내의 오빠였다.
부모님이 계시지 않은 아내에게는 둘밖에 남지 않은 형제였다.
김자혁이 슬쩍 미소 지었다.
"돌잔치를 할 때는 일 이야기를 하지 않을 테니 걱정하지 마."

희우가 다시 그에게 고개를 숙였다.

"그럼 더 감사합니다."

김자혁은 희우의 부모님께 목례한 후 희우의 아내이자 자신의 동생에게 시선을 향했다.

다른 말은 없었다. 그저 살짝 미소를 지었을 뿐이다.

그는 이번엔 귤희를 바라봤다.

"이름이 귤희라고 했지?"

"응."

희우의 아내가 옆으로 다가서서 고개를 끄덕였다.

"키우느라 고생했다."

김자혁은 이번에 집을 둘러봤다.

동생이 결혼하고 처음 와 보는 집이었다. 아기자기하고 깔끔하게 꾸며 뒀지만 김자혁의 눈엔 좁아 보였다.

김자혁이 말했다.

"네가 이렇게 사는구나."

비꼬거나 하는 말은 아니었다.

희우의 아내가 고개를 끄덕이자 김자혁이 말을 이었다.

"행복해 보여."

"고마워."

잠시 후, 생일 축하 노래를 불렀다.

그리고 돌잡이 순서가 되었다.

귤희의 앞으로 실과 의사봉, 쌀 등의 물건이 보였다.

희우가 슬쩍 웃으며 말했다.

"여기 돈이 없네요."

돌잡이를 할 때 돈은 찾아온 손님들이 두기도 한다.

상만이 웃으며 품에서 지갑을 꺼냈다.

"우리 조카, 부자 되라고 돈은 제가 주겠습니다. 하하하."

상만이 돈을 놓고 있을 때, 옆에 가만히 서 있던 김자혁이 말했다.

"요즘 돌잔치는 다른 걸 더 놓기도 하지 않아? 다른 집 보니까 연예인 되라고 마이크를 두기도 하던데?"

희우가 고개를 끄덕였다.

"네, 그러기도 하더라고요."

"그럼 나도 우리 조카가 멋진 사람이 되기를 바라는 마음으로 다른 물건을 둬도 될까?"

희우와 아내가 고개를 돌려 시선을 마주쳤다. 그리고 흔쾌히 고개를 끄덕였다.

"네."

대립한다고 해도 형제지간이다.

자리 때문에 싸우는 것일 뿐, 제왕 그룹과 달리 이들에게 악한 감정은 없었다.

김자혁이 앞으로 다가와 품에서 지갑을 꺼냈다.

그가 꺼낸 것은 종이로 된 천하 그룹의 주식이었다.

이제는 찾기도 힘든 물건이다.

주식을 보며 희우와 아내 모두 눈이 동그랗게 커져 있었다.

김자혁이 말했다.

“내가 스무 살이 되던 때, 아버지가 주셨던 천하 홀딩스의 1주야. 귤희가 어떤 걸 선택할지 모르겠지만 난 천하 그룹을 손에 쥐었으면 좋겠어.”

희우의 아내가 어색한 미소를 지었다.

“난 싫은데.”

“싫어도 운명이라는 게 있으니까.”

김자혁은 살짝 웃으며 오래된 주식을 귤희의 앞에 내려 두고 뒤로 물러섰다.

잠깐 어색해진 순간을 뒤로하기 위해 상만이 물었다.

“사장님하고 형수님은 귤희가 어떤 걸 잡았으면 좋겠어요?”

희우와 희아가 동시에 대답했다.

“실.”

두 사람은 딸이 건강하고 오래 살기를 바라고 있었다.

마침내 귤희가 돌잡이를 하기 위해 손을 뻗었다.

희우는 아파트 지상 주차장에 있었다.

아내의 둘째 오빠인 김자혁이 가는 걸 배웅하기 위해서다.

평소 차량 앞으로 가면 운전기사가 있기 마련이었지만 오늘은 없었다.

직접 운전하고 왔기 때문이다.

차량 앞에 선 김자혁이 품에서 담배를 꺼냈다. 그리고 입에 물며 말했다.

"귤희가 아주 귀엽게 컸어. 앞으로도 잘 키우도록 해."

희우가 김자혁의 눈을 바라보며 물었다.

"하나만 물어봐도 될까요?"

"말해."

"아기 돌잡이에 주식은 왜 둔 거죠?"

김자혁이 피식 웃었다.

"말했잖아, 천하 그룹을 손에 쥐었으면 좋겠다고."

희우가 작게 한숨을 내쉬었다.

"저는 싫습니다. 김건영 회장님, 그러니까 내 아내의 아버지이자 장인어른, 그분이 돌아가시고 몇 년이 지났습니까? 그런데 아직도 형제간의 싸움이 벌어지고 있습니다. 하물며 귤희가 어른이 된 세상이라고 다를까요? 글쎄요. 제가 몇 년 살아 보지 않은 어린 놈이지만 사람 사는 세상은 다 욕심 많고 이기적인 것 같습니다. 그래서 귤희에게 그런 세상을 똑같이 경험시켜 주고 싶지는 않습니다."

김자혁이 고개를 끄덕였다.

"그럼 어쩔 수 없는 거지. 천하 그룹은 자네 생각대로 갈기갈기 찢어지겠지."

희우의 시선이 힐끔 김자혁에게 향했다.

김자혁은 최근까지 회장 자리에 큰 욕심을 내던 사람이다.

그런데 모든 욕심을 버리고 회장 자리를 넘길 것처럼 이야기하고 있으니 이해하기가 어려웠다.

희우의 눈에 담긴 의심을 확인한 김자혁이 담배 연기를 내뿜으며 말했다.

"검찰에서 나를 쑤시고 있어."

"……!"

"이 자리를 유지하기 위해, 회장 자리에 오르기 위해 내 손에는 더러운 것이 많이 묻어 있어. 때로는 흙도 묻혔고 핏물에도 담갔고 오물도 만졌어."

"……."

"자네가 법을 공부했으니까 잘 알고 있잖아? 내가 재판에 서면 실형을 피할 수 있을 것 같아?"

희우는 대답하지 않았다.

김자혁이 피식 웃으며 말을 이었다.

"그런데 내 동생은 손에 아무것도 묻히지 않았어. 회사를 경영하는 최고의 자리에 올랐던 적이 있으면서도 손은 깨끗하지. 그게 맞았어. 처음부터 그랬어야 하는데, 내가 잘못 생각한 거야."

김자혁은 시선을 희우에게 향했다. 그리고 천천히 말했다.

"희아에게는 미안하지만 못난 두 오빠 대신 다시 한 번 희아에게 천하 그룹을 맡겨 보고 싶어. 하지만 내가 이 말을 직접 전하기는 어려워. 아무래도 지은 죄가 많으니까. 미안하지만 자네가 대신 전해 줬으면 좋겠어."

희우가 작게 한숨을 내쉬었다.

"생각해 보겠습니다."

잠시 후, 김자혁은 차를 타고 그 자리를 벗어났다.

희우는 한참 동안 그 자리에 서 있었다.

차가운 바람이 불어오고 있었지만 희우는 집으로 올라가지 않았다. 주차장 한편에 서서 골똘히 생각에 빠져 있을 뿐이었다.

잠시 후, 집으로 올라간 희우는 아내에게 김자혁이 한 말을 전하지 않았다.

굳이 말하지 않아도 돌잡이에 주식을 올린 모습을 생각하면 어느 정도 예상하고 있을 거라는 생각에서였다.

가뜩이나 혼란에 빠진 아내에게 김자혁의 말을 전해 추가로 골머리를 앓게 하고 싶지는 않았다.

그렇게 희우의 딸 귤희의 돌잔치가 끝나 가고 있었다.

며칠 후, 희우는 다시 서재로 들어갔다.

굳게 닫힌 문은 열리지 않았다.

서재에 들어가 앉은 희우는 방을 서성이고 있었다.

때로는 앉아 있기도 했다.

하지만 희우가 어떤 자세로 있든 그의 머리는 사정없이 회전하고 있었다.

지금부터 싸워야 할 상대는 1천 명에 가까운 사람이다.

그것도 개개인이 각 분야에서 이름과 세를 떨치는 자들이었다.

아무리 검찰이라 해도, 그리고 희우라 해도 그들을 한 번에 잡을 수는 없었다.

법 위에 군림하는 자들이기 때문이다.

그래서 생각한 것이 그들의 세력을 줄이기 위해 서로 싸움을 붙이는 것이다.

그러려면 불안감과 공포심을 조성해 각각의 사람을 이기적인 상태로 만들어야 한다.

이기적인 사람이 손잡고 배신하고 다시 잡는 혼란을 만들어야 한다.

그리고 그 모든 것이 하나의 오차 없이 물 흐르듯 흘러갈 계획을 세워야 한다.

여기까지가 전석규 총장에게 이야기한 것이었다.

그다음은 남은 자들의 처리였다.

희우는 다시 서재를 서성거렸다.

단숨에 모가지를 잡고 숨통을 끊어 놓아야 했다.

정신을 차릴 시간을 줘서는 안 됐다.

이제 그의 머릿속에서는 약 1천 명의 이름이 새겨졌다가 지워지기를 반복하고 있었다.

그의 걸음이 창문 앞에서 멈춰 섰다.

'약 1천 명을 지우고 나면 괜찮아질까?'

법 위에 군림하는 인간들.

각 분야에서 뛰어난 업적과 권력을 펼치고 있는 사람들.

국회의원부터 사업가, 심지어 군인과 경찰 그리고 연예인까지.

희우는 작게 한숨을 내쉬었다.

조태섭이 사라지고 대한민국은 지금까지 혼란에 빠져 있었다.

희대의 권력자가 주무르던 세상에서 권력자가 빠지자 세상은 오명성 대통령을 만들어 냈다. 그리고 천호령 회장을 만들어 냈다.

권력과 재력이 서로 힘을 갖기 위해 혼탁한 세상을 만들어 내고 있었다.

희우의 시선이 창밖을 바라봤다.

하지만 창문 밖의 세상은 희우의 눈에 들어오지 않았다.

지금 그가 생각하는 것은 단 하나다.

'그럼 약 1천 명이 사라지면 어떤 세상이 올까?'

희우는 지금 잠겨 있는 문 앞에 서 있는 것과 마찬가지였다.

그리고 희우에게는 열쇠가 있었다.

그 열쇠로 문을 열면 새로운 세상이 펼쳐진다.

하지만 그 세상이 행복할지, 아니면 지옥이 펼쳐질지는 알 수 없었다.

어쩌면 상상할 수도 없는 혼란이 태풍이 되어 대한민국을 뒤덮을 수도 있었다.

희우는 잠시 눈을 감았다. 그리고 눈을 떴을 때, 그는 웃기 시작했다.

어이없다는 웃음이었다.

생각해 보면 어려운 일도 아니었다.

'법대로 하면 되잖아?'

고름은 짜내야 한다.

아프다고 놔두면 더 큰 병으로 발전할 수 있다.

희우는 몸을 돌려 성큼성큼 책상으로 걸어갔다. 그리고 자리에 앉았다.

그의 시선은 모니터에 향해 있었다.

모니터에는 전석규 총장에게 USB를 건네기 전에 복사해 둔 파일이 보였다.

희우는 마우스를 움직여 약 1천 명의 이름을 화면에 띄웠다.

그의 눈이 차갑게 빛나고 있었다.

'어차피 짜야 한다면 이번에 끝내야 한다.'

지난번, 조태섭 이후에 천호령이라는 괴물이 탄생한 것도 그 이유였다.

오로지 조태섭만 바라보고 달려갔기에 다른 인물에는 신경 쓰지 못했다.

희우의 입에서 깊은숨이 새어 나왔다.

이번을 마지막으로 해야 했다.

인간이 이 땅에 살면서 나쁜 사람도 나고 착한 사람도 나는 게 이치라지만 적어도 희우가 사는 생에는 이번으로 끝내고 싶었다.

희우는 굳은 표정으로 전화를 들었다.

전화가 가는 곳은 아내의 둘째 오빠 김자혁이었다.

"부탁이 있습니다."

며칠 후, 남한산성 아래의 전통 찻집.

희우는 황진용 의원과 마주 앉아 있었다.

황진용 의원이 희우를 보며 고개를 갸웃거렸다.

"좀 야윈 것 같네?"

희우가 자신의 뺨을 만져 보며 슬쩍 웃었다.

"그런가요?"

"많이 힘들지?"

황진용 의원은 희우의 마음을 조금은 알고 있었다.

그래서 그렇게 말한 것인데, 희우가 짓고 있는 미소는 평소보다 더욱 씁쓸하게 느껴졌다.

그 미소를 본 황진용 의원은 순간 칼에 살이 베인 것 같은 서늘한 느낌을 받았다.

황진용 의원이 찻잔을 손에 들며 물었다.

"무슨 말이 하고 싶어서 찾아온 거야?"

희우는 입가에 담긴 씁쓸한 미소를 지우지 않고 고개를 돌렸다.

두 사람이 앉은 곳은 창가다.

창 너머로 해가 지고 있는 게 희우의 눈에 들어왔다.

잠시 해를 지켜보던 희우가 말했다.

"확인받고 싶어서 왔습니다."

희우는 찻잔을 들어 입에 대며 말을 이었다.

"지금 제가 하는 일이 잘하고 있는지 아닌지 알 수가 없어서요. 적어도 국회에서 나라를 위해 오래 일해 오신 의원님이라면 답을 알려 주지 않을까 해서 왔습니다."

황진용 의원의 미간이 찌푸려졌다.

지금 그는 희우가 무슨 말을 하려는지 예상할 수가 없었다.

"무엇을 확인받고 싶은 거지?"

"대통령을 끌어내리는 일이요."

"……!"

"그 자리에 의원님이 앉았으면 합니다."

황진용 의원이 무서운 눈빛으로 희우를 노려봤다.

하지만 희우는 그 눈빛을 피하지 않았다.

황진용 의원이 말했다.

“지금 탄핵하자는 건가?”

희우는 고개를 저었다.

“대통령은 그 전에 내려올 겁니다.”

“도대체 무슨 말이야?”

“국민의 세금을 받아먹고 살면서 자기 뱃속만 채우는 사람들이 있더라고요. 국민의 세금을 받아먹었으면 국민이 잘살게 해 줘야 하는데, 특정 몇 명이 잔치를 벌이기도 하네요. 입으로만 국민, 국민 외치면서 뒤에서는 자기가 뭣이나 된 줄 아는 사람도 있었습니다.”

“그러니까 지금 그게 무슨 말이야?”

황진용 의원의 목소리는 커지고 있었다.

평소에는 자신의 감정을 드러내지 않는 사람이다.

하지만 오늘은 희우의 눈빛에서 서늘함을 느꼈다.

그래서 자신도 모르게 감정이 요동치고 있었다.

희우는 들고 온 가방에서 서류 뭉치를 꺼내 테이블 위에 올렸다.

황진용 의원은 물끄러미 서류 뭉치를 바라봤다.

심상치 않은 내용이 있다는 것은 바보가 아닌 이상 알 수 있었다.

희우가 말했다.

"읽어 보세요."

황진용 의원은 희우를 바라봤다가 눈동자를 내려 다시 서류로 향했다.

하지만 선불리 손이 가지 못했다.

희우의 목소리가 다시 차갑게 흘렀다.

"읽어 보세요."

"끄음."

황진용 의원은 결국 서류에 손을 내밀었다. 그리고 한 장, 한 장 넘기기 시작했다.

황진용 의원은 결국 종이를 모두 넘기지 못했다.

그는 주먹을 꽉 쥐고 희우를 바라봤다.

"이게 뭐지?"

"제왕 그룹으로부터 돈을 받은 사람들의 이름입니다. 그리고 뒤에는 천하 그룹으로부터 돈을 받은 사람들의 이름입니다."

"……!"

얼마 전, 희우는 서재에서 김자혁에게 전화를 걸었다. 그리고 천하 자동차에서 뇌물을 준 사람들의 명단을 넘겨받았다.

끝이 아니었다.

구치소에 있는 김용준을 찾아가 천하 그룹에서 뇌물을 먹인 사람들의 명단까지 손에 쥐었다.

제왕 그룹에서 돈을 받은 사람의 숫자가 약 1천.

천하 그룹에서 돈을 받은 사람의 숫자가 약 1천이었다.

그런데 재밌는 것은 중복되는 사람의 이름을 정리하면 그 숫자 또한 약 1천이 된다는 점이다.

돈을 받은 그놈이 그놈이었다는 것이다.

황진용 의원의 눈은 사정없이 떨리고 있었다.

"희우야, 이 명단이 세상에 공개될 수 있을 거라고 생각해?"

"네."

"설령 공개된다면 대한민국이 몇 년이나 뒤로 후퇴할지 예상은 해 봤어?"

"네."

"희우야."

황진용 의원의 목소리는 희우를 타이르듯 했다.

하지만 희우는 고개를 저었다.

황진용 의원은 딱히 국회에 세력이 없다.

하지만 국민이 인정하는 국회의원이었다.

그래서 희우는 황진용 의원을 선택했다.

이 계획이 성공하려면 국민의 지지를 받는 사람이 필요하다. 희우가 나설 수도 있지만 그는 아직 어렸고 상징적으로도 약했다.

희우는 또렷이 황진용 의원을 바라봤다.

황진용 의원을 설득할 수 있는 건 차가운 이성이 아니었다.

희우가 천천히 입을 열었다.

"지금이 아니면 기회가 없을 수도 있습니다."

"기회?"

"기억하실 겁니다. 의원님도 그렇고 저도 그렇고 조태섭이 무너지면 대한민국이 깨끗해질 줄 알았습니다. 적어도 더 나은 발전을 할 거라고 생각했습니다. 그런데 우리가 잘못 생각했네요. 큰 지진이 있을 후에는 오랫동안 여진이 있다는 간단한 자연의 이치를 생각하지 못했어요."

황진용 의원을 움직이게 하려면 마음을 흔들어야 했다.

희우가 계속해서 말했다.

"대한민국에서 힘 좀 있는 많은 인물이 제왕 그룹 천호령 회장의 돈을 받아먹고 살고 있습니다. 당연히 정책도, 여론도 천호령 회장의 뜻에 따라 움직이고 있어요."

"……."

"천하 그룹에서 돈을 받은 것과는 달라요. 천하 그룹이 이 사람들의 허례허식을 채워 줬다면 제왕 그룹은 골수 깊숙이 파고들어 있습니다."

희우는 테이블에 놓인 서류를 넘겨 한쪽을 펴 보였다. 그리고 황진용 의원에게 보이며 계속 말했다.

"대통령의 비서가 그중 한 명입니다."

희우는 한 장을 더 넘겼다.

"한 당의 대표라는 사람도 마찬가지입니다."

한 장이 더 넘겨졌다.

"각 장관도 심지어 대학교수도."

황진용 의원은 더 듣지 못하고 눈을 감았다.

하지만 눈을 감았다고 목소리가 들리지 않는 건 아니다.

황진용 의원의 귀에 희우의 목소리가 낮게 들려왔다.

"위에서 해 먹을수록 힘들어지는 건 국민입니다. 몰랐다면 모를까, 알면서도 덮으려 하는 것은 죄라고 생각합니다."

황진용 의원의 입에서 깊은 한숨이 흘러나왔다.

하지만 그는 눈을 뜨지 않았다.

희우의 낮은 목소리가 흘렀다.

"지금이 기회입니다. 이 시간이 지나면 이놈들은 더 똘똘 뭉치고 더 강한 힘을 만들어 낼 겁니다. 그때는 손도 대지 못하겠지요. 한 명의 배부른 관리직을 만들어 내기 위해 백 명의 국민이 배를 곯아야 할 겁니다."

희우의 시선이 눈을 감고 있는 황진용 의원을 바라봤다.

황진용 의원이 눈을 감은 채 조용히 입을 열었다.

"다른 방법은 없나? 그러니까, 상처가 있다고 해서 무조건 후벼 파지는 않잖아? 때에 맞는 치료법이 있는 거야. 붕대를 감을 수도 있고 꿰매서 덮을 수도 있지."

희우가 고개를 저었다.

"고름입니다. 고름을 꿰매서 덮으면 나중에 더 큰 문제가 생기겠죠. 아프더라도 지금 도려내야 합니다."

"……."

“이 사건을 열면 전석규 검찰총장의 친동생도 잡혀가게 됩니다. 제 손위 처남인 김용준 회장과 김자혁 대표도 더 큰 바람을 피할 수 없을 겁니다.”

“……”

“하지만 전석규 총장이나 저나 가족이 다친다고 해도 이 사건을 세상에 꺼내려고 합니다.”

황진용 의원의 입에서 무거운 한숨이 흘러나왔다.

“판도라의 상자군.”

희우의 입가에 씁쓸한 미소가 다시 걸렸다.

“조태섭으로 인해 판도라의 상자는 이미 열렸습니다. 그런데 그거 아십니까? 신화를 보면 판도라의 상자에서 마지막까지 빠져나오지 못한 것은 바로 희망입니다.”

“……!”

“이번에 상자를 열면 갇혀 있던 희망을 세상에 뿌릴 수 있습니다.”

약 1천 명이 연루된 사건을 뿌리 뽑고 다시 희망을 만들자는 말이다.

희망이라는 말에 황진용 의원이 눈을 떴다. 그리고 두 사람의 눈동자가 마주쳤다.

희우가 말했다.

“의원님이 나서 주시면 됩니다. 아시겠지만 제가 나서기는 어렵습니다. 아무래도 어린 놈이 나선다고 손가락질을 받을 겁니다. 아직 제 이름으로는 국민의 동의를 얻기가 힘드니까요."

황진용 의원이 무거운 입을 열었다.

"계획이 어떻지?"

"자그마치 약 1천 명입니다. 서로 싸움을 붙일 겁니다."

"혼란스럽겠어."

희우가 고개를 끄덕였다.

"그리고 그 힘이 약해졌을 때를 노릴 겁니다."

희우는 작은 목소리로 황진용 의원에게 생각해 둔 일을 이야기했다.

황진용 의원의 입에서 나오는 건 한숨뿐이었다.

희우의 이야기를 모두 들은 황진용 의원이 고개를 끄덕이며 말했다.

"내가 언제까지 답을 주면 되나?"

황진용 의원의 복잡한 표정을 보며 희우는 고개를 숙였다.

"복잡한 일을 부탁드려 죄송합니다. 빠르면 빠를수록 좋습니다."

황진용 의원은 고개를 끄덕이며 찻잔을 들어 입에 댔다. 그리고 말했다.

"5분 정도면 기다려 줄 수 있나? 너무 늦는 건 아니지?"

5분 안에 생각을 마치겠다는 것이다.

중요한 생각일수록 심사숙고하기보다는 빠른 결정을 내리

는 게 올바른 것일 수도 있었다.

희우가 고개를 끄덕이자 황진용 의원은 천천히 고개를 돌려 창밖을 바라봤다.

멀리 해가 떨어지고 있었다.

수십 년을 국회에서 살아왔다.

한때는 힘을 손에 쥐기 위해 아등바등했던 적도 있었다.

조태섭의 대항마로 불렸던 적도 있으니 황진용 의원 역시 대단한 위세를 펼쳤던 적이 존재했다.

하지만 지금은 아니다.

그는 뒤편으로 물러나 국민을 위해 살고 있었다.

권력의 중심에서 물러나 있는 이유는 지금 힘이 빠지고 무능력하기 때문이 아니다. 권력의 중심에서 산다는 게 피곤하고 허망하다는 걸 깨달았기 때문이다.

그런데 희우의 청을 받아들이면 그는 다시 권력의 중심에 들어가게 된다.

권력의 중심에서 몰아치는 바람을 피하려고 안간힘을 써야 한다. 다른 사람을 짓밟고 올라서야 할지도 모른다.

어쩌면 대통령의 자리까지 원치 않게 노려야 할 수도 있었다.

황진용 의원의 입에 아쉬운 미소가 맺혔다.

그가 희우를 향해 고개를 돌렸다.

희우와 눈이 마주쳤다.

희우가 살짝 고개를 끄덕이자 황진용 의원이 입을 열었다.

"몇 년간은 그래도 좀 편했는데, 앞으로 다시 바빠지게 생겼어."

시간이 조금 흘러갔다.

천하 그룹 김용준 회장의 실형이 결정 났다. 이어서 제왕 그룹 천하민 대표가 구속되었다.

끝이 아니었다. 천하 자동차 김자혁 대표를 구속한다는 말이 시끄럽게 뉴스에 흘러나오고 있었다.

그 시각.

천호령 회장은 자택의 정자에 앉아 있었다,

그의 앞으로 대통령의 비서가 보였다.

두 사람의 사이에는 술상이 놓여 있었다.

천호령 회장이 서류 봉투를 들어 비서에게 건넸다.

"가지고 가서 대통령님께 전해 드려."

비서가 서류 봉튜를 받아 들었다. 그리고 고개를 숙였다.

"네, 알겠습니다."

비서가 손에 든 것은 제왕 그룹의 지분을 넘긴다는 서류였다.

지난번 검찰이 압수 수색을 했을 때, 천호령 회장이 대통령에게 약속한 서류이기도 했다.

천호령 회장이 입을 열었다.

"그리고 또 말씀드려. 구린 일을 할 사람은 다시 찾았어. 언제든 지시할 일이 있으면 말씀하시라고 해."

얼마 전, 천호령 회장이 십 수 년을 준비해 왔던 점조직이 무너졌다.

그건 비서도 잘 알고 있었다.

그런데 이 짧은 시기에 다시 구린 일을 할 사람을 찾았다니.

비서는 눈을 깜빡였다.

천호령 회장의 입가에 옅은 미소가 걸렸다. 그리고 말했다.

"돈이란 귀신도 부리는 거야."

단 한마디였지만 모든 게 이해되었는지 비서는 고개를 끄덕였다.

천호령 회장이 술잔을 들어 올리며 말했다.

"그래서 자네도 언제든 부릴 수 있다고 자신해."

"……!"

압수 수색이 이뤄지던 날 밤, 비서는 오명성 대통령과 천호령 회장의 사이에서 오명성 대통령의 손을 잡았다.

그것은 천호령 회장도 알고 있는 일이었다.

하지만 천호령 회장은 무슨 생각인지 다시 비서를 부릴 수 있다는 말을 하고 있었다.

비서가 의문으로 가득한 눈으로 천호령 회장을 바라봤지만 천호령 회장은 주름진 얼굴로 빙긋이 미소를 짓고 있을 뿐이었다.

비서가 살짝 한숨을 내쉬고 자리에서 일어섰다.

"그럼 그만 가 보도록 하겠습니다."

천호령 회장이 고개를 끄덕였다. 그리고 자신의 빈 잔에 술을 채우며 지나가는 말처럼 내뱉었다.

"오명성 대통령은 제왕 그룹의 지분을 손에 얻었어. 제왕 그룹이 워낙 복잡하게 되어 있고 남들의 눈이 있어서 밖에다가 내다 팔아서 현금으로 만들지는 못할 거야."

일어선 비서가 가만히 천호령 회장을 바라봤다.

천호령 회장이 계속 말했다.

"어쨌든 평생을, 아니 대통령의 손자의 손자까지도 그리고 다시 그 손자까지도 제왕 그룹이 무너지지 않는 한 돈 걱정은 없이 살 거야. 돈 걱정이 뭔가? 외제 차도 사고, 좋은 집도 사고, 비싼 술도 마시고 흥청망청 살아도 될 만큼의 돈이지."

"……."

"그런데 자네 손엔 뭐가 있나?"

"……!"

"대통령의 옆에서 충성을 다하면 뭐 해? 역사에 이름을 남기는 것도 오명성 대통령, 후대가 잘사는 것도 오명성 대통령. 자네는 손에 뭘 쥐고 있나?"

비서가 입술을 꽉 깨물었다.

방금 천호령 회장이 했던 말이 머릿속에서 맴돌고 있었다.

그리고 지금, 천호령 회장은 고개를 들어 비서를 보며 방금 했던 말을 똑같이 내뱉었다.

"난 자네도 언제든 부릴 수 있다고 자신해."

"……!"

"자네도 뭔가를 손에 쥐고 싶지 않나?"

비서는 마른 입술을 혀로 적셨다. 그리고 떨리는 목소리로 더듬더듬 말했다.

"제, 제가 뭘 하면 되겠습니까?"

천호령 회장이 빙긋이 미소를 그렸다.

"조만간에 김희우가 움직일 거야."

말을 하는 천호령 회장의 눈은 빛나고 있었다.

모든 것은 그의 계획대로 움직이는 것만 같았다.

며칠 후.

서울 외곽에 있는 술집이었다.

막걸리와 파전이 유명한 집이다.

희우는 그곳에서 민수, 그리고 윤수련 검사와 함께 술을 마시고 있었다.

술을 따르고 마신다.

두 사람의 대화에 천호령 회장이나 다음 계획에 관한 것은 없었다.

시답잖은 농담이 전부였다.

민수가 막걸리가 가득 차 찰랑거리는 잔을 들고 말했다.

"그래서 내가 거기서 말했어. 제가 미남입니다! 그랬더니 그 여자가 도망을 가네, 흘흘흘."

민수는 며칠 전 선을 봤던 이야기를 하고 있었다.

검사라는 직업을 가지고 있으면 여간해서 여자가 도망가지는 않는다. 하지만 민수의 외모를 보고 있으면 여자가 도망갈 만하다고 느꼈다.

시답잖은 농담이 계속 이어졌다.

시간이 약간 지나고 연석도 함께 자리하게 되었다.

고개를 숙이고 들어온 연석을 보며 희우가 물었다.

"공부는 잘되고 있어?"

"네, 재밌어요."

재밌다는 말에 희우는 빙긋이 미소를 그렸다.

"재밌어하는 거 보니까 한 번에 합격하겠는데?"

희우는 주전자를 들어 연석의 잔을 채웠다. 그리고 슬쩍 연석을 바라봤다.

이전의 삶에서 연석은 국내 최고의 주먹으로 이름을 날리던 깡패였다.

그런 사람이 지금은 경찰이 되겠다고 공부를 하고 있으니 희우의 입에 절로 미소가 걸릴 수밖에 없었다.

모두의 잔이 채워지자 민수는 막걸리가 찰랑거리는 잔을 머리 위로 올려 외쳤다.

"위하여! 흩흩흩."

다시 왁자지껄 이야기가 이어졌다.

연석은 희우와 민수를 번갈아 봤다.

민수도 몇 번 얼굴을 봤던 사이라 그의 성격을 조금은 알고 있었다. 하지만 지금은 평소보다 조금 과하게 보였다.

마치 두려움 앞에서 안 그런 척하는 청소년의 허세 같았다.

이해는 갔다.

그들이 앞으로 싸워야 할 상대는 만만치 않았다.

그런데 희우의 표정은 평소와 같았다.

연석은 피식 웃어 버리고 말았다.

그러고 보면 희우는 앞에 아무리 강한 상대가 있어도 당황하거나 흔들린 적이 없는 것 같았다.

상대가 무슨 짓을 해도 모두 알고 있는 것같이 느껴졌다.

텔레비전의 뉴스는 시끄러웠다.

아나운서의 목소리가 빠르고 다급하게 흘러나오고 있었다.

—천하 자동차 김자혁 대표의 구속으로 천하 그룹 경영권의 향방에 눈길이 쏠리고 있습니다. 김용준 회장이 실형을 선고받은 데에 이어 김자혁 대표마저 구속당하며 천하 그룹의 경영권에 빈틈이 생겼습니다.

텔레비전의 채널이 바뀌었다.

-코스피가 천하 그룹 경영권의 불확실성 사태에 따른 불안 여파로 사흘째 하락하고 있습니다.

뚝,

전원이 꺼졌다.

리모컨을 들고 있던 희우가 전원 버튼을 누른 것이다.

이곳은 희우의 사무실이었다.

소파에 앉아 텔레비전을 보던 상만이 책상에 앉아 있는 희우에게로 시선을 옮겼다.

"그런데 제왕 그룹 계열사들이 일제히 계열 분리를 원한다는 뉴스는 보이지 않네요."

"천호령 회장이 애쓰고 막고 있겠지. 지금 뉴스를 봐도 천하민이가 구속된다는 말은 없잖아."

희우의 대답에 상만이 천천히 고개를 끄덕였다.

"그런데 정말 오늘도 술 드실 거예요?"

"응? 그래야지. 삼겹살 먹고 싶지 않아?"

"저는 좋은데요. 사장님, 요즘 너무 과음하시는 거 아닌가요? 벌써 며칠째 연속으로 술 드시는 것 같은데요. 그리고 삼겹살은 어제도 먹었어요."

희우는 피식 웃었다. 그리고 힐끔 책상 위의 달력을 확인했다.

아직 더 놀아야 한다.

지금 이렇게 술을 먹고 노는 것도 계획의 하나다.

머릿속에 정한 그날까지는 세상 모르고 노는 게 일이었다.

희우의 시선이 다시 상만에게로 향했다.

"그럼 삼겹살 말고 다른 건 없어?"

"다른 거요?"

"너 미식가잖아."

미식가라는 말에 상만이 턱을 쓸어 만지며 생각에 빠졌다. 그러더니 무릎을 탁 치며 말했다.

"추운 날에는 연탄구이죠."

"연탄구이?"

상만이 고개를 빠르게 흔들었다.

"저쪽에 가면요, 허름한 가게 하나가 있어요. 맥주 박스가 의자고요, 테이블이에요. 흐흐."

맥주 박스가 의자고 테이블이라니, 말만 들어서는 쉽게 이해하기 어려웠다.

상만이 신이 나서 계속해서 말했다.

"그리고 화로에 연탄이 들어가는데, 그 위에서 고기가 지글지글 익거든요? 거기에 소주를 마시면…… 캬!"

상만은 이미 상상을 통해 그 가게에 들어가 술을 몇 병은 마신 것 같았다.

희우가 어이없다는 듯 웃기 시작했다.

"그래서 오늘은 거기 가자는 거지?"

"네, 그럼요. 흐흐흐."

상만이 연탄구이에 관한 논문에 가까운 설명을 이어 가고 있을 때, 사무실로 서도웅이 들어섰다.

그가 눈을 동그랗게 뜨고 상만을 바라봤다.

"어? 지금 저를 빼놓고 맛있는 거 드시러 가려는 건가요?"

상만이 능글맞게 미소 지었다.

"어른들 노는 데에 애들 끼는 거 아니다."

상만과 서도웅의 나이 차는 몇 살 나지 않는다.

서도웅이 입술을 씰룩이며 말했다.

"지금 국회의원 보좌관에게 애들이라고 하는 겁니까? 갑질 한번 당해 보시겠어요?"

상만이 황당한 눈으로 희우를 바라봤다.

"사장님, 지금 서도웅이 저한테 갑질한다고 말한 거 맞죠? 분명 저놈이 저를 따르겠다고 맹세했던 놈인데, 왜 이렇게 변한 건가요? 이래서 검은 머리 동물은 거두는 게 아니었나 봐요."

희우가 서류를 덮고 자리에서 일어나며 말했다.

"상만아, 네가 도웅이를 이 사무실에 넣어 뒀잖아."

"네? 그게 왜요?"

상만은 눈을 동그랗게 뜬 채 서도웅과 희우를 번갈아 봤다.

뭔지는 모르겠지만 서도웅은 맞는다는 듯이 고개를 끄덕

이고 있었다.

희우가 말을 이었다.

"도웅이가 주말에도 퇴근 시간도 없이 얼마나 열심히 일을 하고 있는지 알지?"

이번엔 상만이 고개를 끄덕였다.

희우와 함께 있는 이상 일이 힘들 수밖에 없다는 건 다른 사람보다 상만이 가장 이해하고 있었다.

희우가 재킷을 몸에 걸치며 계속 말했다.

"그런데 넌 어땠어? 도웅이를 사무실에 박아 두고 김지임 씨랑 연애하고 다녔지? 도웅이는 여기서 청춘을 날리고 있는데, 넌 연애를 하면 도웅이의 기분은 어떻겠어?"

"네? 하하하."

상만이 어색한 미소를 지었다. 그리고 서도웅을 바라보며 말을 이었다.

"내가 악덕 사장이었구나. 미안하다, 도웅아. 지임 씨 시험 끝나면 친한 친구 있냐고 물어보고 소개해 줄게."

가만히 희우의 말에 동조하고 있던 서도웅의 입꼬리가 실룩거렸다.

소개팅이라는 말이 좋았나 보다.

하지만 짐짓 아무렇지도 않은 척 물었다.

"친구는 예뻐요?"

상만이 고개를 갸웃거리다가 어깨를 으쓱해 보였다. 그러더니 서둘러 말했다.

"어쨌든 물어볼게. 사장님 옷 다 입으셨다. 어서 너도 짐 챙겨. 나가서 연탄구이 먹으러 가자. 하하하."

서도웅이 짐을 챙기기 위해 희우의 방을 빠져나갔을 때, 희우가 상만에게 물었다.

"김지임 씨 친구를 소개해 준다고?"

상만이 난처한 미소를 입에 걸었다.

"몰라요. 일단 던진 말이에요. 사장님도 정치인이니까 잘 아시잖아요. 공약은 일단 던지고 보는 거죠."

잠시 후, 주택가 골목에 있는 연탄집이었다.

희우와 서도웅 그리고 상만이 그곳에 앉아 있었다.

상만의 말대로 의자 대신 플라스틱으로 된 맥주 박스에 앉아야 했다.

화로 옆으로 테이블 대신 쓰는 맥주 박스가 또 보였다.

그것은 실제 테이블처럼 밑반찬이나 잔을 내려놓는 용도로 사용하는 거다.

화로와 맥주 박스, 그리고 별것 없는 가게 인테리어가 어쩐지 정감이 느껴졌다.

안주로 우선 장어와 닭똥집을 시켰다.

고기가 지글지글 익어 갈 때, 상만이 소주병을 예의 있게 들어 희우의 잔을 채웠다.

희우가 잔에 든 술을 마시고 내려놓을 때, 상만이 물었다.

"많이 위험한가요?"

"응? 뭐가?"

"이번에 사장님이 진행하시려는 계획요."

희우가 힐끔 상만을 바라봤다.

상만이 잔을 입에 대 술을 마신 후 다시 희우를 바라봤다.

평소 장난기로 가득한 상만의 눈빛이다.

하지만 오늘은 진중하고 무거웠다.

희우가 아무 말도 하지 않자 상만이 다시 입을 열었다.

"평소라면 이것저것 말씀도 해 주시고 이렇게 펑펑 놀지는 않잖아요. 사장님이 이런 성격이 아니라는 건 잘 알고 있으니까요. 그래서 왜 그러실까 하고 가만히 생각해 봤는데……."

하지만 상만은 더 말을 잇지 못했다.

희우가 고개를 저었기 때문이다.

"거기까지."

"……!"

"술이나 먹자."

상만은 희우의 말을 단번에 알아들었다.

그는 더 묻지 않고 다시 술병을 들어 희우의 빈 잔을 채웠다.

"한잔 드세요."

그리고 시선을 서도웅에게 향하며 말을 이었다.

"장어에 소금 뿌려라. 여기 소금 뿌리는 거 셀프야."

"넵!"

서도웅이 소금을 들어 솔솔솔 장어 위에 뿌리기 시작했다.

희우는 다시 술잔을 들어 입에 댔다. 그리고 테이블로 사용하는 맥주 박스에 잔을 내려 두며 빙긋이 미소를 그렸다.

그들의 옆으로 사람들이 새로 자리를 잡고 있었다.

시간은 조금 더 흘러 이제 늦은 밤이 되었다.

가게의 밖에서 한 남자가 서성이고 있었다.

가게의 입구를 힐끗 확인한 남자는 입에 담배를 물었다. 그리고 볼이 움푹 팰 정도로 힘껏 담배를 빨아들였다.

입김과 함께 담배 연기가 흘러나왔다.

담배를 피우면서도 그는 계속해서 입구를 신경 쓰고 있었다. 혹시 누가 나오는지 아닌지 확인하는 눈치였다.

아무도 나오지 않는 걸 확인한 그는 담배를 재떨이에 비벼 끈 후 걸음을 걸었다.

그가 걸어간 곳은 주택가의 골목이다.

그는 천천히 골목의 으슥한 곳으로 몸을 숨겼다.

잠시 후, 어두운 골목에서 휴대폰 화면의 불빛이 반짝이는 게 보였다.

그리고 그의 목소리가 흘러나왔다.

"김희우는 오늘도 술을 마시고 있습니다. 대화의 내용도 별것 없습니다. 육아나 맛집에 대해서만 이야기하고 있을 뿐입니다. 알겠습니다. 계속 관찰하도록 하겠습니다."

휴대폰 불빛이 꺼졌다.

그는 다시 골목의 어둠 속에서 밖으로 몸을 빼냈다.

가게를 향해 발걸음을 옮겼다.

가게 입구에 선 그는 방금 피웠던 담배를 또 입에 물었다.

그는 천호령 회장의 지시를 받고 희우를 감시하는 사람 중 하나였다.

조진석의 점조직이 와해된 후 천호령 회장은 재빨리 가장 필요한 조직을 다시 만들어 냈다.

그게 지금 흥신소 역할을 하는 이들 같은 사람이었다.

물론 이자는 천호령 회장이 최고 윗선인지는 알지 못했다. 그저 돈을 받고 일할 뿐이다.

남자는 힘껏 담배 연기를 입에 머금었다.

다름 아닌 김희우라는 걸출한 국회의원은 쫓아다니는 일이었다. 그 자체만으로 스트레스를 받을 수밖에 없었다.

그가 힘들어한다는 사실은 표정만 봐도 알 수 있었다.

그의 얼굴은 경직되어 있었고 담배를 피우는 소리는 흡사 한숨을 내뱉는 것 같았다.

담배를 비벼 끈 그는 다시 가게 안으로 들어갔다.

표정은 언제 긴장했냐는 듯 밝았다.

그가 향하는 곳은 희우가 앉아 있는 곳에서 멀리 떨어지지 않은 자리다. 조금만 신경을 쓰면 희우 일행의 목소리를 들을 수 있었다.

그가 자리에 앉자 그와 함께 온 일행이 떠들썩하게 그를 반겼다.

"과장님, 왜 이렇게 늦게 오세요?"

"담배 피우시는 데 두 시간은 걸렸네요."

그 일행은 모두 흥신소의 직원들이었다. 그들은 혹시나 희우가 의심할까 일부러 과장되게 말하는 것이다.

막 자리에 앉은 남자에게 다른 사람이 술병을 들어 잔을 채우며 입을 열었다. 그 목소리는 방금 전의 떠들썩하던 소리와 달리 낮고 조용했다.

"과장님이 나가신 동안 특별한 대화는 없었습니다. 내일은 갈비를 먹으러 가자며 좋아하고 있습니다."

그 시각, 천호령 회장의 서재.

천호령 회장은 전화를 귀에 대고 있었다.

-김희우는 술을 마시고 있습니다. 특별한 내용은 없습니

다. 계속 관찰하도록 하겠습니다.

뚝.

전화를 끊었다.

핸드폰을 책상 위에 올려 두는 천호령 회장의 미간은 찌푸려져 있었다.

그의 머릿속은 혼란에 빠져 있었다.

희우의 행동이 천호령 회장의 예상과 어긋나고 있기 때문이다.

천호령 회장이 계획한 희우라는 톱니바퀴가 제대로 돌아가지 않았다.

천호령 회장이 입술을 꽉 깨물었다.

'도대체 무슨 생각이냐?'

그러고 보니 USB를 손에 쥔 이후로 희우의 행보가 이상했다.

집에 틀어박혀 며칠을 나오지 않더니 검찰에 달려갔고 황진용 의원을 만났다.

이 소식을 들었을 때, 천호령 회장은 때가 가까워졌음을 알 수 있었다.

그런데 그 뒤로 다시 깜깜무소식이었다.

대검의 이민수 검사와 만나서는 하루종일 이민수 검사의 소개팅 이야기만 했다고 들었다.

어디에도 이번 사건에 관한 이야기는 없었다.

천호령 회장의 주름진 주먹이 꽉 쥐였다.

'설마 너도 USB의 명단을 보고 지레 겁을 먹은 거냐?'

늦은 밤.

희우는 서도웅과 함께 상만의 집에 있었다.

감시하는 사람들을 속이기 위해 맥주를 잔뜩 들고 들어갔지만 그들은 술을 마시지 않았다.

맥주는 냉장고에 있었고 그들의 눈에 취기는 없었다.

식탁에 앉은 그들의 앞에는 커피만 놓여 있을 뿐이다.

희우가 커피를 내려놓으며 말했다.

"천호령 회장과의 싸움에서 내가 유리한 것은 딱 하나야."

"……."

"시간."

"……!"

"적어도 천호령 회장은 시간 싸움에서는 자신이 불리하다고 생각하고 있을 거야. 초조하겠지. 마음은 급한데, 움직이지를 않으니 답답할 거야."

희우의 입가에 서늘한 미소가 맺혔다.

Chapter 2

사락사락.

다시 눈이 내리기 시작했다.

밤바람이 을씨년스럽게 불어오고 있었다.

바람에 날리는 눈발이 어지럽게 흩어지고 있을 때, 희우는 상만의 집에서 나왔다.

그의 눈빛은 차가운 바람보다 더 싸늘했다.

어두운 골목길은 가로등으로 빛을 밝히고 있었다.

그곳에 희우가 들어서자 그의 그림자가 일렁거렸다.

하얀 입김을 뱉어 내며 걷던 희우는 다른 사람의 발소리를 들었다.

한두 사람이 아니다. 적어도 네 명 이상이다.

잠깐 동안 쌓인 눈으로 인해 사람들의 발소리는 희우의 귀에 또렷이 들어왔다.

그 발소리는 희우를 향하고 있었다.

희우는 발걸음을 멈췄다. 그리고 살짝 주먹을 쥐었다가 펴 봤다. 툭툭, 다리를 움직여 보기도 했다.

혹시 모를 상황에 대비해 몸 상태를 확인하는 것이다.

희우는 세상을 등진 채 술을 마시고 살아오던 지난 며칠간, 자신의 뒤를 캐는 무리가 있다는 걸 알고 있었다. 그리고 그게 천호령 회장이 보낸 사람들이라는 것도 잘 알고 있었다.

그래서 더 그렇게 행동했다.

술을 마시고 쓸데없는 농담을 이어 갔다.

천호령 회장에게 보이기 위해서다.

희우의 행동을 보고받은 천호령 회장은 어떤 생각을 할까?

천호령 회장의 건강 상태는 좋지 않았다.

살아생전에 자신이 꾸며 놓은 그림의 완성을 보지 못할 수도 있었다.

그런데 그런 와중에 희우가 자신의 계획대로 움직이지 않고 미적지근하게 행동한다면 그의 초조한 마음은 더욱 커질 것이다.

초조함은 불안함이 되고 불안함은 걱정을 낳는다.

그리고 걱정으로 가득한 사람은 반드시 어떤 행동을 하게 된다.

바로 무리수다.

희우는 그 무리수를 기다리고 있었다.

여기까지 생각한 희우는 가볍게 숨을 내쉬었다.

호흡을 가다듬기 위해서다.

다행히 술을 좀 마시기는 했지만 취기는 없었다.

팔다리 등 몸 상태 그리고 호흡 등 전체적으로 나쁘지 않았다.

희우는 팔을 쭉 펴서 가볍게 스트레칭을 시작했다.

머릿속으로는 천호령 회장이 던질 무리수를 생각하고 있었다.

어쩌면 그 무리수가 희우를 향한 테러일 수도 있다.

그래서 희우는 자신에게 다가오는 발소리를 들으며 몸을 풀고 있던 것이다.

발소리는 더욱 가까워졌다.

눈 밟는 소리가 가까이 들려왔다.

그리고 뚝, 발소리가 멎었다.

희우가 고개를 돌려 뒤를 돌아봤다.

그곳엔 네 명의 남자가 서 있었다.

방금 고깃집에서 희우의 옆 테이블에 있던 사람들이다. 희우가 그동안 자신을 쫓아다닌다고 의심하고 있던 자들이다.

가운데에 서 있는 남자가 희우를 향해 허리를 굽히며 말없이 예를 갖췄다.

그들을 보며 희우가 말했다.

"나를 테러하라고 합니까?"

평범한 사람이라면 어두운 골목에서 낯선 사람들과 맞닥뜨렸을 때, 긴장될 수밖에 없었다.

하지만 희우의 목소리는 평소와 다르지 않았다.

마치 모든 것을 알고 있었고 예상했다는 듯 한없이 여유로웠다.

그리고 희우의 목소리엔 앞에 선 네 명쯤은 위협이 되지 않는다는 듯한 감정이 실려 있었다.

허리를 굽혔던 남자의 미간이 꿈틀거렸다.

그가 시선을 들어 희우를 바라봤다.

"알고 계셨습니까?"

"예상은 하고 있었습니다."

남자가 천천히 고개를 끄덕였다. 그리고 말했다.

"테러는 아닙니다."

"……."

"의뢰인께서 김희우 의원님을 직접 뵙고 싶어 한다고 전해 달라 했습니다."

'의뢰인? 직접 만나고 싶다고?'

의뢰인이라고 부르는 것을 보니 아무래도 이 남자들은 천호령 회장까지는 모르는 것 같았다.

이들이 천호령 회장을 알고 있고는 중요하지 않았다.

문제는 왜 이들을 통해 연락을 하느냐는 것이다.

천호령 회장은 희우의 연락처를 알고 있었고 원한다면 직접 연락을 취할 수도 있었다.

잠시 생각에 빠져 있던 희우가 고개를 끄덕였다.

"알겠습니다. 오늘은 시간이 늦었으니 내일 아침 일찍 찾아뵙겠다고 전해 주세요."

남자가 물끄러미 희우를 바라봤다. 그러더니 물었다.

"의뢰인을 알고 계십니까?"

희우는 다시 눈을 찌푸렸다.

잠시 희우를 보던 남자가 고개를 끄덕이며 말을 이었다.

"알겠습니다. 그렇게 전하겠습니다."

그리고 다시 희우를 향해 허리를 굽혔다.

남자가 허리를 세우고 몸을 돌려 골목을 떠나려 할 때였다. 희우가 말했다.

"잠깐만요."

남자가 다시 몸을 돌렸다.

희우가 그의 앞으로 다가갔다.

여전히 가로등은 일렁거렸고, 눈 밟는 소리는 사부작사부작 들려왔다.

그리고 희우가 남자의 앞에서 멈춰 섰다.

"혹시 지금의 일도 보고하나요?"

"네? 네."

"내가 어떤 반응을 보였고, 어떻게 말을 했는지도 전부?"

"네."

남자가 천천히 고개를 끄덕였다.

희우가 머리를 긁적였다. 그리고 잠시 하늘을 바라봤다.

가로등의 빛으로 인해 흩날리는 눈이 먼지처럼 보이고 있었다.

희우의 머릿속은 또다시 빠르게 회전하고 있었다.

잠시 어두운 하늘을 보던 희우의 시선이 천천히 남자에게 향했다.

"개인적으로 의뢰하려면 돈이 얼마나 필요합니까?"

"의뢰요?"

"당신들이 나타났을 때, 내가 몹시 놀랐었다고 전해 주세요."

"네?"

남자가 눈을 깜빡였다.

희우가 계속해서 말했다.

"그리고 하나 묻죠. 당신의 의뢰인이 나를 만나자고 했다는데, 내가 그 사람이 누군지 모른다면 어떻게 하려고 했습니까?"

"연락처를 넘기고 오라는 지시를 받았습니다. 그럼 알 거라고 하면서요."

남자는 품에서 쪽지 하나를 꺼내 희우에게 건넸다.

희우는 남자에게 쪽지를 받으며 눈으로 훑었다. 그리고 말했다.

“저는 오늘 많이 취해 있었고 당신들을 본 저는 깜짝 놀란 겁니다. 그리고 당신이 제게 쪽지를 준 겁니다. 이렇게 보고해 주세요.”

“…….”

남자가 가만히 희우를 바라봤다.

눈치가 없지 않은 이상 희우가 원하는 게 뭔지 알 수 있었다.

잠시 생각에 빠져 있던 남자가 고개를 끄덕였다.

“돈은 상관없습니다. 그렇게 해 드리겠습니다.”

희우가 빤히 바라보자 남자가 말을 이었다.

“어떻게 생각하실지 모르지만 김희우 의원님을 응원하고 있습니다. 언젠가는 대한민국 대통령이 되어서 잘해 줄 것 같거든요.”

“그렇게 생각해 주신다면 감사합니다.”

남자는 희우에게 깊게 허리를 숙인 후 자리를 떠났다.

하지만 한참이 지난 후에도 희우는 아직 그 자리에 남아 있었다.

그는 하늘을 바라보는 중이었다.

먼지처럼 떨어져 내리는 눈을 보고 있었다.

눈이 바람에 날려 내리는 데에는 어떤 계획이 없다.

오른쪽으로도, 왼쪽으로도 날린다.

때로는 빙글빙글 회전하는 눈도 보인다.

어떤 계획은 없었지만 하늘에서 땅으로 떨어진다는 목적은 이뤄 내고 있었다.

지붕 위로, 그리고 아스팔트 위로 떨어져 쌓이고 있었다.

희우는 슬쩍 미소 지었다.

사실 남자가 지금 있었던 일을 미주알고주알 모두 이야기한다고 해도 상관없었다.

계획은 많았고 그가 천호령 회장에게 사실대로 말하는 것 역시 또 한 가지 계획이었다.

계획이 변경된다 해서 바뀌는 것은 없었다.

그저 하늘에서 땅으로 떨어져 쌓이는 눈처럼 원하는 목적을 향해 달려가면 될 뿐이다.

희우는 아침 일찍 일어났다.

밤 늦게 집에 들어왔지만 일어나는 시간은 항상 같았다.

옷을 입고 현관으로 나서는 희우를 보며 아내가 물었다.

"오늘 늦어?"

희우가 어깨를 으쓱해 보였다.

"모르겠네. 하지만 아마 금방 올 거야."

희우의 시선이 아내의 품에 안겨 있는 귤희에게로 향했다.

이제 한 돌.

나이는 두 살이다.

제법 커서 오래 안고 있기는 힘들어 보였다.

귤희를 가만히 보던 희우가 시선을 올려 다시 아내를 바라봤다.

"그럼 다녀올게."

그렇게 그는 집을 나섰다.

밤새 내린 눈으로 인해 길가엔 눈이 소복이 쌓여 있었다.

눈길을 밟을 때마다 뽀드득하는 소리가 들렸다.

나무에서도 눈이 후드득 떨어져 내렸다.

조심조심 길을 걸으며 희우는 생각에 빠졌다.

차량에 올라 시동을 걸고 걸었던 것보다 더 조심조심 차를 빼낼 때도 그는 깊은 생각에 정신을 빼앗기고 있었다.

'천호령 회장이 왜 보자고 하는 거지?'

몇 가지 예상이 되었다.

하지만 예상만으로 끝내서는 안 된다.

천호령 회장과 나눌 대화부터 행동까지 모든 것을 계산에 넣고 예측해야 하며 머릿속에 집어넣어야 했다.

천호령 회장은 이무기 같은 자다.

오랜 세월 살며 세상을 자신의 발아래에 두려는 시대가 낳은 괴물이다.

한 치의 실수도 꼬투리를 잡힐 말도 하지 말아야 했다.

희우가 탄 차가 큰길로 나왔다.

다행히 큰길의 눈은 모두 녹아 있었다.

도착한 곳은 담벼락만 해도 끝없이 높은 천호령 회장의 자택이었다.

희우의 차가 도착하자 기다렸다는 듯 차고가 열렸다.

차고엔 천호령 회장의 자택에서 일하는 직원이 서 있었다.

희우가 차에서 내리자 직원이 살짝 허리를 굽혔다.

"기다리고 계십니다."

직원은 몸을 돌려 앞서 걸었다.

희우는 그 뒤를 좇았다.

잠시 후, 차고를 지나 정원으로 나왔다.

정원을 거닐던 희우는 피식 웃었다.

걷고 있는 길에는 눈이 없었다.

쌓인 눈을 삽으로 퍼 날랐고 얼어붙은 땅은 아마도 토치라고 해야 하나? 그렇게 불리는, 뜨거운 바람이 나오는 기계를 이용해 녹여 없앴을 거다.

하지만 반대로 나무에 쌓인 눈은 건들지 않았다.

소나무 등에 하얀 눈이 쌓여 있으니 한 폭의 그림과 같았다.

직원을 따라 도착한 곳은 정자였다.

천호령 회장의 앞에는 술상이 놓여 있었다.

희우가 정자에 앉아 있는 천호령 회장을 보며 말했다.

"춥지 않나요? 나이 드시면 찬 바람을 조심해야 하는데요."

천호령 회장이 고개를 돌려 희우를 보며 빙긋이 미소 지었다.

"올라와. 여기는 춥지 않으니까 괜찮네."

희우는 신발을 벗고 정자 위로 올라가 천호령 회장의 맞은편에 앉았다.

정자 밖과 안은 천지 차이였다.

정자의 아래는 보일러와 연결된 배관이 지나가는지 뜨끈뜨끈했고, 안에도 난로를 틀어 놔 훈훈한 기운이 일고 있었다.

천호령 회장이 희우를 보며 말했다.

"오랜만이야."

"오랜만입니다."

천호령 회장이 술병을 들어 희우의 잔을 채웠다. 그리고 말했다.

"자네는 취미가 뭔가?"

"독서라고 하면 너무 진부한가요?"

"아니지. 독서야말로 최고의 취미지. 그게 말로만 독서를 취미라고 하고 안 읽는 놈들이 있어서 문제지, 방구석에 앉아 세계를 들여다볼 수 있는데 얼마나 좋은가?"

"회장님은 취미가 있으십니까?"

"젊을 때는 등산도 많이 하고 했는데, 요즘에는 물고기 밥 주는 게 취미네. 하하하하."

두 사람의 대화는 평온했다.

누가 본다면 대적하고 있는 상대라고 느낄 수 없는 대화였다.

하지만 희우와 천호령 회장은 느끼고 있었다.

두 사람은 술을 마셨다. 그리고 함께 웃었다.

따듯한 말이 오가고 있었지만 두 사람 사이는 차가운 살기로 채워지는 중이었다.

다시 천호령 회장이 희우의 잔을 채웠다.

찰랑거리는 잔이다.

잔을 입에 대기 위해 들어 올리며 희우는 날카로운 눈으로 천호령 회장을 바라봤다.

그것은 천호령 회장도 마찬가지였다.

그 역시 술잔을 입에 대며 희우를 노려보고 있었다.

천호령 회장이 잔을 내려 두며 다시 가만히 희우를 바라봤다.

누가 봤다면 인자하게 보이는 노인의 눈빛이라고 생각했을 것이다.

하지만 희우는 등줄기가 오싹해졌다.

겉보기에는 인자하지만 그의 눈빛에는 서슬 퍼런 살기가 가득했기 때문이다.

하지만 희우는 담담하게 천호령 회장의 눈빛을 받아넘기며 술잔을 입에 댔다.

그런 희우를 가만히 바라보던 천호령 회장이 다시 자신의 술잔을 채우며 물었다.

"왜 가만히 있는 거지?"

"……?"

"USB를 손에 넣었으면 어떤 행동을 보여야 할 게 아닌가?"

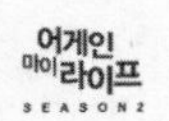

갑작스러운 질문이었다.

하지만 희우는 당황하지 않고 입을 열었다.

"글쎄요. 꼭 뭔가 할 필요는 없지 않나요?"

천호령 회장이 천천히 고개를 끄덕였다. 그리고 채워진 술잔을 들며 말했다.

"몇 번을 곱씹어 생각했어. 김희우가 왜 가만히 있을까? 그렇게 원하던 USB를 손에 넣었는데, 술이나 마시며 다니는 이유는 뭘까?"

희우의 예상대로 천호령 회장은 의도적으로 USB를 넘겼었다. 하지만 지금까지 희우는 어떤 움직임도 보이지 않았다.

그저 술을 마시며 시간을 보내고 있을 뿐이었다.

다른 움직임을 기대했던 천호령 회장에게는 희우의 행동이 답답할 수밖에 없었다.

천호령 회장이 계속 말했다.

"그래서 몇 가지를 생각해 봤어. 김희우는 USB를 공개하는 게 두려운 걸까? 아니면 방법을 못 찾은 걸까?"

"……."

여기까지 말한 천호령 회장은 희우를 빤히 바라봤다.

희우의 눈빛, 행동, 숨소리까지 모두 눈에 담을 기세였다.

희우는 노인의 시퍼런 눈길이 자신을 훑고 있다는 걸 느꼈다. 하지만 모른 척 말했다.

"술맛은 좋네요."

딴소리였다.
하지만 그 말을 들은 천호령 회장의 입꼬리는 비틀어졌다.
천호령 회장이 지금보다 더 무겁게 입을 열었다.
"혹시 이 노인네의 남은 시간을 계산하고 있나? 내가 살날이 얼마 남지 않았으니, 그 시간을 버티면 된다고 생각하는 건가?"
이번에도 희우는 대답하지 않았다.
긍정도, 부정도 하지 않고 슬쩍 미소 지으며 잔을 들어 입에 댔을 뿐이다.
천호령 회장의 눈이 다시 한 번 희우를 훑고 지나갔다.
천호령 회장의 눈동자는 희우의 가슴속 깊은 곳까지 들여다볼 것처럼 움직이고 있었다.
하지만 무리였다.
천호령 회장은 희우의 속마음을 읽지 못했다.
천호령 회장이 피식 웃으며 잔을 들었다.
"내 아들놈들이 자네 같았다면 좋았을 거야."
"아쉽네요. 난 우리 아버지가 회장님 같지 않아서 좋은데요."
천호령 회장을 대하는 희우의 말투는 평소처럼 사근사근하지는 않았다.
지금까지 가만히 있었던 게 오히려 신기한 일이었다.
하지만 더는 못 참았나 보다.
날카롭게 찌르는 희우의 말에 천호령 회장의 눈썹이 꿈틀

댔다.

그러나 거기까지였다.

천호령 회장의 언성이 높아지거나 하지는 않았다.

"내가 아비 노릇을 잘 못하고 있다고 생각하나?"

"네."

천호령 회장은 빙긋이 미소를 지었다. 그리고 툭 던지듯 말했다.

"난 잘하고 있는 줄 알았는데, 착각이었나 봐."

그 말에 희우가 크게 웃기 시작했다.

한참을 웃던 희우가 손을 저으며 말했다.

"죄송합니다. 간만에 듣는 재밌는 말이라서요. 회장님은 자신이 좋은 아버지였다고 생각했나 봅니다."

"……!"

"지금은 아니지만 과거에 좋은 기업인이었던 건 인정합니다. 마찬가지로 과거에는 어떤 아버지셨는지 모르겠지만 지금은 좋은 아버지는 아닌 것 같네요."

회장 자리를 미끼로 자식들에게 싸움을 붙였다.

그 와중에 둘이나 감옥에 갔다.

좋은 아버지는 분명 아니었다.

여기까지 말한 희우는 가만히 천호령 회장을 바라봤다.

이번엔 희우가 천호령 회장을 관찰하고 있었다.

방금 말을 하며 과하게 웃은 것 역시 천호령 회장의 마음을 흔들기 위한 것 중 하나였다.

하지만 천호령 회장의 표정엔 변화가 없었다.

천호령 회장이 말했다.

"이야기가 나왔으니 한번 물어보고 싶군. 자네는 이 세상에 무얼 남기고 싶나? 아무도 알아주지 않는 이름을 남기고 싶은 건가? 다음 세대 위인전에 남아 김희우라는 사람이 좋은 사람이었고 훌륭한 사람이었다는 걸 알리고 싶은 건가?"

희우가 듣기엔 뜬금없는 이야기였지만 담담한 표정으로 답했다.

"글쎄요. 딱히 이름을 남길 생각은 해 본 적이 없네요. 회장님은 남기고 싶은 게 있는 모양입니다."

천호령 회장이 고개를 끄덕였다.

"이 나이가 되면 많은 게 후회되고 걱정되는 법이니까, 남기고 싶은 것, 준비하고 싶은 것도 있겠지."

천호령 회장이 다시 술병을 채우며 희우를 슬쩍 바라봤다. 그리고 천천히 말을 이었다.

"내가 공부한 지가 오래되어서 그러는데, 인간이 계급이 생기기 시작한 게 청동기 때부터인가?"

이번에도 뜬금없었다. 하지만 희우는 이번에도 담담히 답해 줬다.

"네."

"그럼 계급이 없던 그 이전 시대에는 평등했나?"

"살아 보지 않아서 모르겠지만 교과서에 실린 역사대로라면 평등한 사회를 유지했다고 합니다."

천호령 회장의 입꼬리가 말려 올라갔다.

그가 천천히 고개를 저었다.

"아니야. 그건 틀렸어. 그 이전에도 지도자라는 개념이 있었어. 사회를 이끌고 발전시켜 나가는 사람이 존재했다는 거지. 지도자가 있었는데 평등했다? 말도 안 되는 거야."

"……."

"그런데 잘 생각해 보면 원시시대나 지금이나 마찬가지 아닌가? 소수의 사람이 이 세상을 이끌어 가고 있잖은가? 소수를 제외하고 대부분의 사람은 아무 생각 없이 잠에서 깨고, 아무 생각 없이 출근해서, 아무 생각 없이 시키는 일이나 하다가, 던져 주는 몇백만 원에 자기 시간을 빼앗기며 살지."

"……."

"그 몇백만 원을 벌기 위해 한평생을 살다가 퇴직할 때가 되어 뒤돌아 보면 뭐가 남아 있나? 손에는 쥔 게 없을 거야. 그렇게 일했는데, 그렇게 벌었는데, 통장에 남은 건 없지."

"……."

"그러면 그 사람의 자식 역시 똑같이 살기 시작해. 왜? 가진 게 없으니까, 자기 시간을 팔면서 돈을 벌어야 하거든. 아무 생각 없이 출근해서 시키는 일이나 하고 던져 주는 돈을 받으며 사는 거야. 되풀이되는 거지. 그놈이나 그 자식이나 그리고 그 자식의 자식이나, 똑같이."

희우의 미간이 찌푸려졌다.

"지금 무슨 이야기를 하고 싶은 거죠?"

"역사 이야기야. 역사는 되풀이된다고 하니까, 역사를 통해 지금에 대해 이야기하고 싶은 거야."

"……."

"한반도에 우리 민족의 역사가 시작되고 귀족이 아닌 평민이 왕권을 잡은 적이 몇 번이나 된다고 생각하나? 고구려도 그렇고 백제도 그렇고 신라도 그래. 심지어 고려를 세운 건 신라의 귀족이었던 왕건이고 조선을 세운 건 고려의 귀족이었던 이성계야. 해 먹은 놈들을 보면 그놈이 그놈이야."

"……!"

"그런데 세상이 바뀌었어. 투표라는 이름으로 가난한 놈이 왕을 해 먹을 수 있는 시대가 온 거야."

"……."

"우리나라에서 채 100년도 되지 않은 제도지만, 선거라는 이름으로 국민이 뽑은 사람이 국회의원이 되고 대통령이 될 수 있는 세상이 된 거야."

여기까지 말한 천호령 회장이 웃기 시작했다.

그는 한참을 웃었다. 급기야 눈물까지 닦기 시작했다.

한참을 웃던 천호령 회장이 희우를 보며 말했다.

"국민이 원하는 사람이 대통령이 된대. 투표로 국민이 국회의원과 가진 사람들을 심판할 수 있대. 웃기지 않은가? 크큭큭, 크하하하하하하!"

그 웃음소리는 몹시 기분 나쁘게 들려왔다.

그것도 잠시였다.

뚝. 그의 웃음소리가 멎었다. 그리고 낮고 어두운 목소리가 천호령 회장의 입에서 흘러나왔다.

"선거로 뭔가를 바꿀 수 있다면 권력자들은 선거를 가만히 두지 않았을 거야."

"……."

"투표라는 건 국민들에게 보여 주는 거야. 너도 투표할 권리가 있으니 나를 위해 열심히 일해라. 나를 위해 최선을 다해라. 멍청한 놈들은 몰라. 정말 자신이 가진 투표권이 세상을 바꿀 거라고 여기는 거지, 큭큭큭큭."

그는 다시 웃기 시작했다.

가만히 그를 바라보던 희우가 툭 던지듯 말했다.

"겁납니까?"

"……?"

"회장님 말씀대로 투표 한 번으로 세상을 뒤집을 확률은 희박하죠. 그런데 생각해 보면 불가능한 것은 또 아니지 않습니까?"

"……!"

"예를 들어 나 같은 놈이 대통령에 오른다고 생각해 보세요."

"……!"

"어린놈의 치기로 세상을 한번 뒤집을 것 같지 않습니까?"

천호령 회장이 빙긋이 미소를 그렸다. 그리고 말했다.

"그래, 겁이 나. 자네 같은 사람이 또 나타날까 봐 겁이 나. 아까 자네에게 이 세상에 무엇을 남기고 싶은지 물어봤었지? 난 말이야, 내 자식들이, 내 후손들이 영원히 귀족처럼 살게 만들어 주고 싶어."

"……."

"사람들을 속이고 설득하는 과정이 어려운 거지, 다른 건 어렵지 않아. 시스템을 만지면 되는 거야. 그럼 내 후손들은 귀족처럼 살 수 있지. 평생 돈 걱정하지 않고, 평생 타인에게 굽신거리지 않고, 자신의 삶을 살 수 있는 거야. 그게 다른 국민들을 비극적으로 만드는 건 아니야. 서로 다르게 살아가는 거지. 국민들은 국민들대로, 우리들은 우리들대로 살아가는 거야."

천호령 회장의 눈이 천천히 희우의 눈으로 향했다.

두 사람의 시선이 복잡하게 얽혀 들어갔다.

천호령 회장이 낮은 목소리로 다시 입을 열었다.

"재수 없는 말을 잠깐 하겠네. 기분이 나쁠 테니 미리 사과하지."

"……."

"자네 딸 이름이 귤희라고 들었어. 얼마 전에 돌이었다지?

자네 딸이 성인이 되었을 때, 만약 자네가 옆에 없다고 생각해 봐. 모든 게 최악이 된 거야. 그때 자네 딸은 배우고 싶은 걸 못 배울 수도 있어. 먹고 싶은 걸 먹지 못할 수도 있어. 한창 즐기고 놀아야 할 시기에 아르바이트를 하며 던져 주는 몇만 원에 '고맙습니다.' 하고 고개를 숙여야 할 수도 있어."

"……."

"그걸 바라나?"

"……."

"나와 손잡지 않겠나? 그럼 자네도 후손을 걱정할 일이 없어. 영원히 귀족으로서 사는 거야. 다시 말하지만 일반 사람들에게 피해를 주는 건 전혀 없네. 그들은 그들대로 사는 거고 우리는 우리대로 사는 거니까."

천호령 회장은 입을 닫았다.

이제 희우의 말을 기다리는 거다.

두 사람의 시선이 다시 허공에서 마주쳤다.

희우가 슬쩍 미소 지으며 입을 열었다.

"좋네요. 나쁜 아버지 취소합니다. 자식들을 생각하는 좋은 아버지였군요? 그러니까, 당장 힘들지라도 내일 행복하기를 바라는 속 깊은 아버지, 맞나요?"

천호령 회장은 대답하지 않았다. 그저 입가에 엷은 미소를 짓고 있을 뿐이었다.

희우가 계속 말했다.

"그런데 전 천호령 회장님하고 생각이 좀 다릅니다. 제가 제 딸에게 보여 주고 싶은 세상은 노력하지 않아도 먹고살 수 있는 세상이 아니에요. 가만히 앉아서 일도 하지 않고, 마음 편히 먹고 자고 하는 건 가축보다 못한 삶 아닌가요?"

"거절인가?"

"결정적으로 회장님이 귀족, 귀족 하는 게 마음에 안 드네요."

희우가 무릎에 손을 대며 자리에서 일어섰다. 그리고 천호령 회장을 바라보며 말했다.

"저를 부른 첫 번째 이유가 회유하기 위해서는 아니죠? 제가 왜 USB를 공개하지 않는지 궁금하셨던 거죠? 여기까지 온 김에 그에 대한 답은 해 드리겠습니다. 처음에 말씀하셨던 대로 회장님의 시간을 기다리고 있습니다."

"……!"

"몇백만 원 던져 주고 사람의 시간을 산다고요? 전 술을 마시면서 회장님의 시간을 사겠습니다."

나쁘게 말하면 희우는 젊으니 천호령 회장이 쇠약해지기를 언제까지고 기다리겠다는 말이었다.

물론 거짓이었다.

희우는 천호령 회장이 초조한 마음에 무리수를 두기를 바라고 있었다.

마지막 말을 던진 희우는 가만히 천호령 회장의 눈빛을 살폈다.

천호령 회장의 시선이 천천히 희우에게 향했다.

아직까지 눈빛에 변화는 없었다.

희우는 입꼬리를 말아 올렸다.

비웃음으로 가득한 눈빛.

그 눈빛에 천호령 회장의 눈동자가 처음으로 흔들렸다.

희우가 슬쩍 웃으며 말했다.

"그럼 부디 만수무강하십시오."

"……!"

희우가 떠난 정자.

천호령 회장은 아직 그 자리에 남아 있었다.

그는 천천히 술잔을 들어 입에 댔다.

천호령 회장의 날카로운 눈빛엔 서슬 퍼런 살기가 가득했다.

'만수무강하라고?'

희우가 남긴 마지막 목소리가 귓가에 울리는 것만 같았다.

그의 목소리를 기억하며 천호령 회장의 입꼬리가 말려 올라갔다. 그리고 잠시 후, 그는 뭐가 즐거운지 무릎까지 치며 웃기 시작했다.

"이 나에게 만수무강이라니. 하하하하하하하!"

그렇게 그는 한참을 웃었다.

웃음이 그친 것은 시간이 조금 지난 뒤였다.

천호령 회장은 고개를 저으며 다시 술잔을 들었다.

"내 시간을 기다리고 있다고? 죽기만을 기다리고 있다고?"

천호령 회장의 입가에 비릿한 미소가 걸렸다.

그가 천천히 자리에서 일어섰다. 그리고 정자를 벗어나 정원을 걸었다.

휘적휘적 걸음을 걷던 노인은 다시 웃기 시작했다.

"꼭 동물의 왕국 같아. 나는 늙은 사자. 김희우는 내가 죽기를 기다리는 하이에나. 하이에나는 왕이 될 수 없어. 하하하하하."

희우는 차를 타고 집으로 가는 길이었다.

운전은 서도웅이 하고 있었고, 그는 뒷자리에 앉아 있었다.

서도웅이 백미러를 통해 희우의 표정을 살폈다.

희우는 팔짱을 낀 채 차창을 통해 밖을 보고 있었다.

표정이 나빠 보이진 않았는지 서도웅이 물었다.

"천호령 회장이 뭐래요?"

"자기가 좋은 아버지라고 생각했대."

"네?"

서도웅은 눈을 깜빡거렸다.

그가 생각하기에 천호령 회장은 그런 말을 할 사람이 아니었기 때문이다.

하지만 더 묻지는 못했다.

희우는 다시 말이 없었다. 그저 가만히 창밖을 바라볼 뿐이었다.

희우의 머릿속은 단 한 가지 의문으로 채워져 있었지만 복잡했다.

그의 머릿속에 있는 질문은 '과연 나는 좋은 아버지일까?'였다.

일이 바빠 아침 일찍 나갔다가 저녁 늦게 들어간다.

술을 마시고 들어갈 때도 잦다.

하루 한 번 안아 주는 것도 어려웠다.

어쩌면, 올해가 지나면 지금의 일상도 함께하지 못할 수 있었다.

희우는 세상을 떠날 수도 있기 때문이다.

희우의 입에서 작게 한숨이 흘렀다.

그러고 보면 자식들에게 모진 행동은 하고 있지만 함께 살아온 천호령 회장이 희우보다 좋은 아버지일 수 있었다.

적어도 함께는 있었으니까.

가만히 생각에 빠졌던 희우가 고개를 저었다.

나약한 생각은 금물이었다.

사람의 마음은 원체 무르다.

그래서 아주 작은 약한 생각도 가슴을 후벼 파고 깊은 곳까지 들어와 똬리를 틀고 앉아 있을 수 있었다.

그러면 될 일도 안 된다.

나약해진 마음으로는 죽음만 기다리게 될 뿐이다.

희우는 주먹을 꽉 쥐었다가 폈다.

강한 마음만 먹어야 한다. 그래야 살 수 있다.

희우의 시선이 천천히 서도웅에게 향했다.

“오늘은 뭘 먹을까?”

“뭘 먹다뇨?”

“술 마셔야지.”

“하하, 의원님. 지금 천호령 회장 댁에서 술 드신 거 아니셨어요?”

“맞아. 또 마셔야지.”

“하하.”

지난번에 상만의 집에서 희우가 최근 유유자적 시간을 보내고 있는 이유를 듣긴 했지만 이건 좀 힘들었다.

서도웅이 다시 물었다.

“오늘도요?”

“응. 뭐 먹을래? 너희들이 좋아하는 삼겹살?”

“삼겹살은 언제 먹어도 맛있죠.”

결국 서도웅은 삼겹살에 넘어갔다.

희우는 서도웅을 보며 슬쩍 미소 지었다. 그리고 핸드폰을

들어 상만에게 전화를 걸었다.

"오늘도 삼겹살 먹으려고 하는데, 어때?"

-또요? 좋아요, 하하하.

상만도 삼겹살에 넘어갔다.

희우가 말했다.

"그리고 부탁할 거 있어. 지금부터 천호령 회장 집에서 감시하던 사람들 전부 뒤로 빼."

천호령 회장의 집 근처에는 흥신소 직원들이 진을 치고 앉아 있었다. 그의 행동 하나하나를 감시하기 위해서다.

하지만 갑자기 빼라고 하니 상만은 잠시 이해가 잘 안 되는지 입을 열지 않았다.

희우가 다시 입을 열었다.

"흥신소는 지금부터 내가 말하는 사람들에게 보내. 천호령 회장은 워낙 여우 같은 인간이라 우리가 감시하는 걸 눈치채고 있었을 거야. 하지만 지금 거론하는 사람들은 아니야. 이런 경험이 많지 않으니까 감시하고 있어도 모를 거야."

-누군데요?

"방송사 사장 주나석, 시민 단체장 우준호."

희우의 입에서 거론된 인물은 열 명이 훌쩍 넘었다.

그들은 모두 천호령 회장에게 돈을 받은 사람들이다.

희우가 계속 말했다.

"조만간 천호령 회장이 그놈들 중 한 명과 만날 거야. 무슨 대화를 하는진 상관없어. 만나는지 아닌지만 확인하고 연락 달라고 해."

-알겠습니다.

희우는 저녁에 보자는 상만의 목소리를 들으며 통화 종료 버튼을 눌렀다. 그리고 시선을 다시 창밖을 향했다.

그날 밤, 희우는 서도웅 그리고 상만과 함께 삼겹살집에서 마주 앉았다.

상만이 고기를 불판에 올리며 작은 목소리로 물었다.

"아까 사장님이 말씀하신 사람들에 대한 건 흥신소에 모두 뿌렸어요."

시끄러운 고깃집이었다.

지글지글 고기 익는 소리까지 들리고 있었다.

옆 테이블에서는 여간해선 들리지 않을 작은 목소리였다.

비밀 이야기는 여러 사람의 목소리가 섞이는 이런 곳에서 하는 것도 나쁘지 않은 방법이었다.

"잘했어."

"그럼 이제 우리가 할 일이 뭐예요?"

희우가 자신의 빈 잔에 술을 채우며 앞에 앉아 있는 서도웅과 상만을 날카로운 눈빛으로 바라봤다. 그리고 나직한 목소리로 입을 열었다.

"도웅이는 내일 출근하지 말고 신문사로 가. 가면, 박유빈 기자님 알지? 그분을 통해서 황진용 의원님과 만나고 오도록 해."

서도웅이 눈을 깜빡였다.

"제가요? 황진용 의원님을요?"

황진용 의원이라 하면 세력은 없지만 대한민국 국회의원의 큰 축이었다.

그가 만약 세력을 모으려 하면 지금도 당장 어마어마한 힘을 얻을 수 있을 거라는 평가가 컸다.

희우가 고개를 끄덕였다.

"지난번 내가 만났던 의원들 있지? 그 의원들의 명단을 넘기고 오도록 해."

지난번, 희우는 비주류 의원들을 만났었다.

창당은 하지 않았지만 비주류 의원들은 희우와 함께하기로 약속했다.

그 힘이 이제 황진용 의원에게 향할 것이다.

희우가 말했다.

"기존에 세력이 강했던 정치인은 신경 쓸 필요 없다고 전해 드리고."

희우가 계획하고 있는 대로 천호령 회장의 USB가 공개되면 힘이 있던 정치인들은 몰락할 것이다.

그럼 돈을 받을 필요가 없으니 상대적으로 깨끗했던 비주류 의원들이 주류로 올라설 기회가 만들어질 수 있다.

희우의 말에 서도웅이 고개를 끄덕였다.

"알겠습니다. 그럼 내일 오전에 다녀오면 될까요?"

"응."

상만이 고기를 집으며 물었다.

"전화로도 할 수 있는 말이지 않아요?"

"겸사겸사. 도웅이는 아직 황진용 의원님을 뵌 적이 없잖아."

그때 상만의 핸드폰이 울렸다.

상만이 핸드폰을 보며 희우에게 말했다.

지금보다 더 작은 목소리였다.

"흥신소에서 연락 왔어요."

희우가 고개를 끄덕였다. 그리고 차 키를 건네며 말했다.

"차에서 받고 와."

이곳은 고깃집이라 시끄럽다.

전화를 하기에는 여의치 않은 자리였다.

희우에게 키를 받은 상만은 자리에서 일어났다. 그리고 마치 뭔가를 놓고 온 듯한 어색한 연기를 펼치며 자동차로 걸어갔다.

그의 뒷모습을 보며 희우는 잔을 들어 입에 댔다.

그리고 잠시 후.

상만이 다시 희우의 앞에 앉았다.

희우는 눈동자만 움직여 상만을 바라봤다.
상만이 조용히 말했다.
"천호령 회장이 움직였어요."
희우가 고개를 끄덕였다.
흥신소에서 전화가 오면서부터 예상하던 일이었지만 조금 뜻밖이긴 했다. 천호령 회장이 며칠은 시간을 두고 움직일 거라고 생각했기 때문이다.
희우가 입을 열었다.
"만난 사람은?"
"방송국 사장 주나석요."
"만난 장소는?"
"강북에 있는 한정식집이래요."
"고생했어."
"제가 했나요. 흥신소 애들이 했죠."
상만은 능글맞게 웃으며 잔을 들었고 희우 역시 다시 잔을 들었다. 그리고 술을 목으로 넘기며 깊은 생각에 빠졌다.
방송국 사장 주나석을 처음 만날 거라고 예상했던 것 역시 맞았다.
하지만…….
'오늘 움직였다? 나하고 오늘 만나고 바로 움직였다?'
여우 같은 천호령 회장은 오늘 희우가 했던 말을 몇 번을 생각한 후에, 그리고 몇 번을 확인한 후에야 움직일 사람이었다.

희우의 말을 백 퍼센트 믿을 사람이 아니었고 그런 신뢰 관계를 쌓은 적은 더더욱 없었다.

그래서 희우는 오늘도 술을 마시고 있었다.

지켜보던 천호령 회장의 마음이 조급해지도록 여유를 부리고 있었다.

그런데 오늘 움직였다는 것은 뭔가 이상했다.

'내가 딴짓을 하는 걸 조금은 더 지켜볼 줄 알았는데.'

희우는 술병을 들어 자신의 빈 잔을 채웠다.

그러면서도 그의 머릿속은 천호령 회장으로 가득했다.

"사장님."

"……."

"사장님."

앞에서 부르는 소리에 희우가 시선을 들었다.

앞에 상만이 어색하게 웃으며 희우의 잔을 가리켰다.

"사장님, 술이 넘쳐흐르고 있어요. 흐흐흐."

희우의 시선이 자신의 잔으로 향했다.

깊은 생각을 하며 술을 따른 게 화근이었다.

술병에서 떨어지는 술이 작은 술잔에서 넘쳐흐르고 있었다.

상만이 고개를 저으며 말했다.

"사장님, 술은 백성의 피와 눈물이라는 말 모르시나요? 술은 아껴 마셔야 해요."

"미안. 내가 정신이 없네. 정신이 없어."

말을 하던 희우는 순간 멈칫거렸다.

'정신이 없어?'

자신이 한 말에 천호령 회장의 건강 이상설이 희우의 머릿속을 채우고 있었다.

희우의 눈이 차가워졌다.

'천호령 회장의 몸이 좋지 않다?'

나이가 있으니 지병이 생기는 건 어쩔 수 없었다.

그런데 그 시간이 정말 얼마 남지 않았다면?

희우가 고개를 저었다.

희우의 시선이 다시 상만과 서도웅에게 향했다.

"내일부터 바빠지겠어. 잔치는 끝이야."

"……?"

"그러니까 오늘 많이 마셔."

상만이 눈을 깜빡였다.

"무슨 일이에요?"

"천호령 회장님 감옥 보내기를 해야지. 몸도 안 좋으신 양반인데, 더 안 좋아지면 감옥에 절대 안 들어가려고 할 거야."

"……!"

"살아생전에 죄를 지었다면 살아생전에 벌을 받아야지."

"……!"

"내가 명색이 부동산 전문간데, 우리나라 경제를 만들고 이끌었던 천호령 회장님이 휠체어 코스프레 하시기 전에 좋은 방 하나 구해 드려야 하지 않겠어?"

상만이 어색하게 웃었다.

"감옥에 좋은 방 구해 드리려고요?"

"복비를 받을 수는 없겠지?"

희우는 씨익 웃으며 술잔을 들었다.

그 시각, 천호령 회장은 한정식집에 앉아 있었다.

그의 앞으로 방송국 사장 주나석이 보였다.

주나석이 고개를 굽실거리며 말했다.

"회장님이 어쩐 일로 저를 다 부르셨습니까?"

천호령 회장이 웃으며 입을 열었다.

"나라를 위한 일인데, 한번 해 보겠나?"

"나라요?"

천호령 회장이 천천히 고개를 끄덕였다.

"김희우라는 미꾸라지가 있어. 대한민국에 흙탕물을 만들고 다니지."

"김희우요?"

주나석의 눈이 튀어나올 듯 커졌다.

하지만 천호령 회장은 담담하게 방송국 사장 주나석을 바라보고 있었다.
주나석이 컵을 들어 찬물을 벌컥벌컥 마셨다. 그리고 더듬거리는 목소리로 다시 물었다.
"김희우라면 제가 아는 그 국회의원 김희우가 맞습니까?"
천호령 회장이 고개를 끄덕였다. 그리고 술잔에 술을 채우며 말했다.
"그래, 그 김희우야."
주나석이 고개를 저었다.
"김희우라면 어렵습니다. 아무리 소속이나 세력이 없다 해도 사람들의 마음속에 조태섭을 잡은 정치인으로 기억되고 있으니까요. 잘못하면 우리가 얻어맞을 수도 있습니다."
천호령 회장이 술병을 들어 주나석을 향해 살짝 내밀었다.
그 행동에 주나석은 서둘러 술잔을 들고 천호령 회장의 술을 공손히 받았다.
주나석이 술잔을 들어 입술에 살짝 댔다가 테이블에 내려둘 때, 천호령 회장이 말을 이었다.
"자네가 내 돈 받아먹고 컸잖아."
"……!"
"그렇게 걱정스러운 표정으로 쳐다보지 말게. 자네한테 줬던 돈을 다시 뺏으려는 거 아니니까."
"……?"
"그 돈, 김희우가 알고 있어."

"……!"

"어떻게 구했는지 김희우가 장부를 가지고 있어."

USB가 희우의 손에 들어간 것은 천호령 회장이 의도한 거다. 하지만 천호령 회장은 그 이야기는 빼놓고 이야기하고 있었다.

천호령 회장의 이야기를 듣는 주나석은 쥐고 있는 술잔이 부서질 듯 손에 힘을 줬다.

그의 손이 파르르 떨리는 걸 보며 천호령 회장은 술잔을 들어 마셨다. 그리고 평온한 목소리로 말을 이었다.

"김희우라는 사람이 어떤 성격인지 알지? 그놈은 '뭐든 법대로 하자'야. 멍청한 놈이지. 조선 시대에도 큰일을 했던 사람에게는 형벌을 낮춰 주거나 눈감아 줬어. 그런데 지금 이 시대에 큰일을 한 사람에게나 별 볼 일 없는 사람에게나 똑같이 법의 잣대를 들이민다는 게 말이 된다고 생각하나?"

"……."

"큰일을 하려면 손에 피도, 오물도 묻는 법인데, 그 정도는 눈감아 줘야 대한민국이 돌아가지."

"……."

"김희우는 내가 이 나라의 예산에 얼마를 감당하고 있는지 모르는 모양이야. 내가 없으면 이 나라가 어떻게 돌아가는지 모르고 있는 것이야. 자네가 없으면 이 나라의 언론이 어떻게 될지 생각하지 않아."

"……!"

천호령 회장이 검지로 자신의 머리를 톡톡 치며 말을 이었다.

"다른 사람들은 김희우를 보며 똑똑하다고 할지 몰라도 나는 아니야. 그놈은 국가를 생각하지 않아. 방금 말했듯 법의 잣대로만 우리를 평가하고 바라볼 뿐이야."

"……."

"주나석 사장, 김희우를 끌어내리는 것은 이 나라를 위한 일이야."

방송국 사장 주나석은 천천히 고개를 끄덕였다.

"알겠습니다."

그의 눈빛이 시퍼렇게 빛나고 있었다.

세 시간 후, 천호령 회장과 방송국 사장 주나석이 만났던 곳에서 멀지 않은 전통 찻집.

영업 시간은 훌쩍 지난 시간이다.

하지만 방 한쪽엔 불이 밝혀져 있었다.

오로지 천호령 회장을 위해서였다.

차를 들어 마시는 천호령 회장의 앞으로 한 남자가 앉아 있었다.

굵은 뿔테 안경을 쓴 50대 남자다.

그는 시민 단체 중 최대 규모를 자랑하는 곳의 대표로 이름은 우준호였다.

천호령 회장은 우준호 대표에게 주나석에게 했던 말을 똑같이 전하고 있었다.

"자네가 먹은 돈을 김희우가 알고 있어."

"……!"

"김희우를 끌어내리는 것이 이 나라를 위한 일이야."

우준호 대표는 천천히 고개를 끄덕였다.

"아무래도 김희우를 흔들어야겠군요."

천호령 회장이 슬쩍 미소 지었다.

"아무리 굳건히 서 있는 나무도 흔들다 보면 뿌리가 뽑히기 마련이야."

우준호 대표가 깊게 고개를 숙였다.

"알겠습니다. 최선을 다하겠습니다."

우준호 대표를 만난 것이 끝이 아니었다.

천호령 회장은 계속해서 사람들을 만났다.

모두 천호령 회장에게 돈을 받은 사람들이다.

천호령 회장은 그들에게도 똑같은 말을 전했다.

"김희우가 장부를 가지고 있어. 그놈을 없애는 게 나라를 위한 일이야."

희우를 건드는 게 국가를 위한 일은 아니다.

그들 자신의 안위를 위해 하는 일이다.

하지만 그에 관한 의문을 던지는 사람은 아무도 없었다.

희우에게 모든 책임을 전가해야 죄책감을 덜 수 있기 때문이다.

그렇게 천호령 회장의 주변 사람들은 김희우라는 적을 만들어 똘똘 뭉치고 있었다.

다음 날도 마찬가지였다.

천호령 회장은 이른 아침부터 집 밖을 나서고 있었다.

천호령 회장이 차고에 나타나자 기다리고 있던 기사가 뒷문을 열었다.

천호령 회장이 뒷좌석에 앉았다.

자동차가 미끄러지듯 움직이기 시작했다.

동시에 천호령 회장의 눈빛은 차갑게 내려앉았다.

그때 그의 핸드폰이 울렸다. 오명성 대통령의 비서였다.

천호령 회장이 무심한 눈으로 발신 번호를 바라보다가 핸드폰을 들어 귀에 댔다.

–대통령님께서 기다리고 계십니다.

"가고 있어. 30분 후면 도착할 거야."

천호령 회장은 핸드폰의 통화 종료 버튼을 눌렀다. 그리고 눈을 감았다.

희우의 집.

희우는 와이셔츠를 입으며 상만의 전화를 받고 있었다.

어젯밤, 흥신소가 감시하고 있던 인물 모두가 천호령 회장을 만났다는 이야기였다.

희우가 피식 웃었다.

"많이도 만났네. 급하긴 한가 봐. 알았어. 계속 감시하도록 해. 천호령 회장을 직접 감시할 필요는 없어. 지금 뭘 하고 있을지는 뻔하니까."

희우는 상만과의 전화를 끊었다. 그리고 다시 통화 버튼을 눌렀다.

희우의 전화가 향하는 곳은 오명성 대통령의 비서였다.

통화 연결음이 몇 번 이어지더니 비서의 목소리가 들려왔다.

-여, 여보세요?

갑자기 희우에게서 전화가 오니 당황했나 보다.

"김희우입니다."

-네? 네.

"다른 게 아니라, 오늘 천호령 회장과 오명성 대통령이 만나기로 했습니까?"

-……!

비서는 아무 말도 하지 않았다.

하지만 희우는 이미 알아챘다.

"감사합니다. 그럼 나중에 연락드리지요."

-네?

당황하는 비서의 목소리를 들으며 희우는 전화를 끊었다.

희우가 전화를 끊은 걸 보고 아내가 옆으로 다가왔다. 그리고 물었다.

"필요한 거 있어? 가져다줄까?"

"아니, 괜찮아."

"기분 좋아 보이네?"

희우가 미소 지었다.

"그래 보여?"

희우는 다시 거울을 바라봤다.

기분이 좋다기보다는 묘하게 흥분된 상태다.

천호령 회장이 본격적으로 움직이기 시작했다.

사람을 시키지 않고 그가 직접 사람을 만나고 다닌다.

이제 살얼음판을 걷는 심정으로 움직여야 했다.

단 한 번이라도 발을 헛디디면 다시는 빠져나올 수 없는 얼어붙은 강가의 수면 아래로 빠지는 것과 마찬가지였다.

희우가 와이셔츠의 단추를 모두 채웠을 때, 아내가 입을 열었다.

"나 5년만, 김희우의 아내 말고 김희아 하면 안 될까?"

희우의 시선이 아내에게 향했다.

"무슨 소리야?"

그녀가 말을 이었다.

"딱 5년. 그 정도면 용준이 오빠가 감옥에서 나오겠지?"

"할 거야?"

아내가 고개를 저었다.

"며칠만 더 생각해 볼게."

천하 그룹 회장 자리에 앉을지 말지 고민하는 거다.

첫째, 김용준이 실형 선고를 받았다.

둘째, 김자혁도 실형을 벗어나기는 힘들 거다.

그럼 회장 자리는 공석이다.

희우는 가만히 아내를 바라봤다.

그녀는 예전에 천하 그룹의 회장에 앉은 적이 있었다.

그때 참 잘했던 기억이 있다.

전대 회장인 김건영 회장의 부재를 느낄 수 없을 정도로 부드럽지만 공격적인 경영을 이어 갔다.

그녀가 천하 그룹을 맡으면 지금보다 더 성장할 수 있을 것 같다는 예상도 들 정도였다.

하지만 어떤 말도 해 줄 수 없었다.

이건 그녀의 선택을 존중해야 했다.

그녀는 회장 자리보다 딸 귤희가 커 가는 모습을 옆에서 지켜볼 수 있는 자리를 더 크게 느끼기 때문이다.

희우의 시선이 거울로 향했다. 그리고 말했다.

"어떤 결정을 하든 응원할게."

"귤희는 어쩌지?"

이제 돌이 지난 아이다.

아이를 두고 일하러 가야 하는 건 가슴이 아플 수밖에 없다.
희우가 웃으며 말했다.
"내가 볼게. 내 사무실 데리고 가면 되니까, 걱정하지 마. 그러니까 여보는 최선의 선택을 하는 데에 집중해."
아내가 작게 한숨을 내뱉었다.
"고마워."
고민을 한가득 얼굴에 안고 있는 그녀를 보며 희우가 농담조로 말했다.
"회장실 옆에 귤희 방 하나 만들어 줘."
"응?"
"거기 넓잖아. 들어갈 때마다 쓸데없는 공간 낭비라고 생각했거든."
"귤희 방?"
그녀의 진지해진 눈빛에 희우가 서둘러 손을 저었다.
"농담이야. 회장실에 탁아소 만든다는 이야기는 육아 회사에서도 못 들어 본 말이야. 하지 마. 그건 아니야. 혹시 여보가 시간이 없어도 내가 귤희 잘 볼게."

청와대.
천호령 회장은 오명성 대통령과 마주 앉아 있었다.

오명성 대통령의 미간이 일그러질 대로 일그러져 있었다.

"뭐라고요?"

천호령 회장이 고개를 숙였다.

"죄송합니다."

오명성 대통령이 고개를 저었다.

"이게 지금 죄송하다고 될 일입니까!"

"죄송합니다."

천호령 회장은 오명성 대통령을 향해 고개를 굽실거렸다.

고개를 숙이고 있어서 오명성 대통령은 보지 못했지만 천호령 회장의 표정은 절대 비굴하지 않았다. 그저 굽실거리는 척을 하고 있을 뿐이었다.

하지만 그의 표정을 볼 수 없는 오명성 대통령은 답답한 듯 손으로 이마를 짚었다. 그리고 고개를 저었다.

"그러니까, 지금 김희우가 장부를 가지고 있다고요? 그 장부에는 회장님이 내게 준 지분의 경로가 적혀 있고요?"

"죄송합니다. 놈이 그걸 어떻게 얻었는지 모르겠습니다. 저도 답답합니다."

오명성 대통령의 입에서 한숨이 흘렀다.

천호령 회장이 고개를 숙인 채 말했다.

"다른 회사는 어쩐지 모르겠습니다만 제왕 그룹에서는 사고가 벌어지면 관련 책임자를 우선 처벌하지 않습니다."

뜬금없는 말에 오명성 대통령이 가만히 천호령 회장을 바라봤다.

천호령 회장이 말을 이었다.

"책임자가 그 누구보다 사건을 잘 알고 있기 때문입니다. 사건 해결이 우선입니다. 소 잃고 외양간을 고치는 게 아니라 도망간 소를 잡아 오는 걸 우선으로 하는 게 제왕 그룹입니다."

"지금 무슨 말을 하고 싶으신 겁니까?"

"김희우를 잡는 게 우선이라는 말씀을 드리는 겁니다."

"……!"

"개천에서 용이 났다고 하는 말을 들어 보셨습니까? 개천에서 난 용은 부모 잘 만나 처음부터 잘났던 사람을 싫어합니다. 짜증이 나는 거죠. 지는 열심히 노력해서 그 자리까지 아등바등 올라왔는데, 부모 잘 만난 놈이 손쉽게 그 앞에 앉아 있으면 기분이 어떻겠습니까? 김희우가 그런 꼬인 심성을 가지고 있습니다. 그놈이 나라를 쥐고 흔들려 하고 있어요."

"……."

"나이가 어린 놈이 감당되지 않는 힘을 손에 넣었습니다."

천호령 회장이 대통령을 만나고 있는 그 시각.

희우는 강남에 있는 한 한정식집에 앉아 있었다.

미닫이 문이 열리고 한 남자가 들어왔다.

뿔테 안경을 낀 50대의 남자였다.

희우가 그를 보며 슬쩍 미소 지었다.

"오셨습니까?"

그는 어젯밤, 천호령 회장이 만난 시민 단체의 대표 우준호였다.

하지만 우준호 시민 단체 대표는 희우와 달리 웃지 않았다. 딱딱한 표정으로 서 있을 뿐이었다.

그도 그럴 것이 희우가 장부를 가지고 있다는 사실을 천호령 회장을 통해 들었기 때문이다.

이 자리가 불편할 수밖에 없었다.

우준호 대표는 작게 한숨을 내뱉었다.

'도대체 무슨 일로 나를 부른 거지?'

어떻게 생각해도 희우가 그를 만날 이유는 없었다.

이해가 되지 않았다.

그의 복잡한 생각은 표정에 드러나고 있었다.

하지만 우준호 대표의 표정과 달리 희우는 빙긋이 미소를 지어 보였다. 그리고 우준호 대표를 보며 말했다.

"음식 식어요. 어서 앉으세요."

"네, 그러죠."

우준호 대표는 간단한 대답과 함께 자리에 앉았다.

긴 상을 두고 희우와 마주 앉아 있는 배치다.

두 사람의 날카로운 눈빛이 마주쳤다.

하지만 희우는 그와 기 싸움할 생각이 없다는 듯 다시 한 번 싱긋 미소 지었다. 그리고 다시 입을 열었다.

"드세요. 여기 음식이 깔끔하니 괜찮습니다. 인터넷에서 찾아봤는데, 꽤 맛집으로 유명하더라고요. 분위기도 좋아서 상견례도 많이 한다네요."

그게 끝이었다.

희우는 말없이 식사를 시작했다.

우준호 대표는 눈을 깜빡이며 희우를 바라봤다.

'도대체 뭐야?'

하지만 우준호 대표는 먼저 묻지 않았다.

질문을 한다는 것은 생각을 먼저 보이는 것과 마찬가지다.

그건 피해야 했다.

섣불리 해서는 안 될 일이다.

'먼저 입을 열겠지.'

우준호 대표 역시 말없이 식사를 시작했다.

조금의 시간이 지났다.

여전히 희우는 식사만 할 뿐이다.

어떤 말도 없었다.

그리고 또 시간이 흘렀다.

역시 마찬가지였다.

불편한 기운만 공간을 채우고 있을 뿐이었다.

결국 먼저 입을 연 것은 우준호 대표였다.

그가 의심스러운 눈을 거두지 않고 조심스레 물었다.

"식사를 하자고 부른 겁니까?"

부른 이유를 대라는 거다.

하지만 희우는 젓가락으로 나물을 집다가 눈동자만 움직여 우준호 대표를 바라봤다.

그리고 슬쩍 웃었다.

"설마요. 제가 식사만 하자고 불렀겠어요? 그런데 일단 배를 채우는 게 좋지 않겠습니까? 여기 음식 맛있다니까요. 식기 전에 드세요."

희우는 다시 말없이 식사를 시작했다. 그리고 힐끔 우준호 대표를 바라봤다.

몹시 답답해 보이는 표정이다.

음식 맛을 생각할 겨를이 없어 보였다.

머릿속으로 온갖 망상을 하는 게 고스란히 드러나고 있었다.

하지만 아직이다.

더 애가 닳아야 한다.

그리고 또 시간이 지났을 때, 희우가 툭 던지듯 말했다.

"천호령 회장님이 제 흉을 보고 다닌다고요?"

"……!"

우준호 대표의 눈동자가 떨려 왔다.

이렇게 직접적으로 이야기할 것은 예상하지 못한 모양이다.

희우가 티슈를 뽑아 입술을 닦으며 말을 이었다.
"그런데 그거 아시나요?"
"어, 어떤 거요?"
희우가 슬쩍 웃으며 말을 이었다.
"지금 우준호 대표님이 저를 불편해하는 게 자신의 이름이 적혀 있다는 장부 때문이죠?"
"……!"
이번에도 직접적으로 이야기하고 있다.
우준호 대표는 마른침을 삼키며 고개를 살짝 끄덕였다.
희우가 나직한 목소리로 입을 열었다.
"조금만 생각해 보시면 이 판을 누가 깔고 있는지 예상될 텐데요."
"……!"
눈동자를 굴리며 생각에 빠진 우준호 대표를 보며 희우가 다시 입을 열었다.
"먼저 질문 하나 하겠습니다. 혹시 천호령 회장님이 제 욕을 하고 다니면서, 제가 어떻게 장부를 얻었는지에 관한 이야기도 했습니까?"
우준호 대표의 미간이 찌푸려졌다.
그런 말은 하지 않았다.
천호령 회장은 희우가 어떻게 그 장부를 손에 넣었는지 자신도 잘 모르겠다는 식으로 모호하게 말했었다.

희우가 계속 말했다.

"저는 그 장부는 천호령 회장님이 자택의 금고에 넣어 뒀던 것으로 알고 있습니다. 예상하시다시피 천호령 회장님의 자택 금고에 있는 걸 제가 꺼낼 수는 없죠. 그런데 어떻게 제 손에 들어와 있을까요? 누가 줬을까요?"

"……?"

우준호 대표의 눈에는 의문만 차오르고 있었다.

희우가 피식 웃으며 말을 이었다.

"그럼 계속 이야기하겠습니다. 천호령 회장님은 왜 장부를 만들었을까요? 정말 우준호 대표님을 원했다면, 그리고 위했다면, 그래서 순수한 마음으로 도와줄 생각이었다면 장부를 만들었을까요? 장부라는 건 언젠가 사용하기 위해서 만드는 거잖아요?"

우준호 대표의 머릿속은 이제 복잡한 생각으로 가득 찼다.

완전히 희우의 손아귀에 빠져든 거다.

희우가 낮은 목소리로 입을 열었다.

"천호령 회장님은 지금을 위해 장부를 만들어 뒀을 겁니다."

"그게 무슨 소리입니까?"

우준호 대표의 긴장감 어린 목소리가 공간을 채웠다.

하지만 그와 달리 희우는 여유롭다.

"애초에 시민 단체를 만들어 어려운 사람들을 도우려는 우준호 대표님과 국내에서 가장 많은 현금을 가진 제왕 그룹 천호령 회장님이 공존한다는 것은 말이 안 되는 일이었습니다."

"……."

"간단한 이치이지 않습니까? 부자가 존재하기 위해서 반드시 필요한 건 가난한 사람입니다. 그래야 부자가 부자일 수 있으니까요. 그런데 천호령 회장님이 가난한 사람이 부자가 되라고 돈을 주며 도와줬다고요?"

희우의 입에 비웃음이 한껏 걸렸다.

우준호 대표가 마른 입술을 혀로 적실 때, 희우가 말을 이었다.

"천호령 회장님이 그 많은 돈을 손에 쥐기 위해 만들어 낸 가난한 사람이 몇이나 될까요? 그런데 시민 단체와 제왕 그룹이 손잡고 있다니, 웃기지 않나요?"

우준호 대표는 입을 꽉 닫았다.

희우의 말은 궤변이다. 그건 알고 있다.

하지만 상관없었다.

우준호 대표의 머릿속에는 희우가 장부를 어떻게 얻었을까, 천호령 회장이 장부를 만든 이유는 뭘까에 대한 의문만이 가득할 뿐이니까.

희우는 지금 흔들리는 그의 마음에 불을 지피고 있었다.

희우는 다시 눈동자만 움직여 우준호 대표의 표정을 살폈다.

우준호 대표의 속은 타들어 가고 있었다.

희우가 계속 말했다.

"우준호 대표님은 천호령 회장에게 이용당한 것 같습니다."

"……!"

"제가 말씀드릴 수 있는 건 여기까지입니다."

우준호 대표가 한숨을 깊게 내쉬었다.

"그 말씀을 하려고 부른 겁니까?"

희우는 씁쓸한 미소를 지으며 고개를 끄덕였다.

"네, 어떻게 생각하실지 모르겠지만 저는 우준호 대표님이 천호령 회장에게 돈을 받았다고 해도 좋게 보고 있습니다."

"……!"

"어려운 사람들의 앞에 선 분이니까요. 그래서 전 대표님이 천호령 회장에게 돈을 받았다는 그 죄를 제외하고는 항상 응원하고 있습니다. 천호령 회장님께 휘둘리지 않았으면 하고 있어요."

우준호 대표가 고개를 저었다.

희우는 시선을 돌려 창밖을 바라봤다.

다시 두 사람의 사이에는 차가운 공기가 채워지고 있었다.

그때 희우가 갑자기 생각났다는 듯 입을 열었다.

"아, 이 이야기를 못 드렸네요. 혹시 방송국 사장 주나석 아십니까?"

"……!"

우준호 대표와 방송국 사장 주나석의 사이는 좋지 않았다.

우준호 대표가 대규모 집회를 열 때 언론이 도와줬다면 목표를 이루는 데 조금은 더 수월할 수 있었기 때문이다.

하지만 방송국 사장 주나석은 번번이 대기업의 손을 들어줬다.

시민 단체의 외침은 귓등으로도 듣지 않았다.

희우가 낮은 목소리로 말했다.

"천호령 회장님은 지금 사회가 혼란스럽게 되기를 원하고 있습니다. 그 이유를 완벽히 파악하지는 못했지만 아마도 자신이 가진 돈을 해외로 빼돌리려 하는 것 같습니다. 어쨌든 사회의 혼란을 만드는 데 가장 좋은 게 뭐일 것 같습니까? 시민 단체와 방송국의 싸움이죠. 거기에 저 같은 힘없는 정치인 하나를 양념으로 집어넣으면 더욱 좋고요."

"방송국과 우리가 싸운다고요?"

희우가 고개를 끄덕였다.

"말씀드렸다시피 전 양념입니다."

"양념요?"

"생각해 보세요. 제가 이름값이 있다는 건 인정하겠습니다. 그런데 무소속 의원이에요. 세력도 없습니다. 이런 제가 장부를 손에 쥐고 있다 해서 누구와 싸울 수 있겠습니까?"

"……."

"아마 장부에 적힌 한두 명을 검찰에 넘겨주고 소란을 피우면서 사라질 겁니다. 그런데 제 예상엔 제가 사라지는 그 순간이 신호탄이 될 것 같습니다."

"……!"

"제가 소란을 피우면 장부는 오픈되겠죠? 그런데 그 장부엔 사회의 저명한 사람들이 적혀 있습니다. 과연 그 사람들이 순순히 자백하거나 감옥에 가려 할까요? 아니죠. 사람들의 눈을 가리려고 할 겁니다. 방법은 간단해요. 그중에 가장 힘이 없는 사람, 그중에 가장 욕을 먹을 사람, 그러니까 우준호 대표님을 제물로 삼아 국민에게 바칠 겁니다."

"……."

"신문의 제목은 '서민의 인권을 대변하던 우준호 대표, 뒤에선 돈을 받아먹고 있었다.' 정도가 되겠네요. 물론 우준호 대표님은 쉽게 제물이 되지 않으려 할 겁니다. 제물이 되고 싶은 사람은 아무도 없으니까요. 대표님은 자신을 타깃으로 삼은 방송국과 싸움을 하겠죠. 그럼 천호령 회장의 목적이 이뤄지는 겁니다. 바로 사회 혼란요."

우준호 대표의 입안은 바짝 말라 가고 있었다.

그가 물컵을 들어 벌컥벌컥 마신 후 희우를 바라봤다.

희우가 씁쓸히 웃으며 말을 이었다.

"그런데 앞으로 일어날 일을 알고 있다 해도 피할 수는 없을 겁니다. 이미 방송국은 시민 단체를 흔들기 위해서 준비하고 있으니까요."

우준호 대표가 떨리는 목소리로 입을 열었다.

"방법이 없을까요?"

"먼저 공격하세요."
"공격요?"
"그 전에 사람을 모아야 합니다."

잠시 후.
희우는 방송국 사장 주나석과 이야기하고 있었다.
주나석은 눈을 깜빡이며 희우의 말에 집중하고 있다.
희우가 계속 입을 열었다.
"저는 주나석 사장님이 천호령 회장에게 돈을 받았다고 해도 좋게 보고 있습니다. 공정한 언론을 위해 지금까지 노력해 왔다는 걸 누구보다 잘 알고 있으니까요. 전 돈을 받았다는 그 죄를 제외하고는 주나석 사장님을 응원하고 있습니다. 천호령 회장님께 휘둘리지 않았으면 하고 있어요."
똑같은 말이 이어지고 있었다.
희우가 계속 말했다.
"그중에 가장 힘이 없는 사람, 그중에 가장 욕을 먹을 사람, 그러니까 주나석 사장님을 제물로 삼아 바칠 겁니다."
"……."
"신문의 제목은 '공정한 언론을 보도하겠다던 주나석 대표, 사실은 재벌의 선동 기구였나?' 정도가 되겠네요."

주나석 사장의 입에서 깊은 한숨이 새어 나왔다.
희우는 계속해서 말했다.
그리고 잠시 후, 낮은 목소리로 주나석 사장을 흔들었다.
"방법은 있어요. 먼저 공격하세요. 그런데 그 전에 사람을 모아야 합니다."
주나석 사장이 입을 꽉 다물었다. 그리고 천천히 고개를 끄덕였다.

그날 오후.
희우는 상만과 마주 앉아 있었다.
희우가 커피를 들어 입에 대며 말했다.
"조만간 물고 뜯는 싸움을 보게 될 거야."
"싸움요?"
희우가 고개를 끄덕였다. 그리고 손목을 들어 시간을 확인하며 말을 이었다.
"싸움에는 사람이 필요하니까, 지금쯤 사람들을 만나러 다니겠네. 서로 자기편이 되어 달라고 애원할 거야. 하지만 딱 반으로 갈릴 거야. 그리고 피 터지는 싸움을 하겠지."
그리고 희우의 예상은 맞았다.
주나석 사장과 우준호 대표는 사람을 만나러 다니고 있었다.

정치인, 기업인 등 사회 각층의 인사에게 자신의 편에 서 달라고 애원하는 거다.

그리고 그들이 만나는 사람은 희우가 알려 준 사람들이다.

모두 제왕 그룹 장부에 적힌 사람들이었다.

그들을 생각하며 희우가 슬쩍 웃으며 커피를 들어 스트로에 입을 댔다.

그날 저녁, 신문사.

서도웅은 로비에서 주변을 두리번거리고 있었다.

박유빈 기자를 찾는 거다.

그는 오늘 희우의 지시로 박유빈 기자를 통해 황진용 의원을 만나기로 되어 있었다.

이쪽저쪽 확인을 하고 있을 때, 뒤에서 여성의 목소리가 들렸다.

"안녕하세요."

서도웅이 고개를 돌려 보자 박유빈 기자가 생긋 미소를 짓고 있다.

눈을 마주친 서도웅은 황급히 고개를 꾸벅 숙였다.

"안녕하세요."

박유빈 기자는 기자이기 전에 희우의 선배다. 당연히 예의를 갖춰야 한다.

박유빈 기자가 앞서 걸으며 입을 열었다.

"차 많이 밀리죠? 복잡하지는 않으셨어요?"

"하하, 괜찮습니다."

서울 도심이다.

차를 끌고 오는 이상 막힐 것은 예상하고 있었다.

박유빈 기자가 손목을 들어 시간을 확인하며 계속 말했다.

"황진용 의원님과 만나기로 한 건 아시죠?"

서도웅이 고개를 끄덕였다. 그리고 품 안에 있는 서류를 만지작거렸다.

희우가 황진용 의원에게 전해 주라고 지시한 비주류 의원의 명단이다.

박유빈 기자가 고개를 끄덕였다.

"좋아요. 그럼 출발하죠."

"황진용 의원님은 어디 계신가요?"

"여기서 멀지 않은 한정식집에 계세요. 아직 식사 전이죠?"

서도웅은 고개를 끄덕인 후 박유빈 기자의 뒤를 쫓아 걸었다.

앞서 걷던 박유빈 기자가 고개를 뒤로 돌려 서도웅을 바라봤다.

"황진용 의원님을 만나 뵌 적 있어요?"

"멀리서는 몇 번 뵌 적이 있지만 이렇게 가까이 뵙는 건 오늘이 처음입니다."

박유빈 기자가 빙그레 미소를 그렸다.

"제가 여의도에 자리 잡고 앉은 지 오랜데요, 국회의원 중에 황진용 의원님 같은 분은 뵙기 힘들어요."

"……."

"말과 행동이 같은 분이죠. 앞에서는 서민을 위하는 척, 같은 서민인 척하는 분들이 많잖아요? 하지만 황진용 의원님은 척하지 않아요. 항상 한결같아요. 그게 멋지기도 하고요."

박유빈 기자가 손을 깍지 끼고 어깨 위로 쭉 올리며 말을 이었다.

"그래서 대선에 나갔으면 하고 바라고 있었는데, 황진용 의원님은 자신이 나가면 나라 망치는 거라며 싫다고 하셨어요. 만약 나가셨다면 지금 대통령은 오명성 대통령이 아니라 황진용 의원님일 수도 있었는데도요."

서도웅은 고개를 끄덕였다.

하지만 박유빈 기자가 예의를 갖춰야 하는 상대이기 때문에 끄덕였을 뿐이다. 그의 표정은 그녀의 말에 동의하는 것 같지는 않았다.

서도웅은 얼마 전까지 정치인에 관해서 잘 몰랐다.

정치라고 해 봤자 관심 있는 분야인 부동산 정책에만 집중했을 뿐이다.

그러다가 희우 때문에 정치판에 들어오고 나서야 원치 않게 정치인을 관찰하기 시작했다.

관찰의 결과는 뻔했다.

물론 좋은 정치인도 있었지만 많은 사람이 자신의 욕심에 의해 움직이는 걸 지켜봤다.

그들에게 국민은 없었다.

자신의 세력 싸움에만, 그리고 자신들의 이권에만 관심이 있을 뿐이었다.

그래서 황진용 의원도 다를 것 같지는 않았다.

그리고 잠시 후.

서도웅은 한정식집에 무릎을 꿇고 앉아 있었다.

그의 앞에는 황진용 의원이 보였다.

황진용 의원은 마치 동네 할아버지처럼 입가에 미소를 그리며 서도웅을 바라봤다.

"편히 앉으세요."

황진용 의원의 말에 서도웅은 고개를 저었다.

"아닙니다. 괜찮습니다."

서도웅은 힐끔 황진용 의원을 바라봤다.

황진용 의원은 편하게 대해 주고 있지만 어쩐지 편하게 앉으면 안 될 것 같은 느낌이 들었다.

지금껏 만난 정치인들에게 느꼈던 것과 달랐다.

존재하지 않을 것 같던 위압감이라는 말이 황진용 의원에게서 풍겨 나오고 있었다.

황진용 의원이 너털웃음을 지으며 말했다.

"날 뽑지 않았어도 좋으니까, 편히 앉으세요. 그러고 있으면 내가 불편합니다."

"네? 네."

거듭되는 말에 서도웅은 무릎을 펴고 양반다리를 하며 앉았지만 오히려 더 불편해졌다.

황진용 의원이 푸근하게 웃으며 술병을 들었다. 그리고 서도웅의 빈 잔을 채웠다.

"그래, 김 의원이 나한테 뭘 전해 주라고 했다죠? 일단 밥 먹고 이야기합시다."

"네? 네."

그래서 시작된 식사.

서도웅은 돌멩이를 씹는 것 같은 느낌을 받았다.

황진용 의원은 초선, 재선 의원이 아니다.

수십 년이라는 오랜 시간 동안 국회에서 자리를 지키고 있던 사람이다.

그런데 서도웅에게 존대를 하고 있었다.

자세도 흐트러짐이 없다.

하루 이틀 한 행동이 아니다.

황진용 의원은 누구를 만나도 이런 자세를 취할 것 같았다.

서도웅은 다시 슬쩍 고개를 들어 황진용 의원을 바라봤다.

서도웅이 만난 대부분의 의원은 국민의 위에 서 있으려 했다.

선거철만 되면 인기를 얻기 위해 겸손한 척, 고개를 숙이고 다녔지만 당선되면 끝이었다.

하지만 황진용 의원은 달랐다.

서도웅은 오명성 대통령 이후에 황진용 의원이 대통령이 되었으면 하는 생각을 이 짧은 만남에 순간적으로 하게 되었다.

그렇게 식사를 마쳤다.

서도웅이 품에서 서류를 꺼내 황진용 의원에게 건넸다.

박유빈 기자는 말없이 서도웅의 옆에 앉아 차를 마시고 있다.

그녀의 태도를 보면 앞으로 이 자리에서 나올 어떤 말도 기사화하지 않겠다는 믿음을 가질 수 있었다.

서도웅은 박유빈을 힐끔 봤다가 다시 황진용 의원에게 시선을 향했다.

어쩐지 이런 사람들을 알고 지내는 희우가 부럽다는 생각이 들었다. 그리고 한편으로는 그런 희우와 함께 일하는 자신이 조금은 대견해 보이기도 했다.

서도웅이 이런저런 생각을 하고 있을 때, 황진용 의원은 가만히 서류를 보고 있었다.

황진용 의원의 표정은 딱딱하게 굳어 갔다.

그가 서도웅을 바라봤다.

"서도웅 비서? 보좌관? 뭐라고 해야죠?"

"다양하게 일하고 있으니 편하게 불러 주십시오."

"좋아요. 서도웅 비서, 이 서류 읽어 보셨습니까?"

서도웅은 고개를 저었다.

희우에게 국회의원의 명단이라는 말만 들었을 뿐이다.

황진용 의원의 시선이 다시 서류로 향했다.

그곳엔 정말 국회의원들의 이름이 적혀 있었다.

다만 다른 것은 비주류 초선 의원들의 이름이 적혀 있는 곳에서 천천히 아래를 향해 시선을 내리면 희우가 전하는 메시지가 보였다.

의원님, 이르면 오늘 밤, 늦어도 사흘 안에 혼란이 올 겁니다. 혼란이 일어나면 이틀 안에 비주류 초선 의원들을 모아 새 당을 창당하셔야 합니다.

황진용 의원은 눈을 감았다.

일전에 희우가 보여 준 약 1천 명의 이름 중, 현직 국회의원들의 이름이 그의 머릿속에 떠오르고 있었다.

'일흔여덟이었나?'

여야를 가리지 않고 현직 의원 일흔여덟 명이 연루된 사건이었다.

어마어마한 숫자다.

한 번에 무너뜨리지 않으면 살아남은 수십 명의 공격을 받아 이쪽이 쓰러질 수도 있었다.

'이들을 초선 의원들과 힘을 합쳐 이기라고?'

황진용 의원의 입에서 '끄음.' 하고 신음 소리가 흘렀다.

하지만 고민은 짧았다.

애초에 희우에게 한다고 말을 전했던 일이다.

황진용 의원이 눈을 뜨고 서도웅을 바라봤다. 그리고 다시 빙긋이 미소를 지었다.

"내가 김 의원에게 듣기로 자네는 정치와 전혀 무관한 일을 했다고요?"

"네? 네."

"좋지 못한 모습을 보여서 미안합니다."

"아닙니다."

서도웅은 황급히 고개를 저었다.

황진용 의원이 서류를 품에 집어넣으며 계속 말했다.

"이건 이제부터 내가 알아서 해야 할 일이고, 서도웅 비서에게 물어보고 싶은 일이 있어요."

"……?"

서도웅이 눈을 깜빡였다. 그리고 가만히 황진용 의원을 바라봤다.

서류를 온전히 배달한 이상, 황진용 의원이 서도웅에게 물어볼 것은 없었다.

아니, 물어본다고 해도 크게 의미가 있는 질문은 아닐 것이다.

그런데 황진용 의원이 진지하게 말을 하고 있으니 어떤 질문이 올지 궁금했다.

황진용 의원이 입을 열었다.

"김희우 의원이 대통령의 자리에 오르는 걸 어떻게 생각합니까?"

그 말에 옆에서 가만히 차를 마시고 있던 박유빈 기자는 그만 사레가 들려 기침하기 시작했다.

많이 놀랐는지 콜록거리는 게 꽤 고통스러워 보였다.

서도웅도 마찬가지였다.

초점 없는 눈으로 멍하니 황진용 의원을 바라볼 뿐이었다.

황진용 의원이 다시 말했다.

"아마, 김희우 의원이 자기가 직접 오지 않고 서도웅 비서를 보낸 이유가 이런 말을 들을까 봐서일 거예요. 그런데 난 김희우 의원에게 앞장서서 국민의 뜻을 모으는 화살받이가 되겠다는 뜻은 약속했지만 그 이후의 일은 약속하지 않았어요. 예전과 생각이 같으니까요. 그러니까 이 사건이 끝난 후 김희우 의원이 대통령에 오르는 거죠."

서도웅은 귀신에 홀린 것 같은 표정으로 황진용 의원을 바라보다가 더듬더듬 물었다.

"김희우 의원은 아직 나이가 안 되는 것으로 알고 있습니다."

"나이가 무슨 상관입니까? 법에 명시되어 있으니까 안 된다는 겁니까?"

"……."

"이 싸움은 부패한 기득권을 무너뜨리는 겁니다. 그런데 그 기득권들이 법을 안 지키고 있어요."

서도웅은 황진용 의원을 빤히 바라봤다. 그리고 우물쭈물 말했다.

"전 황진용 의원님이 나서시는 게……."

황진용 의원은 단호하게 고개를 저었다.

"나도 기득권입니다."

"……!"

"그리고 부패한 정치판을 만드는 데에 일조한 공신입니다. 싸움이 끝나면 책임을 져야 할 사람이에요."

"……!"

"누군가는 내가 지난 대선에 나갔다면 오명성 대통령을 이기고 그 자리에 앉았을 거라고 이야기를 해요. 하지만 아닙니다. 그 자리는 시대가 부르는 사람이 앉는 자립니다."

"……."

"내가 이 판에서 오랜 세월 굴러먹어서 시대가 부르는 사람이 조금은 보입니다. 이전에는 그 사람이 오명성 대통령이었다면 지금은 김희우 의원입니다."

서도웅은 뭐라 이야기할 수 없었다. 그저 가만히 있을 뿐이었다.

황진용 의원이 가만히 서도웅을 보며 입을 열었다.

"그러니까, 김희우 의원을 설득해 주세요."

그날 밤.

희우는 상만 그리고 서도웅과 함께 사무실에 앉아 캔 맥주를 따고 있었다.

서도웅은 황진용 의원을 만나고 온 이야기를 전하고 있었다.

"의원님이 황진용 의원님을 직접 찾아뵙지 않은 이유가 대통령 선거에 나가라는 말을 듣기 싫어서 저를 보낸 거라고 하시던데요."

희우는 눈을 깜빡였다.

"내가? 그 말을 듣기 싫어서 너를 보냈다고?"

"네."

희우는 고개를 저었다.

"아닌데. 내가 직접 움직이면 천호령 회장 눈에 띌까 봐 조심한 건데."

서도웅이 머리를 긁적였다.

"모르겠어요. 황진용 의원님은 의원님이 대통령이 되었으면 하는 바람이시더라고요."

그 말에 상만이 몸을 떨었다. 그리고 빠르게 고개를 저었다.

"안 돼. 난 사장님이 대선에 나와도 절대 안 뽑을 거야."

희우는 상만을 째려봤다.

나갈 생각은 없지만 안 뽑는다는 말을 들으면 기분은 나쁘다.

상만이 어색하게 웃으며 말했다.

"사장님이 대통령에 오르면 참 무서울 거예요. 법대로 할 거죠? 술 먹고 오줌 싸는 사람, 구속! 징역! 실형! 땅땅땅!"

희우가 고개를 저었다.

상만은 뭐가 재밌는지 혼자 배를 잡고 웃으며 계속 중얼거렸다.

"삼겹살 가게는 조금 잘못해도 봐주세요. 전 삼겹살을 사랑하니까요, 흐흐흐."

서도웅이 손을 들었다.

"전 여자 친구 생기게 공약을 걸어 주시면 뽑겠습니다."

희우가 고개를 끄덕였다.

"그래, 내가 대선에 나가면 서도웅이 여자 친구 생기는 공약은 꼭 만들게."

시답잖은 농담들이었다.

그들은 이제 태풍이 불어온다는 것을 알고 있었다.

어쩌면 여기 있는 사람들 모두 그 태풍에 휩쓸려 날아가 버릴 가능성도 존재했다.

그래서 농담으로 긴장을 풀고 있는데, 희우의 핸드폰이 울렸다. 발신 번호는 민수다.

"네, 선배."

–텔레비전 틀어 봐.

무거운 목소리다.

희우가 신호를 보내자 상만이 리모컨을 들고 전원 버튼을 눌렀다.

아나운서가 나와 속보를 전하고 있었다.

Chapter 3

—국내 최대의 시민 단체 대표 우준호 씨가 거액의 뒷돈을 받아 챙겼다는 의혹이 제기되었습니다. 시민들의 앞에 앞장서서 정의를 외치던 모습과 뒷돈을 받으며 검은 미소를 짓고 있던 우준호 씨. 어떤 점이 진실한 그의 모습일지는…….

주나석 방송국 사장이 먼저 칼을 빼 들었다. 그리고 망설이지 않고 우준호 시민 단체 대표의 등을 찔렀다.

이제 시작이다.

희우는 눈을 작게 떴다.

희대의 권력자 조태섭의 죽음 이후, 대한민국은 새로운 판이 만들어졌었다.

오명성 대통령과 천호령 회장 등 뒤에 숨어 있던 자들이 들고 일어나 권력이나 돈을 손에 쥐기 위해 움직이는 더러운 판이었다.

이 모든 것은 희우가 조태섭을 떨어뜨리며 만들어 낸 것이나 다름없었다.

이제 그 판이 뒤흔들리기 시작했다.

웃기게도 이 판을 흔드는 것 역시 희우가 만들어 냈다는 것이다.

자신이 만들고 자신이 뒤집고 있다.

문제는 정신을 차리지 않으면 발을 헛디뎌 쓰러지고 짓밟힐 수 있다는 것이다.

사정없이 흔들리는 판 위에서 어떻게든 서 있기 위해, 그리고 진실을 똑바로 바라보기 위해 정신을 차려야 한다.

희우는 리모컨을 들어 텔레비전을 껐다. 그리고 상만과 서도웅에게 시선을 향했다.

두 사람의 얼굴에서는 방금 전까지 시답잖은 농담을 하던 모습은 보이지 않았다.

눈빛부터가 달랐다.

그들도 지금부터는 위험하다는 것을 알고 있는 것이다.

희우가 천천히 입을 열었다.

"시작이야."

두 사람은 천천히 고개를 끄덕였다.

희우가 말을 이었다.

"상만이 너는 바로 천유성 대표과 만나. 그리고 지금 천호령 회장과 대립해야 한다고 말해."

"네."

희우의 시선이 서도웅에게 향했다.

"도웅이 너는 비주류 의원들에게 연락해서 황진용 의원님 아래로 모이라고 해."

서도웅도 고개를 끄덕였다.

희우가 자리에서 일어서며 말했다.

"지금."

상만과 서도웅도 희우를 따라 자리에서 일어섰다.

평소라면 가벼운 농담이라도 전하고 떠날 상만이다.

하지만 지금은 아무 말 없이 사무실을 떠났다.

사무실에 남아 있는 사람은 이제 희우뿐이었다.

그는 시선을 내려 자신의 앞에 있는 테이블을 바라봤다.

막 뚜껑을 연 캔 맥주가 보였다.

채 한 모금도 제대로 마시지 못한 맥주다.

하지만 아깝지 않았다.

얼마 후, 지금의 판이 뒤엎이고 새로운 판에 서게 되면 옹기종기 모여 앉아 축하주를 마실 수 있다는 생각이 들었기 때문이다.

희우는 몸을 돌려 테이블에서 벗어나 창가로 걸어갔다.

창문을 열자 차가운 바람이 훅 하고 들어왔다.

뼈가 시릴 정도의 추위지만 덕분에 정신이 또렷하게 들고 있었다.

희우의 시선이 천천히 앞을 바라봤다.

서울이 보여야 한다.

하지만 그의 눈동자에 서울은 보이지 않았다.

오직 혼돈만이 보일 뿐이다.

어둠 속을 응시하던 희우는 잠시 눈을 감았다.

차가운 바람이 볼을 스치고 지나갔다.

피부는 딱딱하게 굳어 갔고, 입에서는 허연 입김에 흘러나왔다.

하지만 춥다는 생각은 들지 않았다.

그의 머릿속에는 앞으로의 계획이 얼기설기 뿌리를 내리며 만들어지고 있었기 때문이다.

이 길이 막히면 다른 길을 뚫는다.

다른 길도 막히면 또 다른 길로 향한다.

그의 계획은 빠르게 뿌리를 내리고 굳건히 서고 있었다.

그리고 모든 계획을 다시 한 번 검토했을 때, 그제야 희우는 눈을 떴다.

그의 눈은 얼음장처럼 차가웠다.

이제 하나의 실수도 용납할 수 없다.

희우는 핸드폰을 들어 올렸다.

전화가 가는 곳은 전석규 총장이었다.

"시작해야 할 것 같습니다."

잠시 후.

상만은 천유성 대표와 마주 앉아 있었다.

천유성 대표가 말했다.

"아버지가?"

상만이 고개를 끄덕였다.

"네, 지금 천유성 대표님을 끌어내리려고 준비하시는 겁니다."

천유성 대표가 피식 웃으며 고개를 저었다.

"그거 말뿐이야."

"……."

"내가 없으면 제왕 그룹의 주가는 곤두박질해. 아버지가 당장 내일이라도 돌아가시면 어떻게 해? 첫째 천지용 형님도, 셋째 천하민도 없어. 아무도 없는데 나를 끌어내린다고? 아버지는 자식들보다 그룹을 더 사랑하시는 분이야, 그런 분이 그룹을 생각하지 않고 마음대로 일을 저지른다고?"

천지용, 천하민이 없기에 할 수 있는, 자신감으로 가득한 말이었다.

물론 형과 동생이 없더라도 천시현이라는 경쟁자는 남아 있었다. 비록 천시현이 후계에서는 멀리 떨어져 있다고 해도 그녀 역시 천호령 회장의 핏줄이기 때문이다.

하지만 얼마 전, 천시현마저도 천유성 대표가 품었다.

게다가 천호령 회장은 천유성 대표에게 천지용이나 천하민에게 붙어 있는 이사를 쳐 내라는 말을 전했다.

천유성 대표에게 겁날 것은 없었다.

무리수를 쓰지 않아도 된다.

적어도 천유성 대표는 그렇게 생각하고 있었다.

천유성 대표가 찻잔을 입에 대며 계속 말했다.

"아버지는 첫째 천지용 형님을 생각하고 있었던 것 같아. 그런데 천지용 형님이 당분간 세상에 나올 일은 없을 거야. 나도 나름으로 준비를 해 뒀으니까."

천유성 대표가 여유롭게 말하고 있을 때, 상만은 품에서 종이 한 장을 꺼내 테이블 위에 놓았다.

천유성 대표의 뱀눈이 꿈틀 거렸다.

서늘했다.

뭔지는 모르지만 테이블에 놓인 종이 한 장은 잘 벼려진 칼날처럼 자신을 노리는 것만 같았다.

천유성 대표는 테이블 위에 놓인 서류를 찬찬히 훑어봤다.

그의 미간이 찌푸려지는 건 순식간이었다.

그것은 USB에 저장된, 천유성 대표가 돈을 건넨 사람들

명단이었다.

천유성 대표는 떨리는 눈동자를 들어 천천히 상만에게 향했다.

"이게 뭐지?"

모든 게 완벽하다고 생각했던 천유성 대표다.

하지만 그는 USB에 관한 건 잘 알지 못했다.

그는 USB가 천호령 회장을 압박할 무거운 비리가 있다고만 생각했을 뿐이다. 자신의 비리까지 들어 있을 거라고는 생각하지 못했다.

상만이 천천히 입을 열었다.

"방금 뉴스에서 주나석 방송국 사장과 우준호 시민 단체 대표가 서로 칼을 빼 든 것 아시죠?"

"……."

"보시면 알겠지만 천유성 대표님과 천하민 대표의 비리가 적혀 있습니다. 이 문서가 세상에 퍼지고 있습니다."

물론 편집한 거다.

USB에 저장된 명단에는 상만이 말한 두 사람뿐만 아니라 천지용과 천호령 회장의 비리도 적혀 있었다.

하지만 천유성 대표가 보기에 이 명단은 자신을 노리고 있었다.

천유성 대표가 물었다.

"그러니까 왜?"

"회장님은 천지용 본부장을 후계로 생각하는 모양입니다."

"그러니까 왜!"

상만이 작게 한숨을 내쉬며 말했다.

"못 미더운가 봅니다."

쾅!

못 미덥다는 말에 천유성 대표가 테이블을 손으로 찍어 내리쳤다.

천유성 대표의 분노한 눈이 떨리고 있었다.

그는 평생을 아버지에게 인정받으려 노력하며 살아왔다.

그런데 아직도 못 미덥다니.

천유성 대표의 악다문 입에서 이가 갈리는 소리가 상만에게까지 들려왔다.

분노한 그의 앞에 앉은 상만은 여전히 담담했다.

그 시각.

오명성 대통령은 텔레비전을 보고 있었다.

그가 리모컨을 들어 뉴스를 껐다. 그리고 시선을 돌렸다.

그의 시선이 닿은 곳에는 비서가 보였다.

오명성 대통령이 말했다.

"신기해."

"네."

"이 모든 걸 그 노인네가 계획하고 있던 것 아닌가?"

"네."

오명성 대통령은 오늘 천호령 회장을 만났다. 그리고 천호령 회장에게 앞으로 있을 모든 일을 전해 들었다.

천호령 회장이 꺼낸 말은 이것이었다.

―빠르면 오늘, 늦어도 조만간 방송국에서 시민 단체를 상대로 시비를 걸 겁니다. 방송국과 시민 단체의 싸움이라기보다는 주나석 사장과 우준호 대표의 싸움이지요.

그 늙은 목소리를 떠올리며 오명성 대통령은 고개를 저었다. 마치 모든 게 천호령 회장의 손에서 놀아나고 있다는 기분을 저버릴 수 없었다.

오명성 대통령이 자리에서 일어서 비서에게 다가갔다. 그리고 작은 목소리로 말했다.

"두 가지 할 일이 있어."

"말씀하십시오."

"천호령 회장이 노리는 게 뭔지 제대로 알아봐. 나에게 지껄였던 유토피아 같은 이상적인 세상 말고 다른 무엇을 노리고 있는지 확인하도록 해."

"알겠습니다."

비서는 고개를 끄덕이며 오명성 대통령의 다음 지시를 기다렸다.

대통령이 천천히, 그리고 작은 목소리로 입을 열었다.

"김희우를 조사해 봐."

"……!"

"천호령 회장과 김희우의 싸움이야. 천호령 회장이 만든 판에서 김희우가 놀아나고 있는 건지, 김희우가 만든 판에서 천호령 회장이 놀아나고 있는 건지 알아내도록 해."

비서가 천천히 고개를 끄덕였다.

다음 날도, 그다음 날도 뉴스는 시끄러웠다.

—전석규 검찰총장이 뇌물 혐의를 받는 자신의 친동생을 구속 수사하기로 했습니다. 전석규 검찰총장은 가족인 만큼 더욱 엄밀히 조사할 것을 지시했습니다.

—한국 대학교 경영학과장 이제율 교수가 시민 단체를 상대로 비난 방송을 지속하는 방송국을 비난하고 나섰습니다.

—서울 한복판에서 불법 시위가 벌어지고 있는 가운데 시민들은 매일 불안에 떨고 있습니다.

—야당 의원이 오늘…….

-오늘 여당 의원들은…….

세상은 시끄러웠다.

어지럽고 혼란스럽다.

하지만 가진 자들은 남을 위해 싸우지 않았다.

오로지 자신들의 안위를 위해 싸우고 있었다.

그 시각.

희우는 시장을 걷고 있었다.

시장을 거슬러 언덕 위로 올라가면 민수의 집이 있다.

시장의 생선 가게를 지나면 비린내가 찌르듯 흐른다.

그 옆 코너에 민수가 살고 있었다.

희우가 집 앞에 거의 도착했을 때, 민수가 부스스한 차림으로 나오는 중이었다.

파란색 트레이닝복에 덥수룩한 머리를 북북 긁으며 담배를 입에 물던 민수가 희우를 발견하고 눈을 동그랗게 떴다.

“여긴 어쩐 일이야?”

희우가 슬쩍 웃었다.

“어제 전화했잖아요, 낮에 보자고. 그런데 쉬는 날이라면서 집에 있을 거라고 오라면서요.”

“아, 맞다.”

민수가 손뼉을 치며 웃었다. 그리고 담배에 불을 붙였다.

민수가 슬쩍 웃으며 말했다.

"오면서 생선 냄새 괜찮았어?"

"네."

"궁금하지 않아, 부패한 사람의 냄새하고 생선 썩은 냄새 중에 어떤 게 더 지독할지?"

희우는 피식 웃었다.

민수가 말을 이었다.

"부패한 사람은 향수로 몸을 처발라도 더러운 냄새가 사라지지를 않아."

"이제 부패한 사람을 1천 명쯤 잡을 수 있어서 좋겠네요."

민수가 어깨를 으쓱해 보였다.

"글쎄, 잡을 수 있을까? 아니면 우리가 잡힐까?"

그건 모르는 것이었다.

민수의 입에서 뿌연 담배 연기가 흩어지며 나왔다.

희우가 그 옆에 서서 말했다.

"천호령 회장은 여기까지는 읽고 있을 거예요. 서로 싸움을 붙이고 혼란스럽게 하는 거요. 제가 세울 수 있는 방법이 하나밖에 없으니까요."

천호령 회장은 희우가 생각할 수 있는 물고를 하나만 터놓았다. 물이 그쪽으로 흘러 자신이 통제할 수 있게 하기 위함이다.

그건 희우도 알고 있었다.

민수가 고개를 끄덕였다.

"그렇겠지."

희우가 말했다.

"세상이 조금 더 혼란스러워질 때까지는 천호령 회장의 뜻에 따라야 해요."

"그다음은?"

민수의 질문에 희우의 입에 살짝 미소가 맺혔다.

시장 골목을 빠져나가면 작은 커피숍이 있었다.

희우와 민수는 그 커피숍에 마주 앉았다.

희우가 말했다.

"싸우고 헐뜯고 비방하고, 내일부터 본격적인 네거티브가 시작될 거예요. 방송사와 시민 단체의 비방전이죠."

지금도 언론 또는 SNS를 통해 비방전이 시작되었다.

교수들을 비롯한 각 분야의 인물들이 방송국과 시민 단체의 편에 서며 날을 갈기 시작한 것이다.

하지만 지금은 시작일 뿐이다.

서로의 치부를 긁어내고 상처를 들쑤시는 짓은 아직 일어나지 않았다. 아직은 서로 가벼운 펀치를 날리며 간만 보고 있을 뿐이다.

하지만 희우가 그들의 싸움에 불을 붙이면 언제 간을 보고 있었냐는 듯 본격적으로 송곳니를 내밀고 으르렁거릴 게 분명했다.

그들은 이기적이다.

서로 살기 위해서 남을 짓밟을 게 분명했다.

그들이 남을 짓밟지 않고 살아남을 수 있는 방법이 있었다.

모두가 손잡는 것이다.

하지만 그들은 손잡지 않는다. 타인을 믿지 못하기 때문이다.

희유가 말을 이었다.

"검찰이 할 일은 그들의 입에서 나온 말을 수사하겠다는 발표예요."

민수가 고개를 까닥거렸다.

"수사하려는 계획을 발표한다? 그럼 숨지 않을까?"

헐뜯는 말을 하며 날을 세울 때, 그들이 한 발언을 가지고 수사를 하겠다고 하면 조용해질 가능성이 컸다.

자칫 상대를 베려다가 자신이 베일 수도 있기 때문이다.

희우가 커피를 들어 올리며 슬쩍 미소 지었다.

"그러니까, 한쪽 편만 드세요."

"한쪽 편?"

"검찰이 한쪽의 손을 들어 주는 척하는 겁니다."

"……."

"저라면 시민 단체의 손을 들어 주겠습니다."

민수의 미간이 찌푸려졌다.

그는 덥수룩한 머리를 북북 긁으며 가만히 희우를 바라봤다.

"이유는?"

"시민 단체의 대표는 많은 돈을 가지고 있어요. 그 대표의 집은 평범한 사람은 꿈도 꾸지 못하는 월세 수백만 원의 집이죠."

"하, 난 지하 방에 세들어 살고 있는데 짜증 나네. 흘흘흘."

희우가 계속 말했다.

"차는 독일제 수입 차입니다. 장기 렌트를 했기 때문에 그 사람의 소유로 잡히지 않을 뿐이에요."

"……."

"시민 단체 대표의 자식은 대안 학교에 다니고 있습니다. 보통 대안 학교라고 하면 공교육의 치열한 입시 교육에서 벗어나 인성을 교육하는 곳이라고 알고 있잖아요? 하지만 시민 단체 대표의 자식이 다니는 대안 학교는 달라요. 소위 '귀족 학교'라 불리는 곳이죠. 학비만 수백만 원. 모든 교과과정은 영어 교육."

민수의 눈이 싸늘해졌다.

희우가 계속해서 말을 이었다.

"하지만 일반 사람들은 그 사실을 모릅니다. 시민 단체의 대표가 재산 없이 월세 생활을 하고, 교육에 깨어 있기 때문에 대안 학교를 보내는 줄 알고 있죠."

"무슨 말이야?"

"사람들은 시민 단체 대표가 철저한 약자라고 생각한다는 말이에요."

"……."

"그래서 시민 단체의 손을 들어 주면 사람들에게 검찰이 박수를 받을 겁니다. 언론의 권력을 가진 방송국의 반대에 서서 약자를 돕는 거니까요."

"……."

"검찰의 힘을 얻게 된 시민 단체는 방송국과 그쪽에 선 사람들을 향해 더욱 거센 비난을 할 것입니다. 자신들은 안 잡혀갈 줄 알겠죠. 그럼 방송국은 어떻게 할까요? 살기 위해 더 날을 세울 겁니다."

민수가 천천히 고개를 끄덕였다.

"서로 약점을 꺼내게 한다?"

"꺼낸 약점은 국민들의 눈과 귀에 들어갈 겁니다."

"국민의 신뢰를 잃겠어."

희유가 팔을 벌려 원을 만들어 보이며 말했다.

"그때 한꺼번에 잡는 겁니다."

잡아야 할 인물이 자그마치 1천 명에 가깝다.

그들은 대한민국의 법 위에 서 있는 자들이다.

위에 선 그들은 새벽같이 버스를 타고 출근해서 어깨가 욱씬거리도록 밤늦게까지 일을 하는 일반 사람들을 비웃고 있다.

그들이 일반 사람들의 위에 서 있을 수 있는 이유는 오직 하나다. 보여 주지 않기 때문이다.

자신들의 민낯을 보이지 않고 나라를 걱정하는 척, 사람들을 걱정하는 척, 착한 척, 교양 있는 척, '척'했기 때문이다.

희우는 그들의 얼굴에서 화장기를 지우고 추한 민낯을 까발리려 하고 있었다.

희우가 말했다.

"더러운 얼굴이 세상에 나오면, 국민들은 충격을 받을 겁니다. 그리고 알겠죠. 저런 놈들이 위에 있었구나, 내가 저런 놈들을 위해 세금을 내고 있었구나."

"……."

"그때는 약 1천 명을 모두 잡을 수 있을 겁니다."

지금 당장 그들을 잡는 건 무리다.

아무래도 그들은 법을 우습게 보는 사람들이다.

더러운 이야기지만 법으로 끌어내리기 힘든 자들이다.

약 1천 명을 잡으려다가 검찰이 날아갈 수도 있었다.

하지만 국민의 신뢰가 떨어지면 가능하다.

그때는 잡을 수 있다.

민수가 크게 기지개를 켰다.

민수의 몸에서 우둑거리는 시원한 소리가 들렸다.

그가 묘하게 미소를 지었다.

"재밌겠네, 흘흘흘."

희우는 커피를 들어 입에 대며 창밖을 바라봤다.

나무가 흔들리는 것으로 보아 차가운 바람이 불어오고 있는 게 느껴졌다.

희우는 툭툭 테이블을 손가락으로 치기 시작했다.

'나는 여기까지 보고 있는데, 천호령 회장 당신은 뭘 생각하고 있을까?'

그 시각.

천호령 회장은 정자에 앉아 차를 마시고 있었다.

정원의 나무가 흔들린다.

흔들리는 나무를 보며 천호령 회장은 찻잔을 들어 입에 댔다. 여전히 시선은 나무에 향해 있었다.

작은 바람에도 휘는 나무다.

어쩐지 그 나무가 자신의 아들 천유성같이 보였다.

저쪽의 나무는 마치 희우 같다.

그리고 또 다른 나무는…….

천호령 회장의 입가에 미소가 걸렸다.

"좋구나."

그는 테이블에 찻잔을 놓았다.

다시 차가운 바람이 불어온다.

그때 뚜벅뚜벅, 누군가가 천호령 회장을 향해 걸어왔다.

그가 천호령 회장 앞에 섰다.

이름은 공명제로, 천호령 회장의 비서다.

조진석이 어두운 일을 돕던 사람이라면 공명제는 그룹의 일을 돕는 사람이다.

하지만 조진석이 사라진 이후 그 입장이 변했다.

공명제 비서가 심부름센터 또는 그런 비슷한 일을 하는 사람을 찾아 천호령 회장과 연결하는 일까지 도맡고 있었다.

공명제 비서가 천호령 회장을 향해 고개를 숙였다.

"부르셨습니까?"

천호령 회장이 고개를 끄덕였다.

"돈은 잘 보내고 있나?"

"네, 봄이 오면 모두 끝날 것 같습니다."

천호령 회장의 입엔 다시 즐거운 미소가 걸렸다.

"좋아, 좋아. 계속 처리하도록 해."

천호령 회장은 외국으로 돈을 보내고 있었다.

희우와 윤수련 검사가 예상했던 대로 해외 법인을 만들어 돈을 보내고 파산시키는 방법으로 빼돌리는 중이었다.

천호령 회장이 찻잔을 들어 입에 대며 다시 물었다.

"주먹 쓰는 놈들은 찾았나?"

"네, 밀입국한 불법체류자들로 구해 뒀습니다. 말씀만 하시면 언제든 움직일 수 있게 준비하고 있습니다. 한 사람, 한 사람이 예전 조태섭 의원이 데리고 있던 주먹들보다 더 강한 자들입니다. 걱정하실 필요는 없습니다."

천호령 회장이 고개를 끄덕였다.

"그래, 잘했어. 그만 들어가 봐."

공명제 비서는 허리를 굽히고 그 자리를 떠났다.

천호령 회장은 여전히 정자에 앉아 밖을 바라보고 있었다.

그가 조용히 미소 지으며 말했다.

"김희우는 생각 이상으로 잘 움직여 줬어. 이 정도로 세상이 혼란스러워질 줄은 생각하지 못했으니까. 고마워. 아주 고마워. 그러니까 나도 그 보답으로 목숨을 끊어 줘야겠지?"

휘이이이이이잉.

바람이 불어왔다.

천호령 회장은 뭐가 즐거운지 무릎을 손으로 치며 웃기 시작한다.

천호령 회장이 생각하는 미래에 김희우라는 인물은 없었다.

김희우는 존재하는 것만으로도 위험하다.

김희우라는 장기짝의 쓰임은 이제 끝나 가고 있었다.

쓰임이 끝난 말은 판에서 내려오는 게 세상의 이치라고 천호령 회장은 생각했다.

천호령 회장의 시선이 다시 나무로 향했다.

휘어지는 나무는 방금 그가 희우를 떠올렸던 그 나무다.

천호령 회장이 고개를 끄덕였다.

"김희우, 같이 가는 저승길에서 욕을 해도 좋아. 그건 내가 즐겁게 들어 주겠어. 하지만 여기선 아니야. 여기선 내가 해야 할 일이 있으니까. 내 자식들이, 내 후손들이 배를 곯지 않고 잘살아야 하니까."

천호령 회장은 다시 웃기 시작했다.

세상의 뉴스는 시끄러웠다.

–검찰은 시민 단체의 제보를 받고 요즘 떠도는 소문을 본격 수사하기로 결정했습니다.

–야당의 송유호 의원이 시민 단체를 비방하는 방송국을 향해 공정한 언론의 모습이 아니라며…….

–여당의 이부현 의원이 시민 단체를 향해 시민 단체라면 시민 단체답게 시민을 위해 힘을 쓸 것을 촉구했습니다.

–방송국 사장 주나석 씨가 성매매한다는…….

–여당의 이부현 의원이 불법 선거 자금을…….

서로의 비방과 비난.

핸드폰을 통해 뉴스를 보던 사람들은 모두 인상을 찌푸리고 있었다.

좋지 않은 내용이 연이어 나오고 있으니 기분 좋아야 할 출근길이 짜증 날 수밖에 없었다.

그 시각.

희우의 자동차가 천천히 멈춰 섰다.

주차한 곳은 한 상가 건물이다.

차에서 내려 시선을 들어 올리자 경호 업체라는 간판이 작게 보였다. 검은 양복의 수하였던 자들이 나와 희우의 도움으로 차린 경호 업체다.

엘리베이터를 타고 사무실로 들어서자 앉아서 대기하고 있던 검은 양복의 수하들이 모두 희우에게 시선을 돌렸다.

몇 번 봤지만 여전히 그들은 희우에게 긴장을 풀지 않았다.

그건 희우 역시 마찬가지였다.

그들과의 사이에 불편한 감정이 없을 수는 없었다.

날카로운 시선이 허공을 오가고 있었다.

하지만 이들을 다뤄야 하는 희우다.

그가 슬쩍 미소 지으며 긴장을 풀었다. 그리고 시선을 경호 업체 대표 자리에 앉아 있는 사람에게 향했다.

그의 이름은 오대성이다.

희우가 말했다.

“손님이 왔는데, 차 한잔 안 주나?”

“앉으세요.”

다행히 오대성은 다른 수하들처럼 날을 세우지는 않았다.

희우는 소파에 앉아 다시 주변을 둘러봤다.

조진석은 보이지 않는다.

그는 점조직 건물 사건이 이후, 천호령 회장의 눈을 피해 조용히 자수했다.

물론 담당 검사는 윤수련이었다.

그리고 아직 발표하지는 않았지만 그는 수사에 적극 협조하고 있다고 한다.

희우의 앞으로 오대성이 다가와 앉았다. 그리고 입을 열었다.

"김석훈 의원의 감시도 하면서 경호도 잘하고 있습니다. 요즘 김석훈 의원은 거의 집에서 나오지 않는다고 합니다."

희우는 지난번, 이들에게 김석훈에 대한 경호를 부탁했다. 그것이 계속되는 중이다.

희우가 고개를 끄덕였다.

"이번에도 경호 부탁 좀 하지."

"말씀하세요. 비록 감정은 좋지 않지만 고객의 신뢰는 저버리지 않으니까요."

가벼운 농담에 희우는 피식 웃었다. 그리고 말을 이었다.

"첫째로 내 아내 김희아."

"……!"

"둘째로 대검 이민수 검사."

"……!"

이어지는 사람의 이름.

상만이와 서도웅, 윤수련 검사, 김지임 비서, 심지어 연석이까지.

희우는 자신과 가까운 사람들의 이름을 모두 이야기했다.

오대성이 눈을 찌푸렸다.

"무슨 일이 있습니까?"

"있을 거야."

"그럼 의원님이 먼저 경호를 받아야 하는 거 아닙니까?"

희우가 피식 웃었다.

"내 실력 알잖아?"

물론 농담이다.

하지만 오대성은 웃지 않았다. 그저 진지한 눈으로 희우를 보고 있을 뿐이다.

희우가 천천히 입을 열었다.

"그것보다도, 내가 다치는 건 참을 수 있는데 다른 사람이 다치는 건 보고 싶지 않아서."

잠시 두 사람은 말이 없었다.

오대성은 희우를 천천히 눈으로 훑을 뿐이다.

짧은 적막을 깬 것은 오대성의 목소리였다.

"이번 일에 대해 하나 물어봐도 괜찮겠습니까?"

"뭐든. 너희도 위험할 수 있으니 자세히 물어봐도 좋아."

오대성이 고개를 끄덕였다. 그러더니 테이블 위에 있는 신문을 들어 희우에게 보였다.

신문에는 첨예하게 갈린 방송국과 시민 단체, 그리고 각각을 지지하는 유력 인사들에 관한 기사가 적혀 있었다.

오대성이 무거운 목소리로 입을 열었다.

"이거, 의원님께서 하신 일입니까?"

"……."

"이 사태로 인해 우리 애들의 힘이 필요하신 겁니까?"

"아니라고는 말 못 하지."

그 말에 오대성은 무거운 눈빛으로 희우를 향해 쏘아봤다.

지금 당장 살인이 일어나도 이상하지 않을 눈빛이다.

오대성이 입을 열었다.

"제가 무식해서 이런 상황 판단은 제대로 하지 못합니다. 하지만 조태섭 의원님의 아래에 있으며 배운 건 하나 있습니다. 이런 일에는 상상할 수 없는 이해관계가 끼어 있다는 거죠. 어떤 것인지 말씀해 주실 수 있겠습니까?"

"……."

"저 같은 놈이 역사를 움직이는 게 무엇인지 안다고 해서 바뀌는 게 없다는 건 압니다. 하지만 지금 제 아래 있는 놈들의 목숨이 걸려 있다는 건 예상됩니다. 어떤 일인지도 모르고 나가서 싸우다 죽는 건 너무 억울하다고 생각하는데요."

"……."

"저는 제 동생들이 이유 모를 전쟁터에서 이름 모를 사람으로 죽어 가는 건 원치 않습니다. 적어도 어떤 일인지는 알고 싶습니다."

희우는 가만히 오대성을 바라봤다. 그리고 고개를 끄덕였다.

"위험할지, 위험하지 않을지는 몰라. 어쩌면 위험이 일어나지 않을 수도 있어. 난 그러기를 바라고 있고. 하지만 만에 하나라는 상황이 있으니 도움을 요청하는 거야."

궁지에 몰린 쥐는 고양이에게 이빨을 드러낸다.

하물며 그게 천호령 회장이라면 상황이 더 다르다.

어떤 짓을 할지 예상할 수 없었다.

희우는 잠시 말을 멈췄다. 그리고 낮지만 진중한 목소리로 다시 입을 열었다.

"조태섭에 관해 어떻게 생각하지?"

"조태섭 의원님이 세상의 어떤 평가를 받는지는 관심 없습니다. 그렇지 않나요? 개는 주인이 어떤 성격을 가졌는지 돈이 많은지 권력이 있는지 상관하지 않아요. 그저 주인이 오면 꼬리를 치며 반가워할 뿐이죠. 조태섭 의원님은 우리의 주인이었습니다."

희우가 고개를 저었다.

"개가 아니라 사람으로서는 어떻게 생각하지?"

"막강한 권력자셨습니다."

희우가 고개를 끄덕였다.

"조태섭은 힘으로 대한민국을 찍어 누르고 있었어. 국민에게는 그들의 눈을 가리고 사람 좋은 미소로 다가가 아픈 곳을 보듬어 줬고. 가식적인 사람이야."

"……."

"그런데 그 사람이 사라졌어. 대한민국을 힘으로 찍어 누르던 사람이 사라진 거야. 그럼 어떻게 되겠어?"

"……."

"밑에서 고개를 숙이고 있던 사람들이 위를 보기 시작한 거야. 조태섭의 죽음 이후, 그들은 하나둘, 세상 밖으로 나와 조태섭이 가졌던 그 힘을 자신의 손에 쥐려고 하고 있어."

"그래서 이번엔 김희우 의원님께서 조태섭 대신 그들을 찍어 누를 생각입니까?"

희우가 피식 웃었다.

"내가 그런 힘이 어디 있겠어? 이번은 내가 아니라 국민이 판단할 거야."

오대성이 천천히 고개를 끄덕였다.

"그래서 이번 사건의 큰 이해관계는 조태섭 의원님의 사후 기어 나온 권력자들을 찍어 누르는 거군요?"

하지만 희우는 고개를 저었다.

"아니, 그건 과정일 뿐이야."

"……!"

"곪아서 터진 고름을 쥐어짜고 뜯어내는 건 과정. 새로운 살이 올라오면 소독약도 바르고 다시는 아프지 않게 만드는 게 목표지."

오대성의 시선은 신문으로 향했다.

방송국과 시민 단체의 싸움이지만 그 옆에 거들고 있는 사람의 이름은 대충 훑어봐도 무시할 수 없는 이름이었다.

그들이 희우가 말하는 고름이다.

그런데 그 고름을 짜는 건 과정일 뿐이란다.

오대성의 눈동자가 다시 희우에게 향했다.

그는 자리에서 일어나 희우를 향해 허리를 굽혔다가 폈다.

"깊은 이야기까지 해 주셔서 감사합니다. 의원님께서 말씀한 사람들의 경호는 오늘부터 바로 시작하도록 하겠습니다."

"웬만하면 그들이 모르게 숨어서 해 줬으면 좋겠어."

"그런 것이라면 우리가 전문이니까 걱정하실 필요는 없습니다."

"그럼 땡큐."

오대성이 자리에 앉으며 다시 입을 열었다.

"하나만 더 물어봐도 되겠습니까?"

"뭐든 물어보라니까."

"새로운 시대가 열리면 김희우 의원님을 무엇을 하실 생각입니까?"

희우는 대답하지 못했다.

며칠 후, 밤.

세상은 더욱 시끄러워지고 있었다.

항상 시끄러운 여야 국회의원을 제외하고도 학계, 연예계, 스포츠계, 심지어 종교계까지 방송국과 시민 단체의 싸움을 지원하고 나섰다.

온갖 비난과 고소가 남발하기 시작한다.

신문은 시끄럽다.

뉴스에서는 다급한 목소리가 흐른다.

일본, 미국, 중국의 외신은 대한민국이 흔들리고 있다고 연일 보도하고 있다.

주가는 외국 자본이 빠져나가며 연일 떨어졌다.

그때 유력 인사가 데리고 있던 단체들이 움직이기 시작했다.

그들은 얼굴이 알려진 유력 인사가 체면이라는 이름으로 하지 못했던 행동들을 하고 나섰다.

그건 바로 폭력이다.

그것을 단체들이 대신했다.

서울 시내 한복판에서 싸움이 벌어지고 방화가 일어나고 주차된 차량이 박살 나는 건 이제 신기한 일도 아니었다.

그들은 폭력에서도 상대편에게 뒤처지는 게 싫은지 경쟁을 하듯 사고를 치고 다녔다.

경찰의 수는 부족했다.

경찰 버스가 쓰러지고 경찰차의 앞 유리창에 벽돌이 박혀 있는 것 역시 심심치 않게 볼 수 있었다.

조금만 생각해 보면 이상한 일이었다.

방송국과 시민 단체의 별것 아닌 싸움에 왜 저리 많은 인사가 양분화되고 있는지 이해할 수 없으니까.

그래서 그것은 평범하게 하루를 열심히 사는 사람들도 고개를 갸웃거리게 하고 있었다.

하지만 그 위에 있는 사람들, 그러니까 법 위에 선 사람들, 그들은 일반 시민의 의구심을 신경 쓰지 않았다.

이 전쟁에서 승리하면 어떤 의문도 남지 않고 누구의 기억 속에서도 흐릿하게 사라져, 언제 그랬냐는 듯 조용해질 것을 알고 있기 때문이다.

그 시각.

오명성 대통령과 천호령 회장이 마주 앉아 있었다.

천호령 회장이 말했다.

"세상이 시끄럽습니다."

오명성 대통령이 고개를 끄덕였다.

"회장님이 원하는 대로 됐습니다."

천호령 회장이 슬쩍 미소 지었다.

"이 상태로 봄이 지나면 환율이 내려가기 시작할 겁니다."

"……!"

뜬금없는 말에 오명성 대통령의 눈썹이 꿈틀거렸다.
천호령 회장이 여유 있게 미소를 지으며 말을 이었다.
"걱정하지 마십시오. 대통령님이 우리 그룹에 투자한 돈은 그 덕에 몇 배는 뛸 거니까요."
"그게 무슨 말이죠?"
천호령 회장이 슬며시 웃으며 계속 말했다.
"제왕 그룹의 돈은 모두 해외에 있습니다. 그러니까 우리나라의 경제가 망가진다고 해도 아쉬울 일은 없는 거죠. 아니, 무너져야 좋은 거죠."
"……."
"주가가 떨어졌습니다. 조만간 신용도도 떨어질 겁니다. 경제는 곤두박질."
"……."
"IMF를 기억하십니까?"
"……!"
천호령 회장이 팔을 크게 벌렸다. 그리고 둥글게 모아 모든 걸 쓸어 담는 표현을 하며 말했다.
"그때가 되면 해외에 나가 있던 제 돈이 다시 들어올 겁니다. 그리고 대한민국을 꿀꺽."
"……!"
"싼값에 나와 있는 모든 걸 꿀꺽할 겁니다. 백화점 세일 기간이죠."

"……."

"세일 기간이 끝나면, 대한민국 개천은 모두 말라 비틀어질 겁니다. 다시는 개천에서 용이 나지 않는 거죠. 그렇게 되면 우리의 세상입니다. 아래에서 치고 올라올 사람은 없습니다. 대통령님은 이 자리에서 유유자적 세상을 다스리면 됩니다. 왕이 되는 거죠."

오명성 대통령의 입술이 꽉 다물렸다.

천호령 회장은 해외로 자본을 빼돌리는 것을 눈감아 달라는 말을 하고 있었다. 너의 지분도 제왕 그룹에 들어 있으니 앞으로 풍족하게 살고 싶으면 알아도 모른 척하라고 압박하고 있었다.

오명성 대통령은 천호령 회장의 생각을 읽었다.

그의 입에서는 한숨만 나올 뿐이었다.

천호령 회장은 어떤 말도 하지 않고 오명성 대통령을 쏘아봤다. 그의 대답을 종용하고 있는 것이다.

결국 오명성 대통령은 대답 대신 고개를 끄덕였다.

그 모습에 천호령 회장이 환하게 웃었다.

오명성 대통령은 한숨을 내쉬며 천호령 회장을 향해 입을 열었다.

"천호령 회장님, 또 계엄령 같은 소리를 하려고 하십니까?"

"……."

"사회가 혼란되며 제 지지율이 곤두박질치고 있어요. 국민의 지지를 받지 못하는 대통령은 허수아비일 뿐입니다. 이런 상황에서 계엄령을 하라는 이상한 소리는 하지 않으시겠지요?"

천호령 회장의 입가에 빙긋이 미소가 걸렸다.

"어차피 민중은 먹고살기 바빠요. 배를 곯려 놓고 떡 하나 던져 주면 그들의 입은 떡을 먹는 데에 사용될 뿐, 말을 하는 데에는 사용하지 않습니다. 그리고 지지율은 걱정하실 필요 없습니다. 때가 되면 자연히 제가 올려 드리겠습니다."

오명성 대통령은 가만히 천호령 회장을 바라봤다.

자신감 있는 눈빛이다. 오래전부터 여기까지 계획을 해 두고 있었다는 게 보일 정도다.

오명성 대통령은 주먹을 꽉 쥐었다.

천호령 회장에게서 빠져나오고 싶었다.

하지만 이미 늦었다. 제왕 그룹의 지분을 받은 이상 대통령인 그는 늪에 빠진 것이나 다름없기 때문이다.

'막대한 돈을 받고 천호령 회장과 강제로 손잡게 되었나?'

오명성 대통령의 입에서 깊은 한숨이 흘렀다.

그는 마른 입안을 적시기 위해 차를 들어 입에 댔다. 그리고 다시 힐끗 천호령 회장의 눈을 바라봤다.

노인의 눈은 무서웠다.

천호령 회장이 계속 말했다.

"제가 살날이 얼마 남았다고 보십니까? 길어야 3년? 저는 그 정도로 보고 있습니다. 그런데 제 자식 놈들이 자꾸 눈에 밟혀요. 손주 놈이 걸려요. 내가 떠난 다음 어떤 간악한 놈에게 걸려 모든 걸 빼앗겨 버리는 건 아닐까 걱정되거든요."

"……."

"이번 일은 앞으로 우리 가족을 위한 겁니다. 대통령님도 마찬가지지요. 그 자리에서 내려오고 난 후, 대통령님의 사후, 철부지 아들을 누가 챙겨 줄 것 같습니까?"

오명성 대통령은 숨을 크게 들이마셨다.

아직 의식을 찾지 못한 아들의 얼굴이 눈에 밟혔다.

천호령 회장의 마귀 같은 목소리가 이어졌다.

"자식을 위한 일입니다. 난 내 자식을 위해 악마가 될 수 있어요."

오명성 대통령이 고개를 끄덕였다.

"좋아요. 그럼 하나 여쭤보겠습니다. 제 지지율을 어떻게 올린다는 겁니까?"

천호령 회장의 입에 잔인한 미소가 걸렸다.

천호령 회장이 천천히 입을 열었다.

"제가 말씀드렸지 않습니까? 전 제 자식을 위해 악마가 될 수 있습니다."

천호령 회장의 차량은 집으로 향하고 있었다.

뒤에 앉아 있던 천호령 회장이 시선을 들어 앞을 바라봤다.

그의 앞에는 공명제 비서가 운전하고 있었다.

천호령 회장의 늙은 목소리가 조용한 차 안을 채웠다.

"대통령 아들내미가 아직 의식이 없다고 했지?"

"네."

공명제 비서의 말에 천호령 회장이 천천히 고개를 끄덕였다. 그리고 차창 밖을 바라봤다.

어둡다.

어두운 서울은 천호령 회장의 눈동자에 어떤 것도 보여 주지 않았다. 그저 빠르게 옆을 스치는 자동차만 보일 뿐이다.

천호령 회장이 낮은 목소리로 말을 이었다.

"의식을 되찾을 가능성은 있다고 보나?"

"현재로서는 어려울 것 같습니다. 기계의 힘으로 간신히 숨을 붙여 놓은 듯합니다."

"편하게 해 줘야지."

"……."

공명제 비서는 대답하지 않았다. 그저 핸들을 잡고 있을 뿐이었다.

천호령 회장이 계속 말했다.

"자식이 죽는 걸 최고의 슬픔이라고 여기지. 대통령의 아들이 세상을 떠나면 지금까지 떨어져 있던 지지율은 솟구치기 시작할 거야. 아무래도 대통령이라는 모습보다 자식을 잃은 부모라는 게 더 공감을 얻을 테니까."

"……."

"일주일 안으로 김희우가 움직일 거야. 그때를 기점으로 잡도록 해."

말을 마친 천호령 회장은 굳은 표정으로 다시 창밖을 바라봤다.

역시 창밖은 어두웠다.

며칠 후.

방송국과 시민 단체의 싸움으로 시작된 공방으로 인해 대한민국은 더욱 시끄러워지고 있었다.

국민들의 입에서는 불만이 터져 나온다.

정부가 흔들리며 치안도 나빠지는 상황에서 국민의 불만은 당연한 거다.

하지만 위에 있다는 사람들은 국민들의 불만에 귀를 기울이려 하지 않았다.

어차피 지금의 바람이 지나가면 국민들은 다시 조용해지리라는 걸 알고 있었기 때문이다.

백화점이나 지하철 하나를 놔준다고 말하면, 약속이 아니라 고민해 보겠다는 말만 해도 국민의 불만은 사라진다.

그리고 언제 그랬냐는 듯 좋아할 것이다.

항상 그래 왔기에, 이번에도 그렇게 될 걸 알고 있기에 그들은 국민은 상관하지 않고 더 난리를 치고 있었다.

게다가 이번은 인지도를 높일 기회의 장이기도 했다.

방송국과 시민 단체라는 대립.

한쪽은 공정한 언론이었고, 다른 한쪽은 약자를 위한 단체였다.

교수와 연예인 그리고 정치인은 각각 방송국과 시민 단체의 편에 서서 SNS 등을 통해 한마디씩 했다.

인텔리한 모습을 어필하기 위해서다.

누구도 국민의 편은 아니었다.

각자의 이유와 이득을 위해 싸우고 있을 뿐이었다.

그리고 국민들은 피로를 느끼기 시작했다.

국민에게 다른 건 필요 없었다.

그들은 어서 이 상황이 정리되고 조용해지기를 바랄 뿐이었다.

그 시각, 희우는 전석규 검찰총장, 그리고 민수와 마주 앉아 있었다.

희우가 손목을 들어 시간을 확인하며 입을 열었다.

“이번 주 금요일 새벽 1시로 잡는 게 어떨까요?”

전석규 검찰총장이 고개를 들어 희우를 바라봤다.

무거운 눈빛이다.

희우의 입에서 일정이 나오자 전석규 총장의 눈빛엔 두려움의 감정이 차오르고 있었다.

"이번 주?"

희우가 고개를 끄덕였다.

"네."

희우는 전석규 총장이 고민하는 것과 달리 간단하게 답했다. 마치 이번이 아니면 기회가 없다는 듯 단호한 목소리였다.

전석규 검찰총장의 눈이 차갑게 빛났다.

찰나의 순간에 두려움의 감정은 사라졌다.

그는 잠시 아무 말도 하지 않았다.

뭔가를 생각하는 모양이다.

잠시 그의 얼굴을 바라보던 희우가 말했다.

"그들이 예상하지 못하고 있을 때, 쳐야 합니다."

"……."

"그들은 지금 검찰을 신경 쓰지 않을 겁니다. 서로 네거티브 공방을 벌이고는 있지만 도를 넘지는 않았다고 생각할 겁니다. 교묘하게 법은 피해 가고 있다고 여기겠죠."

"……."

"이번 사태에 방화나 폭력 사태 등 시위대가 만들어 낸 범죄는 있습니다. 하지만 그게 그들이 직접 한 일은 아니니까요. 그들은 죄가 없다고 생각할 겁니다."

방화가 일어나고 있지만 그건 USB의 명단에 있는 사람들이 한 짓이 아니었다.

폭력 사태 역시 마찬가지다.

명단에 있는 사람들, 소위 가진 자들은 입으로만 싸우고 있었다.

최전선에서 주먹을 쥐고 싸우는 자들은 USB의 명단에 없는 사람들이다.

바보같이 그게 정의인 양 생각하는 일반 사람들이었다.

전석규 총장이 말했다.

"죄가 없는데 잡는다?"

"죄는 있습니다. 일단 천호령 회장에게 뒷돈을 먹은 사실은 분명하잖아요."

전석규 총장의 입에서 한숨이 흘렀다.

"뒷돈을 먹었지만 그것만으로는 그들을 잡기 힘들어."

그들은 법 위에 서 있는 자들이다.

검찰이 그들을 향해 이를 드러내면, 놈들은 언제 싸웠냐는 듯 손잡을 거다.

그리고 검찰을 향해 압박을 가해 올 것이다.

전석규 총장은 놈들의 압박은 두렵지 않았다.

하지만 그 뒤의 일은 겁이 났다.

만약 놈들의 검찰에 대한 압박이 성공한다면 국민들은 검찰의 무기력한 모습을 보게 된다.

칼을 빼 들었으면 무라도 썰어야 하는데, 아무것도 못 하고 고개 숙인 검찰의 모습이 언론에 대서특필될 것이다.

그럼 전석규 총장이 꿈꾸는 검찰의 바로 서기는 없다.

앞으로도 가진 자들의 꼭두각시 인형일 뿐.

국민의 안녕을 생각해야 하는 검찰은 없는 거다.

희우가 말했다.

"그래서 새벽 1시입니다."

놈들이 손잡을 시간을 주지 말아야 한다.

생각하지 못한 시간을 찾아 단칼에 목을 베어야 했다.

단말마의 비명도 지르지 못한 채 검찰에 끌려와 그동안 자신들이 저지른 죄를 말해야 한다.

그래서 새벽이었다.

희우가 계속 말했다.

"지금이 기회입니다. 지금 사태로 인한 국민의 피로감이 극에 달해 있어요. 무슨 일이든 벌어져서 어서 조용해지기를 바라고 있으니까요. 이때 검찰이 움직이면 국민의 지지를 받게 될 겁니다."

"……."

"제아무리 법 위에 서 있는 놈들이라 해도 국민의 여론이 검찰에 힘을 실어 주면 가능성이 있습니다."

전석규 총장이 고개를 끄덕였다.

"그게 이번 주 금요일이라는 건가?"

그의 눈동자에는 아직도 고민의 흔적이 남아 있었다.

전석규 총장은 검찰을 생각하고 그 뒤를 생각해야만 하는 수장이다.

그의 고민은 어쩔 수 없었다.

희우가 계속 말했다.

"체포 동의서를 얻어야 하는 국회의원은 제외해야 하겠지요. 하지만 국회 역시 주말이 지나고 월요일이 되면 국민의 여론에 밀릴 겁니다. 그들은 자신이 살기 위해 다른 의원들이 체포되는 걸 동의할 겁니다."

"……."

"어차피 다음 선거에서 표를 받으려면 정의로운 척해야 하니까요. 다른 의원의 체포는 다음 선거에서 자신에게 돌아올 공천 자리니까요."

전석규 총장이 천천히 고개를 끄덕였다.

희우와 민수, 전석규 총장 사이에 무거운 침묵이 흘렀다.

계획대로 된다고 한다면 당연히 해야 할 일이다.

국민의 행동을 제한할 법을 만들어 놓고 그 위에 서서 떵떵거리며 살던 놈들을 일망타진할 기회였기 때문이다.

하지만 세상은 계획대로 되지 않는다.

어딘가 어긋나기 시작하면 반대로 당하는 것은 검찰과 희우다.

금요일이 지나고 월요일이 되면 구속되어 조사받는 사람은 그들이 아니라 희우와 전석규 총장 그리고 민수가 될 수도 있었다.

그만큼 조심해야 했다.

신중하게 접근해야 한다.

희우와 민수의 시선은 전석규 총장을 바라봤다.

그들은 전석규 총장의 결심을 기다리고 있었다.

하지만 전석규 총장은 쉽게 대답하지 못했다.

시간만 흘러갈 뿐이었다.

지금까지 가만히 있던 민수가 자신의 손톱을 보며 지나가는 말처럼 입을 열었다.

"지금 대화에 맞는진 모르겠지만 저는 했으면 합니다."

전석규 총장의 시선이 민수에게 향했다.

민수가 말을 이었다.

"어떤 의원이 말한 게 기억나네요. 우리나라 국산 차의 점유율이 떨어지니까 국민들에게 국산 자동차를 사 달라고 하더라고요. 그게 우리나라의 돈이 해외로 빠져나가지 못하는 방법이라고요. 그런데 그 의원의 자식 놈이 이제 대학생이거든요? 뭘 타고 다니는지 아세요? 수억 원짜리 독일제 차를 타고 다녀요."

"……."

"그리고 또 어떤 의원은 고등학교 학부모들을 만나서 학력 차별 없는 세상을 만들겠다고 말하고 있어요. 그런데 그 의원의 자식들을 보면 모두 미국의 유명한 대학에서 유학 생활을 하고 있네요. 그것도 비싼 주택을 임대해서요."

"……."

"앞에서는 국민을 위하는 척, 뒤에선 자신을 위하는 위선적인 사람들. 앞에서는 깨끗한 척, 뒤에서는 천호령 회장의 돈을 받아먹은 사람들. 이번이 그런 사람들을 잡을 기회라면, 미래는 생각하지 말고 일단 저질러 봐야 하는 게 좋지 않을까요?"

"……."

"우리가 국민들로부터 인기를 얻으려고 검사 생활하는 건 아니잖아요. 정의로운 검찰은 불의를 보면 참지 않는 거죠."

희우는 피식 웃고 말았다.

민수이기 때문에 할 수 있는 말이다.

전석규 총장이 고개를 끄덕이며 말했다.

"인기 얻으려고 검사를 하는 건 아니지."

이번엔 희우가 말했다.

"법대로 해 보죠."

전석규 총장은 시선을 희우에게 향했다. 그리고 말했다.

"희우하고 민수는 영장 판사를 찾아가. 나는 경찰을 만나 봐야겠어."

검찰 혼자 힘으로 할 수 있는 일은 아니다.

법원과 경찰의 도움이 필요했다.

희우가 말했다.

"아시겠지만 말이 새어 나가서는 안 됩니다. 법원이든 경찰이든 계획이 흘러나가는 순간 잡히는 건 우리입니다."

전석규 총장이 고개를 끄덕였다.

"그렇겠지. 그런데 우리가 잡히는 게 무서워서 검사 하는 건 아니거든."

민수가 장난스러운 표정으로 희우를 보며 말했다.

"넌 검사 아니니까 몸 좀 사려라, 흘흘흘."

전석규 총장이 웃기 시작했다.

"그래, 희우 너는 검사가 아니잖아. 몸 사려야지."

희우가 슬쩍 웃었다.

"지금은 정의의 변호사라고 하죠."

그날 밤.

희우는 집에 앉아 있었다.

내일은 판사를 만나야 하고, 그 뒤로도 금요일까지 쉬지 않고 움직여야 한다.

그러려면 조금이라도 잠을 청해야 몸이 견딜 수 있을 텐데, 희우는 소파에 앉아 거실 창을 통해 밖을 보고 있었다.

그의 머릿속은 천호령 회장에 대한 생각으로 가득했다.

'내가 이번 주 안에 움직일 거라는 건 예측하고 있을 테고.'

희우는 천호령 회장이 자신의 움직임을 계산하고 있을 거라는 걸 알고 있었다. 그래서 천호령 회장이 희우가 이번 주안에 계획을 실행할 거라는 걸 알고 있다고 생각했다.

'천호령 회장이 어떻게 나올까? 세상이 더 시끄러워지도록 가만히 있을까, 아니면 그 사람들을 도와 검찰을 뒤집으려고 할까?'

천호령 회장이 희우의 수를 예측했다.

하지만 희우 역시 천호령 회장의 수를 예상한다.

수 싸움이다.

누가 하나 더 앞을 보느냐에 따라 이번 싸움의 승패가 달려 있었다.

천호령 회장은 오랜 세월을 살아왔다.

군사정권, IMF, 그리고 지금의 혼란까지 모두 경험한 이무기 같은 존재다.

절대 쉽지는 않았다.

그리고 그 시각.

대부분 직원이 퇴근했지만 천호령 회장은 제왕 그룹 회장실에 있었다.

오랜만에 온 회장실이다.

하지만 업무를 보러 온 것 같지는 않았다.

불이 꺼진 그곳에서 그는 그저 창가에 서서 서울을 내려다보고 있었다.

한참 동안 어떤 말도, 행동도 없었다.

마치 태고부터 그곳에 있던 바위처럼 서 있었다.

뒷짐을 쥐고 있는 그의 앞모습. 표정을 보면 무섭다.

인상을 쓰고 있는 것은 아니다.

하지만 쏘아져 나오는 그의 눈빛은 서울을 씹어 먹을 것같이 보였다.

그의 입에서 낮은 목소리가 흘러나왔다.

"김희우, 너라면 예상하지?"

김희우라면 천호령 회장의 계획을 예측하고 방비하고 있을 거라는 생각이 들었다. 그럼 그 앞 수를 생각하고 둬야 한다.

천호령 회장이 다시 중얼거렸다.

"전석규 총장은 한 번에 놈들의 숨통을 끊어 놓기 위해 경찰의 힘을 빌릴 거야. 김희우는 놈들을 급습하기 위해 영장 판사를 만나겠지."

천호령 회장은 희우의 수를 읽고 있었다.

천호령 회장은 여기까지 중얼거린 후 차가운 시선으로 서울 하늘을 내려다봤다. 그의 입가에 비릿한 미소가 흘렀다.

"희우야, 내가 너에게 왜 USB를 넘겼는지 파악하지 못한다면 넌 나를 이길 수 없어. 나를 잡을 수는 있겠지. 하지만 그게 전부야. 게임에서는 내가 이기는 것이거든."

천호령 회장은 웃기 시작했다.

작게 터져 나왔던 웃음이 크게 울렸다.

"크하하하하하하하하하하!"

악마 같은 웃음이다.

회장실에 악마가 들어 서 있는 것 같은 느낌이 들었다.

서울을 내려다보고 있는 악마였다.

그리고 뚝! 그의 웃음이 멈췄다.

천호령 회장은 다시 서울 하늘을 내려다봤다.

그가 천천히 핸드폰을 들어 올렸다.

전화가 연결되는 곳은 제왕 백화점 천유성 대표였다.

잠시 후.

천유성 대표가 회장실로 들어섰다.

불이 꺼진 회장실이었지만 천유성 대표는 어렵지 않게 천호령 회장을 찾을 수 있었다. 회장실은 어두웠지만 서울의 야경으로 인해 창가를 밝았기 때문이다.

천유성 대표가 안으로 들어와 천호령 회장을 향해 고개를 숙였다.

"왔습니다."

천호령 회장이 빙글 몸을 돌려 천유성 대표를 바라봤다.

두 사람의 시선이 허공에서 얽혀 들어갔다.

천호령 회장은 웃고 있었고 천유성 대표는 굳은 표정이었다.

"앉아."

천호령 회장의 말에 천유성 대표는 성큼성큼 걸어 소파에 앉았다.

천호령 회장이 그의 앞으로 걸어가 마주 앉았다.

천호령 회장이 말했다.

"네가 이겼어."

"……!"

천유성 대표의 미간이 순간 꿈틀거렸다.

하지만 웃거나 하지는 않았다.

천유성 대표는 며칠 전, 상만이 찾아와 했던 말을 떠올리고 있었다.

상만은 USB의 명단을 보이며 천유성 대표에게 말했다.

–지금 천유성 대표님을 끌어내리려 준비하시는 겁니다. 보시면 알겠지만 천유성 대표님과 천하민 대표의 비리가 적혀 있습니다. 이 문서가 세상에 퍼지고 있습니다. 회장님은 천지용 본부장을 후계로 생각하는 모양입니다.

그 말을 기억하며 천유성 대표가 비꼬듯 말했다.

"아버지는 항상 맏이를 후계로 생각하고 계시지 않나요?"
"맞아."
천호령 회장은 담담하게 인정했다.
천유성 대표가 고개를 저었다.
"저를 끌어내릴 생각을 하고 있다고 들었습니다. 그 이유로 천지용을 특사로 빼낼 계획을 하셨죠. 그리고 USB에 내 비리를 적어 내 세상에 뿌리지 않으셨습니까?"
천호령 회장은 가만히 천유성 대표를 바라봤다. 그리고 고개를 끄덕였다.
"김희우를 만난 거냐?"
"……!"
"김희우가 너보다 어리다고 하지만 네 머리 꼭대기에 서 있는 놈이야. 머리 꼭대기에 서 있다는 말이 뭔지 알아? 언제든 머리채를 잡고 휘두를 수 있다는 말이지. 넌 김희우에게 휘둘리고 있어."
천유성 대표는 입을 꽉 다물었다.
다시 그의 머릿속에는 상만의 목소리가 들리는 것 같았다.
상만은 천유성 대표에게 말했다.

-못 미더운가 봅니다.

천유성 대표는 그 목소리를 떠올리고 주먹을 꽉 쥐었다.

맞다.

틀린 말이 아니다.

천호령 회장은 천유성 대표를 한 번도 믿은 적이 없었다.

그가 입을 열었다.

"아버지는 항상 그런 식이었습니다. 나도 그렇고 하민이도 그렇고, 칭찬을 받아 본 적이 없어요. 어릴 때부터 서로 경쟁하며 커 왔을 뿐이에요. 그 결과가 이겁니다. 아버지는 두 아들을 감옥에 보냈어요. 그리고 지금 마지막으로 남은 저도 감옥에 보낼 생각을 하고 계시죠."

천호령 회장의 입가에 슬쩍 미소가 걸렸다.

"그렇게 생각하고 있었구나."

"아닌가요?"

"난 너희들을 위해서라면 악마가 될 수 있어. 신에게 바쳐지는 제물이 될 수도 있지."

"……!"

"누군가는 내가 더 살고 싶어서 안간힘을 쓰고 있다고 해. 하지만 거짓말이야. 그렇지 않아. 내가 안간힘을 쓰는 건 내가 떠난 뒤에도 너희가 지금처럼 사는 거야."

"……."

"하나만 약속하자. 지용이와 하민이가 옥에서 나오면 적당히 체면 차릴 만한 자리를 주도록 해."

천유성 대표가 고개를 저었다.

"왕이 되지 못한 왕자들은 궁에서 나가야 하는 겁니다."

천호령 회장이 빙긋이 미소를 그렸다.

"난 우리 지분의 대부분을 대통령에게 넘겼어. 넌 앞으로 오명성 대통령은 물론이고 그의 자식들과도 싸워야 할 거야."

"……!"

"김희우에게도 절절매는 녀석이 혼자서 오명성 대통령을 이길 수 있겠어? 함께하도록 해."

천유성 대표의 손이 가늘게 떨려 왔다.

대통령에게 지분을 넘겼다는 건 듣지 못한 소식이었다.

천호령 회장이 천천히 말했다.

"작은 걸 주고 큰 걸 취한 거야. 내가 세상을 뜨기 전에 너는 세상을 얻을 거야."

"……."

"아직은 이해하지 못하겠지. 하지만 내가 해 줄 수 있는 말은, 유성이 네가 이겼다는 거야."

천호령 회장이 자리에서 일어섰다.

지금 그의 모습에서 악마 같은 모습은 보이지 않았다.

세상에 남겨질 아들을 걱정하는 노인의 모습뿐이다.

일어선 그는 천천히 책상으로 걸어가 '회장 천호령'이라고 적힌 명패를 손에 들어 올렸다. 그리고 천유성 대표에게 말을 이었다.

"명패는 내가 갈아 주마."

"……!"

천유성 대표의 눈동자가 가늘게 떨려 왔다.

천호령 회장이 빙긋이 미소를 그리며 말을 이었다.

"내가 모든 걸 짊어지고 떠날 시기가 오면, 그때 이 자리는 네 것이 될 거야."

천유성 대표는 멍한 눈동자로 고개를 끄덕였다.

명패를 본 순간. 천유성 대표의 마음속에는 대통령에게 지분을 줬다든지 하는 다른 일은 생각나지 않았다. 그저 이제야 저 자리에 자신이 앉을 수 있다는 생각만이 가득할 뿐이었다.

천호령 회장은 그런 천유성 대표를 빙긋이 미소 지으며 바라볼 뿐이었다.

그 시각, 희우의 집.

희우는 여전히 어두운 거실에 앉아 있었다.

그가 낮은 목소리로 중얼거렸다.

"천호령 회장은 일단 천유성을 회유하겠지? 앞으로 일을 벌이는데 내부에서 방해되면 안 되니까."

희우의 손가락이 톡톡톡 테이블을 치기 시작했다.

그의 눈동자는 더없이 차가웠다.

생각은 그 누구보다 차갑게 해야 한다.

최대한의 가능성을 열어 두고 움직여야만 하는 거다.

테이블을 치던 희우의 손가락이 멎었다.

그는 다시 자리에서 일어나 창가로 걸어갔다. 그리고 팔짱을 끼고 아래를 내려다봤다.

그러다가 희우는 고개를 갸웃거렸다. 그리고 한마디를 툭 내뱉었다.

"USB의 발표."

지금 법 위에 서 있는 약 1천 명의 사람들이 구속 또는 수사를 받게 되면 그때는 USB를 발표할 수 있다.

방송국 및 언론은 물론이고 그 누구도 발표를 막을 수 없기 때문이다.

그럼 당연하게도 제왕 그룹은 흔들린다.

뇌물을 준 당사자가 제왕 그룹이니 수사를 피할 수 없게 된다.

천호령 회장은 검찰을 오가야 할 거다.

희우는 다시 한 번 고개를 갸웃거렸다.

'그런데 자신의 약점이 될 USB를 왜 공개하게 하는 거야?'

희우의 눈은 더 깊은 생각으로 빠져들었다.

그의 생각은 조태섭에게까지 흘러갔다.

천호령 회장이 희대의 권력자라고 불렸던 조태섭을 벤치마킹했기 때문이다.

조태섭은 뒤로 뭔가를 해 먹으려 할 때, 세상을 시끄럽게 만든 적이 있었다.

연예인의 마약이나 더러운 스캔들 또는 비주류 공직자의 파렴치한 행각을 세상에 터뜨려 국민 모두의 시선을 그쪽으로 향하게 했다.

국민의 시선이 다른 쪽을 향하고 있을 때, 아무도 모르게 관심도 가질 수 없도록 법안을 통과시켰다.

법안이라는 단어에서 생각이 잠시 멈췄지만, 희우는 금세 고개를 저었다.

천호령 회장에게 법안이라는 건 어울리지 않는다.

그가 원하는 것은 돈이다.

'해외로 빼돌리는 자금을 그때쯤 마무리할 생각인가?'

이번에도 희우는 고개를 저었다.

그걸로는 약하다. 그 정도 이유로 자신이 구속 수사받을지도 모를 USB를 세상에 던질 일은…….

여기까지 생각하던 희우의 눈이 꿈틀거렸다.

해외 자금 유출과 제왕 그룹 천호령 회장의 구속.

어쩌면 천호령 회장의 구속도 어떤 것을 막기 위한 시끄러움일 수 있었다.

그리고 그것은 국가 경제의 파탄을 불러올 것이다.

국가 경제가 망가졌을 때 해외로 빼돌렸던 돈을 다시 한국에 가지고 온다면?

제왕 그룹은 말 그대로 대한민국을 살 수 있다.

희우의 생각이 멈췄다.

그가 생각해도 황당한 생각이었다.

하지만 웃을 수는 없었다. 천호령 회장은 대통령을 허수아비로 만들 생각조차 했으니까.

희우는 가볍게 한숨을 내쉬었다.

그러고 보니 어느 가난한 나라의 대통령 및 귀족들은 세상의 그 누구보다 떵떵거리고 산다는 걸 본 적이 있다.

국민은 배고파 굶어 죽어도, 항생제 한 알을 먹지 못해 길거리에 쓰러져 죽어도 그들은 자신들의 배부름을 위해 산다는 걸 알고 있었다.

희우의 눈에 시퍼렇게 살기가 떠올랐다.

'정말 나쁜 놈이잖아?'

이기적이고 더러운 놈.

희우의 주먹이 꽉 쥐였다.

'막는다.'

천호령 회장의 계획은 어느 정도 머릿속에 들어왔다.

이제 그가 그 계획을 위해 어떤 행동을 할지 예측해야 했다.

다음 날.

희우는 밖으로 나가기 위해 옷을 입고 있었다.

거울을 보며 넥타이를 메고 있을 때, 아내가 뒤로 와 섰다.

"필요한 건 없어?"

희우가 고개를 끄덕였다.

"응, 없어."

"오늘은 어디 가?"

오늘은 민수와 함께 영장 판사를 만나러 가는 날이다.

희우가 몸을 돌려 아내를 향했다. 그리고 팔을 벌리며 말했다.

"어때? 단정해 보여?"

아내가 고개를 끄덕였다. 그리고 뒤로 걸어가 침대에 걸터앉으며 희우에게 말했다.

"나 할래."

"어떤 거?"

"천하 그룹 경영."

"……!"

"해도 될까?"

"……."

"용준이 오빠나 자혁이 오빠가 나올 때까지만."

희우의 입에서 작게 한숨이 흘렀다.

희우의 아내, 희아는 평범하게 소소하게 살고 싶어 하는 사람이다.

희우의 이전의 삶에서 그의 아내 희아는 그룹의 경영에는 전혀 관심을 두지 않고 평생 여행만 하며 살았다.

그런 그녀가 이번에 그룹으로 돌아가겠다고 한다.

이건 모두 희우가 만들어 낸 세상 때문이다.

그게 그녀를 다시 그룹으로 돌려보내고 있었다.

희우는 조금 쓰린 미소를 지으며 고개를 끄덕였다.

"고생하겠네."

하지만 막을 수는 없었다.

천호령 회장의 야욕이 드러났다.

그는 천하 그룹은 물론이고 대한민국의 모든 것을 집어삼키려 한다.

희아가 천하 그룹으로 돌아갈 수밖에 없었다.

희아는 희우를 보며 희미한 미소를 지었다.

"좋은 회사를 만들 거야. 사람들이 욕하지 않는 좋은 회사, 누구나 다니고 싶은 회사."

희우가 고개를 끄덕였다.

"잘할 수 있을 거야."

Chapter 4

그날 밤.

희우는 민수와 함께 차를 타고 이동하고 있었다.

영장 판사를 만나러 가는 길이다.

자동차의 라디오가 시끄럽게 들려왔다.

-천하 그룹 김용준 회장의 동생 김희아 씨가 본격적으로 경영에 참여할 것을 발표했습니다. 김희아 씨는 전대 김건영 회장의 사후 천하 그룹을 맡은 적이 있으며, 당시 훌륭히 경영해 나갔다는 평가를 받기도 했습니다. 일각에서는 가족 경영을 문제 삼으며…….

민수가 라디오를 끄며 말했다.

"제수씨가 다시 경영에 나서는 거야?"

희우가 핸들을 틀며 고개를 끄덕였다.

"네, 그렇게 한다고 하네요."

"지분 없지 않아?"

"있어요."

민수는 눈을 동그랗게 떴다.

"있어?"

민수가 알기로 희우의 아내 희아는 가지고 있던 지분 대부분을 장학재단에 넘겼다. 그런데 지분이 있다니, 놀랄 수밖에 없었다.

희우가 말했다.

"제가 예전에 천호령 회장에게 받은 것도 있고요. 아내의 오빠분들이 무조건 밀어준다고 하네요. 아마 경영권을 잡기에는 충분할 겁니다."

민수는 고개를 끄덕이며 시트에 몸을 깊숙이 파묻었다.

희아의 오빠는 실형을 받은 김용준과 구속 수사 중인 김자혁이다. 두 사람이 밀어준다는 건 다른 쪽에 경영권을 넘겨주지 않겠다는 의지로 보였다.

가족끼리 해 먹는 회사는 마음에 들지 않는다.

하지만 또 관점을 달리해 보면 김희아라는 사람은 꽤 훌륭한 경영 능력을 갖추고 있기도 하다.

라디오에서 나왔듯이 김건영 회장의 사후에 흔들리던 천하 그룹을 건실하게 만들고 당시 조태섭 의원을 무너뜨리는 데 일조하기도 했다.

민수는 덥수룩한 머리를 긁적였다.

"난 모르겠다. 경제 일이야 그쪽 사람들이 알아서 잘하겠지."

희우가 피식 웃었다.

"제가 남편이라 하는 말은 아니고요. 제 아내라면 전문 경영인보다 훌륭하게 일을 처리할 겁니다. 그리고 차후에 경영권을 가족에게 넘길 생각은 없으니까 안심하셔도 괜찮을 겁니다."

"네가 그렇게 말하면 믿어야지."

"믿어 주신다니, 감사하네요."

어느새 차량은 약속 장소로 다가가고 있었다.

도착한 곳은 서울 외곽의 한정식집이다.

한정식집 돌담길 너머에 만들어진 주차장에 차를 세우며 희우가 가볍게 물었다.

"민수 선배, 안에 들어가기 전에 하나만 물어봐도 됩니까?"

"질문?"

"네, 영장 판사를 만나고 영장에 대한 약속을 받아 내면 이제 고민하고 있을 틈은 없을 것 같아서요."

민수가 고개를 돌려 희우를 바라봤다.

"고민하고 있다고?"

희우가 슬쩍 웃으며 고개를 끄덕였다. 그리고 역시 툭 던지듯 가볍게 물었다.

"전 어떤 사람이죠?"

민수가 힐끔 희우를 바라봤다.

"뜬금없이 질문이 왜 그래? 요즘 자존감 낮아지는 일 있어?"

민수는 농담으로 받아쳤지만 희우의 표정은 진지하다.

잠시 그의 눈동자를 살펴보던 민수는 머리를 북북 긁었다. 그리고 웃음기를 빼고 말했다.

"착한 사람은 아니지."

"나쁜 사람인가요?"

"글쎄, 그건 또 아닌 것 같아."

"선배가 몇 번이나 말한 적이 있잖아요. 이 싸움이 끝나면 저를 잡을 생각인가요?"

"글쎄."

민수는 부정도, 긍정도 하지 않았다.

두 사람의 사이엔 무거운 적막이 채워지고 있었다.

그 적막을 뚫고 먼저 입을 연 것은 희우였다.

"언젠가, 제가 초심을 잃고 정말 나쁜 짓을 하려 한다면, 그때는 영장을 들고 와서 잡아 주세요."

민수의 시선이 희우를 향했다. 걱정스러운 표정이다.

"무슨 짓을 저지르려는 거야?"

그는 지금 희우의 말이 더 큰 무엇인가를 계획하는 것 같아 두려웠다.

하지만 희우는 조용히 미소를 짓는다.

"글쎄요. 아내는 천하 그룹의 주인이 되려 하고 있어요.

저는 정치권에 있지요. 정치권에 선 제가 천호령 회장과 오명성 대통령을 끌어내리면 어떻게 될까요?"

"……."

"천호령 회장과 오명성 대통령 같은 사람이 앞으로는 나오지 않으리라고 자신할 수 있나요?"

"아니."

민수는 생각하지도 않고 바로 답했다.

희우가 고개를 끄덕였다.

"그래서 전 마무리까지 해야 한다는 생각마저 들고 있어요."

희우는 조태섭 이후 이 세상을 자신이 만들었다고 생각하고 있었다.

그때 마무리를 잘했다면 천호령 회장이나 오명성 대통령에 의해 이런 혼란스러운 세상은 오지 않았을 것이다.

그리고 지금, 똑같은 역사가 반복되고 있었다.

천호령 회장과 오명성 대통령의 이후, 이 세상은 어떻게 될까?

또 다른 나쁜 놈이 나와 위에 서서 군림할지도 모른다.

희우는 그 자리에 황진용 의원을 앉히든, 아니면 자신이 그 자리에 올라가든, 되돌아가는 세상을 바로 세우길 바라고 있었다.

희우가 말했다.

"권력과 재력, 둘 다 쥐고 있었던 정치인은 이 세상에 아직까지는 없었죠?"

돈이 많은 정치인이 있었다고 해도 그 재산은 몇백억, 몇천억 수준이다. 앞으로 아내 김희아가 손에 쥘 재력과는 상대될 수 없었다.

민수는 희우가 지금 한 말을 이해했는지 배를 잡고 웃기 시작했다.

"그러니까, 내가 널 견제해 달라는 말을 하고 싶은 거지? 야! 지하 월세방에 사는 내가 너를 어떻게 견제해? 그럴 생각이면 법안 발표해서 검사 월급 좀 올려 줘라. 서울에서 집 사기 힘들다."

희우가 슬쩍 웃었다.

"선배라면 할 수 있을 거예요."

"그럼 견제 약속할 테니까, 너도 약속했던 대로 나를 검찰총장 시켜 줘. 흩흩흩."

희우가 어깨를 으쓱해 보였다.

민수는 농담식으로 이야기하고 있었지만 희우는 이미 그의 생각을 읽었다.

민수는 희우의 부탁을 들어줄 생각이었다.

멋들어진 소나무가 자리를 차지하고 있는 한정식집이었다.

자갈로 만들어진 길을 걸어 올라가면 한옥 형식으로 지어진 독립적인 공간이 있었다.

희우와 민수는 성큼성큼 안으로 들어가 앉았다.

그리고 잠시 후, 판사가 들어왔다.

이름은 김태학.

사건이 들어오면 영장을 처리해도 될지 말지 결정하는 일을 하는 영장 전담 판사다.

희우와 민수가 나란히 앉았고, 맞은편에는 김태학 판사가 앉았다.

가벼운 인사말이 오갔다.

그리고 희우는 김태학 판사를 가만히 바라봤다.

굵은 눈썹과 굳게 닫힌 입술은 그의 고집스러움을 엿볼 수 있었다.

이런 사람은 명예를 중요시한다.

판사로서 제대로 된 판결을 내렸는지가 자신의 커리어이자 역사라고 판단한다.

희우는 잠시 숨을 들이마셨다. 그리고 툭 내뱉듯이 말했다.

"영장이 필요합니다."

김태학 판사는 대수롭지 않은 표정으로 이미 예측했다는 듯 고개를 끄덕였다. 그리고 담담한 목소리로 말했다.

"그러니까 저를 보자고 했겠죠. 어떤 사람을 잡으려 하길래 국회의원과 대검의 실세가 저를 보자고 하신 겁니까?"

민수가 묘하게 미소를 그렸다.

"대검의 실세라뇨. 듣기 썩 좋은 말이네요, 흘흘흘."

김태학 판사는 웃지 않았다. 그저 잔을 들며 무심한 눈으로 민수를 바라볼 뿐이었다.

그가 말했다.

"괴짜 검사가 있다는 이야기를 들었어요. 머리도 잘 감지 않고 이발소도 가지 않고."

"흘흘흘."

"만화 영화에나 나오는 히어로가 된 것처럼 힘없는 서민의 편에 서는 괴짜 검사. 싸우는 상대가 약하면 취급하지 않고 오로지 강한 먹잇감을 찾아다니는 괴짜 검사."

"흘흘흘."

"세상이 이렇게 되지 않았다면 대검의 실세는 절대 될 수 없었던 사람."

"그게 저인가요? 듣기 나쁘진 않네요. 흘흘흘."

김태학 판사가 고개를 끄덕였다. 그리고 이번엔 희우를 바라봤다.

"보좌관인지 비서인지 한 명만 쓰고 있다는 의원님도 계시네요. 나라에서 지원을 해 준다고 해도 세금 낭비라며 단 한 명만 채용. 원래는 검사였죠? 국회의원이 된 이유가 국민의 민생을 책임지고 대변하기 위해서가 아닌 국회의원을 잡으려고 된 거라는 이상한 사람."

이번엔 희우의 이야기였다.

희우가 슬쩍 미소 지었다.

"조금 정정하셔야겠습니다. 국회의원만 잡으려고 한 건 아니거든요. 법 위에서 놀고 있는 돈 많은 양반을 잡으려 한다는 것도 있어요."

"그건 정정하죠."

김태학 판사는 고개를 끄덕였다. 그리고 말을 이었다.

"그래서 전 두 분을 먼 곳에서 응원하고 있었습니다. 그러니까 편하게 말씀하세요. 법에 어긋나지 않는 한 돕겠습니다."

민수가 머리를 긁적였다.

"이거 협박하려고 가지고 온 건 치워야겠네요, 흘흘흘."

민수는 김태학 판사가 부탁을 거절하는 순간 힘으로 옭아매기 위한 준비를 했다. 하지만 지금 김태학 판사의 말을 들어 보니 쓸 필요가 없을 것 같았다.

김태학 판사가 눈을 동그랗게 뜨고 말했다.

"두 분이 일하는 방식은 들어 알고 있기는 합니다만 저도 법에 어긋나는 일을 한 적이 있나요?"

민수가 슬쩍 웃었다.

"세상이 자기만 잘한다고 되나요? 가족, 친척, 사돈에 팔촌까지 엮이면 탈탈 털 수 있는 게 세상인데요, 흘흘흘."

듣기에 따라 몹시 기분 나쁜 말이다.

하지만 김태학 판사는 손으로 무릎을 치며 웃었다.

"다행입니다. 전 제가 잘못을 저지른 줄 알아서 깜짝 놀랐어요. '적어도 나는 깨끗해야지.'가 제 소신이거든요."

잠시 웃음소리가 공간을 채웠다.

그 웃음소리는 앞으로 있을 무거운 이야기의 시발점이었다.

희우와 민수 그리고 김태학 판사는 모두 그것을 알고 있다는 듯 무거운 공기를 애써 밀어내며 웃었다.

그리고 희우의 입이 열렸다.

"약 1천 명입니다."

잠시 후, 희우와 민수는 다시 차를 타고 이동하고 있었다.

민수는 전석규 총장과 전화하는 중이었다.

"네, 총장님. 김태학 판사가 우리 일을 돕기로 했습니다. 약 1천 명에 대한 영장이 한 번에 뽑혀 나올 겁니다."

-그럼 이제 내가 움직여야 할 차례군.

"네, 부탁드립니다."

민수는 전화를 끊었다. 그리고 슬쩍 희우를 바라봤다.

"총장님 움직이신대."

희우는 무거운 눈빛과 함께 고개를 끄덕였다.

전석규 총장은 이제 경찰 쪽 인사를 만나 앞으로의 일을 계획하기로 되어 있었다.

이런 일일수록 아는 사람이 적어야 하지만 상대의 숫자가 많으니 협조를 구해야 할 사람들이 많다.

자연스레 소문이 퍼질 가능성도 있었다.

자칫 일을 시작하기 전에 공격을 받을 가능성도 존재했다.

사자는 먹잇감을 사냥하기 위해 바람을 피해 풀숲에 숨는다.

한 번에 숨통을 끊어 놓기 직전까지 배가 고파도 조바심이 나도 참아야 한다.

그 전에 먹잇감이 사자의 존재를 알게 되면 끝이다.

사자는 굶어 죽는 것이다.

지금 희우와 민수 그리고 전석규 총장이 하는 일은 사자의 사냥과 같았다.

살얼음판을 걷는 기분으로 숨을 죽이고 기다려야 했다.

그때 희우의 핸드폰이 울렸다.

"너, 전화 오는데? 발신 번호, 상만이."

"대신 좀 받아 주세요."

민수가 고개를 끄덕이며 통화 버튼을 눌렀다.

"네, 이민수 검사입니다. 김희우 의원은 지금 대검으로 연행되고 있습니다, 흘흘흘."

그러다가 눈썹을 꿈틀거렸다.

"천유성 대표가 임시 총회를 열고 박상만 사장을 사장단에서 빼는 안건을 냈다고요?"

민수의 시선이 희우에게 향했다. 그리고 물었다.

"어떻게 하느냐는데?"

지금은 천유성이 방 빼라고 하면 상만은 나가야 한다.

그동안 상만이 회사의 인물을 만나고 자기의 편으로 만드는 데 힘을 썼지만 천유성 대표가 가진 힘과는 비할 수 없었다.

희우가 고개를 끄덕이며 말했다.

"잘됐네요. 잠시 백수 생활 하라고 전해 주세요."

민수가 희우의 말을 상만에게 전하며 전화를 끊었다.

민수가 말했다.

"또 백수냐고, 도대체 언제쯤 안정된 직장을 꾸리고 결혼하냐고 전해 달래."

희우는 낮게 한숨을 내쉬었다. 그리고 민수에게 말했다.

"천호령 회장이 움직이는 모양입니다."

희우가 예측하던 것이다.

천호령 회장은 천유성의 회유에 성공했다.

그럼 다음은?

그날 밤.

희우와 민수는 전석규 총장의 집 근처에 있는 바의 룸에 모였다.

민수가 룸의 문을 닫으며 자리에 앉자 전석규 총장이 말했다.
"경찰도 우리와 힘을 합치기로 했어."
희우가 고개를 끄덕였다.
"다행이네요."
이제 준비는 끝났다.
지금부터는 약속된 시간이 오기까지 긴 기다림만 남아 있을 뿐이다.
그사이에 일이 엎어질 수도 있었다.
영장 판사 김태학이나 경찰에서 정치권과 결탁한다면, 지금 계획하고 있는 모든 것이 어그러질 가능성도 존재하기 때문이다.
이 자리에 앉아 있는 이들은 모두 그 사실을 알고 있었다.
하지만 그 누구도 그에 관한 일은 언급하지 않았다.
불길한 말을 하면 말이 씨가 돼서 돌아올 수도 있기 때문이다.
그들 사이의 무거운 침묵이 공간을 짓눌렀다.
그 침묵을 깬 건 민수의 묘한 웃음소리였다.
"갑자기 생각났는데요. 역사는 이번의 일을 뭐라고 평가할까요? 흘흘흘."
전석규 총장의 시선이 민수에게 향했다.
민수가 말을 이었다.
"그렇잖아요. 자그마치 1천 명에 가까운 사람을 새벽에 잡아서 끌고 오는 거예요. 여기저기서 유혈 사태도 벌어지겠죠. 다음 날이 되면 언론에서 말도 많을 거예요. 어쩌면 뇌물 조금 받은 것 가지고 되게 난리를 피웠다고 욕할 수도 있겠네요, 흘흘흘.”

전석규 총장이 고개를 끄덕였다.

“그럴 수도 있겠지.”

민수의 시선이 희우에게 향했다.

“역사가 우릴 뭐라고 평가할 것 같아?”

“과하다는 말은 듣겠죠. 몸이 좋지 않은 사람이나 사회적 체면이 있는 양반들이나 사전에 이야기 없이 잡을 테니까요. 그런데 욕먹을 걸 생각하면 이번 일 못 해요.”

“사회적 시선이 아니라 역사를 물어본 거야. 지금 당장 욕먹는 거야 신경 안 써. 그런데 이번 일은 분명 역사에 기록될 텐데, 두고두고 내 이름이 남아 있을 것 같다는 생각이 들어. 내가 죽고 나서도 계속해서 오늘의 일을 역사 교과서로 배울 수도 있잖아. 그때 내 평가가 어떻게 나올까? 내 후손들이 나를 보면서 자랑스러워 했으면 좋겠는데, 흘흘흘.”

민수의 쓸데없는 소리를 가만히 듣던 전석규 총장이 말했다.

“민수야.”

“네, 총장님.”

“장가는 갈 수 있겠어?”

“…….”

"후손 생각하기 전에 이발하고 장가나 가, 이놈아."

"그건 그러네요, 흘흘흘."

당연하지만 불안해서 하는 농담이다.

가만히 있던 희우가 나직이 입을 열었다.

"역사에 남아 욕은 먹지 않을 겁니다. 역사는 승자에 의해 쓰이잖아요. 그리고 우리의 명분은 충분해요. 제왕 그룹 천호령 회장과 오명성 대통령의 독재 계획, 그것을 지지하는 약 1천 명의 사람들."

"……."

"전 제가 정의로운 사람이라고 생각은 하지 않아요. 제 생각이 정의라고 보지도 않고요. 하지만 천호령 회장과 오명성 대통령이 하는 짓이 권력과 부를 가진 자가 할 수 있는 이기적인 선택이라는 것은 알고 있습니다."

"……."

"이번 기회에 말로만 국민을 위하는 척하는 사람들, 뒤로는 국민을 업신여기고 우습게 보는 사람들을 뿌리 뽑았으면 합니다."

그 시각.

어둠이 짙게 깔린 밤이지만 천호령 회장은 잠을 청하지 않고 정원을 걷고 있었다.

날이 추웠지만 추위를 모르는지 천호령 회장은 집 안으로 들어갈 생각을 하지 않았다. 자박거리는 발소리를 울리며 그저 정원을 걸을 뿐이다.

천호령 회장의 입에서 낮은 목소리가 흘러나왔다.

"날이 추우면 추울수록 정신은 또렷해져."

그의 또렷한 안광에 앞으로의 일이 훤히 보이는 것만 같았다.

그가 다시 중얼거렸다.

"김희우와 함께 검찰, 경찰이 움직일 거야. USB 명단에 있는 사람들이 잡혀가고 세상은 혼란스러워지겠지. 그때쯤 김희우는 명단에 있는 사람들에게 돈을 준 곳이 제왕 그룹이라는 것을 밝힐 거야."

그의 입에서 뿌연 입김이 솟아올랐다.

하지만 그는 여전히 집에 들어가지 않는다.

잠시 걸음을 멈춘 곳은 정자 앞 연못이었다.

천호령 회장은 먹이통을 들어 연못에 사료를 뿌렸다.

먹이를 먹기 위해 뛰어오르는 잉어로 인해 수면에 작은 파문이 생긴다.

천호령 회장의 표정은 즐거웠다.

"사람들은 제왕 그룹을 비난하겠지. 대통령의 지지율은 곤두박질치듯 떨어질 거야."

잉어 하나가 입을 열어 먹이를 물었다.

천호령 회장이 먹이를 먹고 연못 아래로 내려가는 잉어를 보며 낮게 입을 열었다.

"김희우, 자네는 그때가 끝일 거라고 생각하겠지? 아니야. 틀렸어. 그날이 시작이야."

천호령 회장의 웃음소리가 정원을 채우기 시작했다.

그는 그렇게 한참을 웃었다.

다음 날.

희우는 사무실에 있었다.

서도웅은 보이지 않았다.

그동안 정신없이 일한 서도웅에게 특별히 사흘의 휴가를 내줬기 때문이다.

희우는 사무실의 전화 코드도 모두 뽑아 버린 후, 소파로 향했다.

그는 테이블 위에 놓인 신문을 들어 펼치며 소파에 앉았다.

신문을 눈으로 훑던 희우는 뭔가 부족함을 느꼈나 보다.

핸드폰을 꺼내 조용한 클래식 음악을 틀었다.

사치스럽게 음악까지 들으며 신문을 보는 시간이란 최근 존재하지 않던 여유다.

그는 오늘내일은 아무것도 하지 않고 쉴 생각을 하고 있었다.

그렇게 한 장, 한 장 신문을 넘겨 보고 있을 때, 사무실의 문이 삐걱 열렸다.

희우는 고개를 틀어 문을 바라봤다.

"어쩐 일이야?"

어제부로 다시 백수가 된 상만이 사무실로 들어오고 있었다.

상만이 쭉 기지개를 켜며 말했다.

"아, 지임 씨는 공부한다고 하고 도웅이는 혼자 여행 간다고 하는데, 저는 일이 없어서요."

희우가 고개를 돌려 달력을 확인했다.

그러고 보니 김지임 비서의 사법 고시 1차 시험이 얼마 남지 않았다.

희우가 다시 상만을 향했다.

"공부는 잘되고 있대?"

"글쎄요. 긴장된다고 하더라고요."

상만이 희우의 맞은편에 앉으며 머리를 북북 긁었다.

그의 표정이 복잡해 보였다.

"왜?"

"그러니까요. 이번에 지임 씨가 시험 떨어지면 청혼하려고 하거든요?"

"……!"

"그런데 이거 붙으면 2차를 봐야 하잖아요. 그럼 2차 떨어지면 청혼하려고 하거든요."

"……."

"그런데 또 2차 붙으면 3차 면접 보고 연수원에 들어가잖아요. 전 어떻게 해야 할까요?"

희우가 헛웃음을 지었다.

"넌 꼭 지임 씨가 떨어지기를 바라는 것 같다."

"그건 아니고요. 청혼 타이밍만 잡고 있는데, 정말 모르겠어요."

"연수원에 가면 유부녀도 있어. 유부남도 있고."

"정말요?"

"응. 신혼의 단꿈을 연수원에서 보낼 수도 있겠지만 거기 간다고 해서 특별한 건 없으니까, 합격하기를 기원해 줘."

상만은 눈을 깜빡였다.

"아내가 검사 하고 제가 옆을 보좌하는 것도 나쁘지 않겠네요, 흐흐."

상만은 그대로 소파에 벌러덩 누웠다.

"잠은 집에 가서 자라."

"집에 가면 어머니가 빨리 장가가라고 채근하세요. 그냥 여기서 좀 쉴게요."

"의원 사무실이 널 위한 휴식처는 아니야."

"당연히 국민의 휴식을 담당해야 하는 곳이죠. 전 국민, 사장님은 의원. 의원은 국민의 머슴이어야 한다는 거 아시죠? 그럼 전 30분만 눈 좀 감겠습니다."

상만은 많이 피곤했나 보다.

되지도 않는 말을 하며 그대로 눈을 감고 잠에 빠져 버렸다.

상만 역시 그동안 피곤했다.

천유성 대표를 상대하며 지칠 대로 지쳐 있었다.

희우는 잠시 상만을 바라보다가 신문을 접어 테이블에 놓고 소파에서 일어섰다. 그리고 찻잔을 들고 창가로 걸어갔다.

밖으로는 매서운 바람이 불고 있었다.

희우는 한쪽으로 휘는 나무를 보며 찻잔을 들어 입에 댔다.

어쩌면 이 바람이 향하는 곳은 희우일 수도 있었다.

하지만 겁이 나지는 않았다.

바람에 휩쓸려 갈기갈기 찢어진다 하더라도 무서울 것이 없었다.

다만 걱정되는 건 자신 외에 다른 사람이 저 바람에 함께 휩쓸리지는 않을까 하는 것이다.

잠시 후, 그의 뒤로 어느새 상만이 와서 섰다.

"저녁에 삼겹살 드실래요?"

희우가 피식 웃었다.

"삼겹살이 그렇게 좋아?"

"그럼요. 삼겹살은 진리라는 말이 있잖아요, 흐흐."

희우가 고개를 끄덕였다.

"그래, 오늘 배 터지게 한번 먹어 보자."

"정말요?"

“응.”

상만은 가만히 희우를 바라봤다. 그러더니 고개를 저었다.

“에이, 됐어요. 나중에 먹어요.”

“왜?”

그리 좋아하는 삼겹살을 나중에 먹자니, 이상했다.

상만이 조용히 입을 열었다.

“사장님, 이번 일이 끝나면 축하하는 자리 겸해서 그때 먹죠.”

“기회가 없을 수도 있어.”

“있을 거예요.”

다음 날.

희우는 아내와 그리고 딸 귤희와 함께 집 근처에 있는 아쿠아리움으로 향했다.

평일이지만 사람이 적지는 않았다.

겨울방학이라 그런지 추위를 피해 아이를 데리고 이곳에 온 부모들이 많이 보였다.

희우는 안고 있던 귤희를 땅에 내려 뒀다.

최근 걷기 시작하더니 이제는 제법 아장거린다.

아내가 말했다.

“잘 걷지?”

희우가 고개를 끄덕였다.

“응, 그러네.”

“그런데 오늘 이렇게 시간 보내도 괜찮아?”

아내의 걱정스러운 표정에 희우가 고개를 끄덕였다.

“응, 나는 괜찮은데, 여보 시간 뺏은 거 아니야?”

희우의 아내 희아도 본격적으로 천하 그룹에 출근해야 할 날이 가까워졌다.

김용준 회장이 감옥에 들어가며 밀려 있던 업무를 모두 희아가 떠맡아야 할 처지였다.

그녀에게도 시간은 존재하지 않았다.

아내가 고개를 끄덕였다.

“응, 오늘까지는 건들지 말라고 일러 뒀어.”

“내일은?”

“내일부터는 일해야지.”

“어머니한테 이야기해 둘까, 귤희 좀 봐 달라고?”

“아냐, 괜찮아. 귤희는 내가 데리고 갈 거야. 회사 어린이집에 맡기면 돼.”

아쿠아리움을 걸으며 희우와 희아는 이런저런 이야기를 나눴다.

그때 희우가 발걸음을 멈추고 말했다.

“상어다.”

투명한 터널을 지나가던 차였다.

그들의 머리 위로 상어가 스쳐 지나가고 있었다.

딸 귤희도 커다란 물고기가 신기한지 손가락으로 가리키며 엄마를 찾는다.

상어를 조금 더 가까이 볼 수 있도록 희우는 귤희를 번쩍 안아 들었다.

그 모습을 희아가 조금은 슬픈 눈으로 바라봤다.

다시 아쿠아리움을 걸으며 희아가 조용한 목소리로 희우에게 말했다.

"다치려나?"

"……?"

"여보가 이번에 벌이는 일."

"……."

"다치는 정도로만 끝났으면 좋겠어."

여기까지 말한 희아가 고개를 돌려 자신의 남편인 희우를 바라봤다.

그녀는 희우가 어떤 일을 벌이고 다니는지 자세히 물어본 적은 단 한 번도 없다. 하지만 어제오늘, 이상하리만치 휴식을 취하는 남편을 보며 이상한 느낌을 받고 있었다.

평소 하지 않던 행동을 하면 불길하다.

그녀의 눈빛에 희우는 조금 미안한 미소를 지었다.

"노력해 볼게. 안 다치고 끝나면 더 좋은 거고."

"약속해."

"노력해 볼게."

희우는 아내에게 제대로 약속하지 못했다.

하늘에서 눈이 내리기 시작했다.

소복소복 쌓인다.

그 눈을 밟고 희우가 걷고 있다.

희우는 고개를 들어 하늘을 올려다봤다.

검은 하늘에서 쏟아지듯 떨어지는 눈이 얼굴로 내려와 앉았다.

희우는 다시 앞을 바라보고 서둘러 걸음을 옮겼다.

그가 도착한 곳은 대검찰청이다.

밤 12시가 훌쩍 넘어가는 시간이지만 꽤 많은 사람들이 보였다.

흉흉한 살기가 내부를 채우고 있었다.

그 시각.

천호령 회장은 서재에 앉아 있었다.

늦은 밤이었지만 노인은 잠을 자지 않는다.

열심히 일을 하고 있을 뿐이다.

해야 할 일이 많은지 책상 위에는 서류가 가득히 보였다.

그는 쉴 새 없이 서류를 읽고 사인하기를 멈추지 않았다.

그때 똑똑똑 문을 두드리는 소리가 들렸다.

"들어와."

문을 열고 들어온 사람은 진규학 의원이었다.

그가 문을 열고 들어와 천호령 회장의 앞에 허리를 깊게 굽혔다.

천호령 회장이 고개를 들어 진규학 의원을 보며 말했다.

"인사는 됐어. 와서 어떻게 진행되고 있는지 이야기나 해 봐."

진규학 의원이 천호령 회장의 앞으로 뚜벅뚜벅 걸어왔다.

그의 표정이 심상치 않았다.

평소 희미한 미소를 짓는 듯 좋은 인상을 가진 진규학 의원이다.

하지만 오늘은 굳은 표정이었다.

그가 천호령 회장의 앞에 서서 말했다.

"검찰이 새벽 2시를 기점으로 움직일 것 같습니다."

"애들한테는 이야기해 뒀고?"

애들이란 USB에 들어 있는 약 1천 명의 인사다.

진규학 의원이 고개를 끄덕였다.

"네, 전해 뒀습니다. 말을 듣고 잠시 몸을 피해 도망간다는 사람도 있고 주먹 패를 이용한다는 사람도 있습니다."

"잘했어."

천호령 회장은 관심 없다는 투로 말하고 다시 서류로 시선을 가져갔다.

그를 물끄러미 바라보던 진규학 의원이 입을 열었다.

"회장님, 그런데…… 왜 언론을 통제하신 겁니까? 이번 일을 언론에 알리면 검찰의 행동을 사전에 막을 수도 있지 않습니까?"

천호령 회장은 가만히 고개를 저었다. 그리고 다시 진규학 의원을 향해 시선을 옮겼다.

"진 의원, 난 질문받는 걸 좋아하지 않아."

"죄송합니다. 하지만……."

진규학 의원이 말끝을 흐리자 천호령 회장은 들고 있던 펜을 옆에 내려 뒀다.

"검찰이 움직이지 못하면 그게 끝이야. 하루 이틀 시끄러울 뿐이야. 난 그걸 바라지 않아. 내가 원하는 건 나라가 뒤집힐 만큼의 소란이야."

"……?"

"미륵 신앙을 알고 있나? 석가가 구하지 못한 중생을 구원하기 위해 미륵이 세상에 내려온다는 거야. 전쟁과 가난이 끊이지 않았던 시대에 성행했다고 하지."

갑작스러운 종교 이야기였지만 진규학 의원은 잠자코 천호령 회장의 말에 귀를 기울였다.

"어지러운 세상, 가진 자들의 부정부패, 꿈을 잃은 사람들, 이들은 기존의 신분과 사회체제를 바꾸고 싶어 하지. 그때 나타나는 게 미륵이야."

"……."

"그런데 재밌는 게 뭔지 알아? 그 미륵이라는 것도 지배층이 자신의 세를 넓히기 위해 이용했다는 거야."

"……."

"이번 일이 잘되면 새로운 세상이 열릴 거야. 나도 처음에는 이상만 가지고 있었는데, 김희우라는 놈이 나타나 내 이상을 실현하는 데 힘을 실어 줬지. 나는 이렇게까지 잘될 줄은 몰랐어."

진규학 의원은 눈을 깜빡였다.

천호령 회장의 입에서 나오는 소리가 무엇인지 잘 이해를 못 했기 때문이다.

천호령 회장이 진규학 의원을 보며 빙긋이 미소를 그렸다. 그리고 낮지만 무거운 목소리로 말했다.

"진 의원, USB에서 자네 이름은 뺐어."

"……!"

"난 며칠 후에 새로운 세상을 위한 제물로 쓰일 거야. 그 세상의 왕은 지금 오명성 대통령과 천유성이 될 거고."

"제, 제물이 된다뇨?"

"자네에게 당부하고 싶은 말이 있어. 그래서 지금 이 시간에 부른 이유이기도 하고.”

“…….”

“유성이나 대통령을 상대로 욕심 부리지 마.”

“……!”

“그냥 지금처럼 살면 자네와 자네 후손에게 평생 좋은 일이 될 거니까.”

진규학 의원은 천호령 회장의 집에서 벗어났다.

차의 문을 열고 타려던 순간 진규학 의원은 몸을 돌려 천호령 회장의 서재가 있는 곳을 향해 시선을 돌렸다.

천호령 회장이 무엇을 원하고 어떤 세상을 꿈꾸는지 확실히 와닿지는 않았다.

기존에도 몇 번 듣기는 했지만 이런 시대에 영원한 왕국을 만든다는 것은 얼토당토않다고 생각하고 있었다.

그런데 그걸 실제로 시행하고 있다니…….

진규학 의원은 고개를 저었다.

“오명성 대통령까지…….”

국회의원으로서 옆에서 지켜본 오명성 대통령은 탐욕이 많은 사람이기는 했다. 하지만 그 자리까지 올라간 사람이었기에 똥과 된장은 구별할 줄 안다고 봤다.

자식이 깨어나지 못한 슬픔 때문인가, 아니면 천호령 회장에게 그만큼의 약점을 잡혔나.

어떻게 이런 일에 대통령이 동참하고 있는지도 알 수 없었다.

제왕 그룹 지분의 상당수가 지금 오명성 대통령의 손아귀에 들어 있다는 걸 몰랐기에 할 수 있는 생각이었다.

거대한 황금을 보면 그 빛에 눈이 멀어 버린다.

오명성 대통령은 눈이 멀어 있었다.

진규학 의원이 거기까지는 알지 못했다.

잠시 천호령 회장의 서재를 바라보던 진규학 의원은 무거운 한숨과 함께 다시 고개를 저었다.

"모두 미쳤어."

그의 시선이 하얗게 쌓인 눈밭으로 향했다.

오늘 밤 서울의 눈은 사람들의 발에 밟혀 검게 변할 거다.

사람들이 쏟아 낸 피로 붉게 물들 거다.

여기저기 비명과 절규로 채워질 예정이다.

진규학 의원의 입에서는 쉬지 않고 한숨이 흘렀다.

"미쳤어. 미친 거야."

하지만 그렇게 말하면서도 진규학 의원은 하나를 더 생각했다.

어쩌면?

천호령 회장의 계획이 정말 성공한다면?

아니, 실패한다고 해도 상관없었다.

USB 안에 자신의 이름이 없는 이상 그는 이번 사건으로 국민의 지지를 받을 수 있다.

그의 입가에 비열한 미소가 걸렸다.

차에 오르는 순간 그의 핸드폰이 울렸다.

방금 만나고 온 천호령 회장에게서 온 전화다.

"네, 회장님."

―하지 않은 이야기가 있어서 전화했네.

"말씀하십시오."

―내가 자네 이름을 USB에서 뺐다고 했지?

"네, 감사합니다."

―감사할 필요는 없고, 내가 왜 뺐는지 알고 있나?

보험이다.

만약 일이 실패했을 경우 국회의원이라는 힘을 하나 가지고 있어야 했다.

진규학 의원이 천천히 고개를 끄덕였다.

"네, 알고 있습니다."

―자네의 이름이 들어 있는 명단은 유성이에게 줄 거야.

"……!"

―평생 주인이라 생각하고 잘하도록 해.

전화를 끊는 진규학 의원의 표정이 무섭게 변했다.

"미친 새끼."

희우는 주변을 둘러봤다.
이곳은 대검의 로비.
사람들이 계속 모여든다.
모두 검사들이다.
검은 양복을 입은 그들은 도열하고 있었다.
그들은 오늘 밤에 어떤 일이 일어나는지 잘 알고 있다.
1천 명에 가까운 사람을 잡아야 한다.
그것도 법 위에 선 사람들이다.
법을 우습게 알고 국민의 위에 선 자들이었다.
오늘 밤 안으로 그들을 잡지 못하면, 당하는 것은 검찰이다.
내일의 동이 트며 상황은 역전될 거다.
언론에서는 폭력 검찰이란 오명을 씌워 그들을 옭아매고 대통령과 국회가 일어서 검찰을 찍어 누르는 상황이 오게 된다.
그 모든 상황을 막기 위해서는 짧은 시간에 목을 물어뜯어 숨을 쉬지 못하게 만들어야 한다.
모인 검사들의 눈엔 긴장감과 더불어 짙은 살기가 흘렀다.
그들을 둘러보던 희우는 다시 움직였다.
엘리베이터를 타고 위로 올라섰다.
그가 향하는 곳은 검찰총장실이다.
문을 열고 들어간 곳엔 전석규 총장과 민수가 앉아 있었다.

이곳 역시 분위기는 무겁다.

평소 장난치던 민수도 지금은 굳은 표정으로 희우를 맞았다.

"왔어?"

희우는 고개를 살짝 끄덕이는 것으로 대답을 대신하며 전석규 총장과 마주 보고 있는 민수의 옆에 앉았다.

전석규 총장이 시선을 들어 희우를 바라봤다.

"새벽 2시라고 했지?"

희우는 손목을 들어 시간을 확인했다.

"두 시간 남았네요."

전석규 총장의 입에서 한숨이 흘렀다.

그는 자리에서 일어나 창가로 향했다.

눈이 내리고 있다.

먼지처럼 날리던 눈은 어느새 굵은 눈발로 바뀌어 세상을 덮고 있었다.

희우는 말없이 소파에 등을 대고 눈을 감았다.

이제 마지막 순간이다. 하지만 지금 상황에도 일이 잘 흘러가고 있는지 계산해 봐야 한다.

약 1천 명의 행적, 오명성 대통령의 반응, 천호령 회장의 움직임.

그 모든 것이 희우의 감은 눈 안에서 영상이 스치듯 보였다.

세운 계획에 오차는 없다.

그럼 이제 돌발 상황에 대해 따져 볼 때다.

뇌세포 하나까지 아끼지 않고 생각해야 한다.

희우의 머릿속은 깊은 생각에 빠져 갔다. 그리고 그가 조용히 눈을 떴다.

그가 생각에서 빠져나오길 기다리던 민수가 입을 열었다.

"무슨 생각을 한 거야?"

"주먹다짐이 일어날 수도 있을 것 같습니다."

"주먹다짐?"

"우리 정보가 빠져나갔을 경우를 생각해 봐야 해요. 경찰에 영장 판사, 그리고 모인 검사들까지, 오늘의 일을 아는 사람이 한둘이 아니에요."

"……."

"놈들은 오늘 밤만 견디면 된다고 생각할 겁니다."

희우는 자리에서 일어서며 말을 이었다.

"억측이었으면 좋겠습니다. 지금까지 언론이 조용한 걸 보면 상대가 모르고 있다는 뜻일 것도 같은데……."

문제는 천호령 회장이었다.

희우는 순간 상대가 지금 검찰의 행동을 알고 있으면서도 조용할 수도 있다고 생각했다.

천호령 회장이 바라는 것은 세상의 혼란스러움이니 그것을 위해 언론을 누르고 있을 수도 있기 때문이다.

그 말에 창밖을 바라보던 전석규 총장이 몸을 돌렸다.

"상대가 알고 있든 모르고 있든 위험한 것은 맞아. 우리는 최악의 위험에 대비했어."

"그럼 다행이네요."

전석규 총장이 다시 소파에 앉으며 민수에게 말했다.

"텔레비전 좀 틀어 봐."

민수는 리모컨을 들어 텔레비전의 전원 버튼을 눌렀다.

뉴스 전문 채널이다.

역시 따로 나오는 특별한 내용은 없었다.

아나운서가 나와 날씨를 전하고 있을 뿐이다.

—서울은 오늘 밤 내리는 눈이 내일 오후까지 이어질 겁니다. 출근길에 유념하시길 바랍니다. 인천 지역에서는 오늘 새벽 2시 이후로 차차 흐려지며 해상으로 비가 내리는 곳이 있겠습니다.

민수가 뉴스를 끄며 전석규 총장을 바라봤다.

"서울은 폭설인데 인천은 비가 내린다네요. 눈도 오고 비도 오고, 묘하게 오늘 밤과 맞지 않습니까? 이런 날에 느와르 영화 한 편을 우리가 찍네요, 흘흘흘."

긴장감을 풀기 위한 농담이다.

그때 희우의 핸드폰이 울렸다.

아내였다.

"응, 여보."

—나간 거야?

아내에게 말도 하지 않고 나왔다.

어쩌면 위험할 수도 있는 일이니 쓸데없는 걱정은 끼치고 싶지 않았다.

"잠깐 일이 있어서……."

아내는 잠시 아무 말도 하지 않았다.

그리고 작은 한숨 소리와 함께 그녀의 목소리가 들려왔다.

ㅡ다치지 말고 와.

"응."

ㅡ아침에 된장국 먹을까?

그녀는 울먹인다.

하지만 울먹이는 소리를 지우며 이야기한다.

"그래."

그녀와 반대로 희우는 담담하게 대답했다.

ㅡ응, 꼭 아침에 봐.

"그래."

희우는 고개를 끄덕이며 전화를 끊었다.

통화가 종료되었다는 표시가 보인다.

그리고 희우의 눈에 날짜가 들어왔다.

"……!"

이전의 삶에서 희우가 죽었던 그날이다.

희우의 시선이 다시 날씨를 알려 주는 뉴스로 향했다.

—인천 지역 해상, 비가 내리는 곳으로 강풍을 동반할 수 있으니…….

그가 죽었던 날.

인천의 다리.

비가 내리고 있었다.

희우는 입을 꽉 다물었다.

그때 전석규 총장이 전화를 받더니 자리에서 일어섰다.

"가자. 영장 나왔다."

전석규 총장이 엘리베이터에서 내리자 로비에서 대기하던 수많은 검사들이 고개를 숙였다.

마치 검은 파도가 일렁이는 것만 같다.

전석규 총장은 그들의 앞에 서서 차가운 눈빛으로 둘러봤다.

그의 눈빛은 차갑지만 이 자리에 있는 사람 모두의 얼굴을 기억하려는 듯 애쓰고 있었다.

그렇게 한 사람, 두 사람, 그리고 모든 이의 눈을 마주쳤을 때, 전석규 총장이 큰 소리로 외쳤다.

"우리는 악한 검사라 불릴 수도 있다! 폭력 검사라는 말을 들을 수도 있다! 역사에 악인으로 남을 수도 있다!"

상황을 모르는 사람이 볼 때는 가만히 있던 약 1천 명을 어떤 예고도 없이 잡아들이는 일이다. 과하다는 말을 들을 수도 있었다.

하지만 전석규 총장의 목소리는 단호했다.

"역사에 악인으로 기록되는 건 두렵지 않다! 하지만 검사라는 직업을 가지고 악인을 가만히 놔두고 있는 건 부끄러운 일이다!"

"……!"

"가서 잡아라, 한 명도 남김없이! 대한민국을 뒤집어서라도 모두 끌고 와!"

전석규 총장의 목소리가 멎었다.

기다렸다는 듯 검사들의 목소리가 터져 나왔다.

"네!"

검찰은 조태섭 의원이 있던 시절, 김석훈의 손아귀에서 권력의 무기로 사용됐다. 그래서 조태섭의 사후에는 국민에게 정치 검찰이라는 소리를 들으며 조롱거리가 되어 왔다.

검사들의 눈빛은 긴장감과 함께 짙은 살기가 채워졌다.

그들은 다시 한 번 전석규 총장을 향해 허리를 굽혔다. 그리고 몸을 돌렸다.

검은 물결이 로비를 빠져나갔다.

세상의 시간은 멈춰 있었다.

조태섭이라는 희대의 권력자가 사라졌지만 다시 그 자리를 누군가가 채우며 똑같은 세상이 반복되던 중이다.

하지만 오늘 밤, 이들의 검은 물결이 움직이며 멈춰 있던 강물이 흐르기 시작했다. 새로운 세상의 시작을 바라며 검사들은 악인으로 불리길 주저하지 않았다.

민수의 시선이 희우에게 향했다.

"넌 병원으로 간다고 했지?"

"네."

"설마, 아무리 천호령 회장이라고 해도 그런 짓까지 할까?"

희우가 어깨를 으쓱해 보였다.

"하나의 변수라도 있으면 안 되니까요. 범인을 잡는데 제가 있어 봤자 도움이 될 리도 없으니 다른 쪽에서 변수를 막아 볼게요."

민수가 덥수룩한 머리를 긁적거렸다.

"혼자 가도 괜찮겠어? 몇 명 붙여 줄까?"

두 사람의 이야기를 듣던 전석규 총장이 민수를 보며 고개를 저었다.

"희우 이놈이 초임 검사 시절에 혼자서 깡패들도 때려눕힌 놈이야. 크게 걱정하지 않아도 될 거다."

희우가 고개를 끄덕였다.

"병원인데요. 다른 환자나 보호자도 있는데, 특별한 일이 있을까요? 혼자 다녀오도록 하겠습니다."

"그래? 그럼 뭐……."

민수는 애써 수긍했다. 하지만 걱정을 떨쳐 버린 것 같은 느낌은 아니었다.

그는 걱정스러운 눈길로 희우를 바라봤다. 그러자 희우가 슬쩍 웃으며 말했다.

"그럼 먼저 출발하겠습니다."

희우는 민수와 전석규 총장 앞을 떠났다.

로비를 빠져나간 희우는 바로 차량에 올라 상만을 향해 핸드폰을 들어 올렸다.

"천호령 회장은?"

상만은 희우의 지시를 받아 흥신소를 이용하여 천호령 회장과 그 주변 인물의 경로를 확인하고 있었다.

-지금 제왕 백화점으로 가고 있답니다. 천유성 대표를 만나는 것 같습니다.

"이 시간에?"

-아무래도 비밀 이야기를 하려면 대표이사실이 제일 편할 테니까요. 그런데 보통은 천호령 회장이 천유성 대표를 부르는데, 오늘은 좀 이상하네요.

"알았어. 천호령 회장의 비서인 공명제인가 하는 놈은?"

-천호동 쪽에서부터 놓쳤어요. 찾는 대로 연락드리겠습니다.

"계속 고생 좀 해."

-넵!

희우는 전화를 끊고 차량의 핸들을 손가락으로 톡톡 두들

겼다.

'천호령 회장과 천유성이 만난다고?'

희우의 눈빛에 싸늘한 기운이 감돌았다.

서울 주요 도로 및 도심을 벗어나는 길은 모두 검문검색이 시작되며 번쩍이는 경광등만이 도로를 밝혔다.

"잠시 검문검색이 있겠습니다."

차량이 멈춰 서자 경찰은 뒷좌석부터 반사경을 들어 차량의 하부까지 샅샅이 확인했다.

혹시 서울을 빠져나가는 사람이 있는지 확인하는 중이다.

확인이 끝나고 경찰은 운전석을 향해 경례해 보였다.

"협조해 주셔서 감사합니다."

검문이 끝난 차량이 지나고 다른 차량이 앞으로 다가왔다.

"잠시 검문검색이 있겠습니다."

그 시각, 윤수련 검사는 서울 강북의 한 고급 주상 복합 아파트에 있었다.

윤수련 검사는 다시 한 번 호수를 확인했다. 그리고 초인종을 눌렀다.

안에서는 아무 소리도 들리지 않는다.

그녀는 다시 초인종을 눌렀다.

여전히 들리지 않는다.
윤수련 검사가 시선을 옆으로 향했다.
그녀의 옆에는 수사관이 서 있었다.
"부술까요?"
이곳에만 머물러 있을 시간이 없었다.
바로 다른 놈을 찾아 이동해야 했기에 결심은 빨랐다.
그녀가 고개를 끄덕였다.
그때 인터폰으로 한 젊은 여성의 목소리가 들려왔다.
-누구세요?
"대검찰청 윤수련 검사입니다. 유용오 교수님……."
뚝.
인터폰이 끊겼다.
윤수련 검사는 미간을 찌푸렸다.
하지만 잠시 후, 문이 살짝 열리고 앳된 여성이 고개를 내밀었다.
"어디서 오셨다고요?"
"대검찰청 윤수련 검사입니다. 안에 유용오 교수님 계십니까?"
여성이 고개를 끄덕였다.
"안에 주무시고 계세요."
윤수련 검사가 여성을 위아래로 훑었다.
20대 초반. 반라의 상태다. 딸로 보이지는 않았다.

그리고 미리 조사해 온 정보에서도 유용오 교수에겐 딸이 없었다.

부인과는 오래전 사별했고, 아들 하나가 있긴 하지만 현재는 따로 살고 있기 때문이다.

잠시 앞에 선 여성을 바라보던 윤수련 검사가 말했다.

"학생인가요?"

"네? 네."

당황하는 그녀를 보며 윤수련 검사가 품에서 신분증을 꺼내 보였다.

여성의 눈동자가 떨려 왔다.

한밤중에 갑자기 찾아온 검사와 마주하는 것은 일반인에게는 공포였다.

"문 열어 주겠어요?"

"네."

여성은 다른 말 하지 않고 조용히 문을 열었다.

윤수련 검사는 곧장 유용오 교수가 잠을 자는 침실을 향해 걸어갔다.

침대에는 유용오 교수가 팬티만 입은 채 코를 골며 자고 있었다.

윤수련 검사와 함께 온 수사관이 고개를 저었다.

"이 교수님, 되게 깨끗한 학자인 척하더니 뒤로는 호박씨를 까고 계셨네."

"깨워 주겠어요?"

윤수련 검사의 말에 수사관이 유용오 교수 옆으로 다가가 조용히 말했다.

"교수님, 교수님."

교수는 게슴츠레 눈을 떴다. 그가 숨을 쉴 때마다 독한 술 냄새가 공간을 채웠다.

갈 곳을 찾지 못하던 교수의 시선이 윤수련 검사에게 멈췄을 때, 그녀가 입을 열었다.

"대검찰청 윤수련 검사입니다. 함께 가 주셔야 할 것 같습니다."

"뭐요?"

"한국 대학교 입학 학사 비리, 입학 청탁 뇌물 혐의로 체포합니다. 변호사를 선임할 수 있고……."

교수는 아직 상황 판단이 되지 않는지 눈만 껌뻑일 뿐이었다.

그러나 윤수련 검사의 경우는 수월한 편이었다.

교수가 술에 취해 진규학 의원의 전화를 받지 못했기 때문이다.

서울 강남구에 있는 단독주택 단지, 한 남자 검사는 결국 강제로 문을 부수고 집 안으로 들어갔지만 찾아야 할 상대는 이미 정보를 듣고 도망친 후였다.

집 안에는 열린 창문으로 차가운 바람이 들어오며 커튼만 펄럭이고 있었다.

남자 검사는 머리를 헝클며 거칠게 욕을 내뱉었다.

"젠장!"

그렇다고 해서 계속 욕만 하고 있을 수는 없었다.

상황 보고를 해야 한다.

그는 바로 핸드폰을 들고 민수에게 전화를 걸었다.

"박구완 기자, 튀었습니다."

-주변부터 수색해 봐.

그 시각, 한 단체의 대표는 경호원으로 위장한 깡패를 고용했다.

거기서 끝이 아니었다.

검사와 경찰을 상대로 주먹을 휘둘렀다.

상대가 검사든 경찰이든 상관없다는 태도였다.

공권력이 땅에 떨어진 것이다.

"죽여!"

깡패들이 검사와 경찰들을 향해 달려들었다.

싸움의 소리가 들린다.

경찰도, 깡패도 한 걸음도 물러서지 않았다.

이들은 오늘 밤만 견디면 자신들이 승자라고 생각하고 있었다.

내일의 해가 떠오른 후 검찰의 우격다짐 행태를 국민이 알게 될 것을 기다리는 것이었다.

이들의 편에는 고명한 학자가 있다.

국민에게 신뢰받는 언론인이 있다.

항상 약자를 위해 살아가는 시민 단체가 존재한다.

깡패를 고용해 공권력을 향해 주먹을 휘둘러도 하룻밤만 지나면 상황은 역전된다.

그들에게는 그럴 힘이 있었다.

제왕 백화점 대표이사실.

늦은 시간이었지만 대표이사실의 불은 훤히 켜져 있었다.

천유성 대표의 앞에는 천호령 회장이 보였다.

천호령 회장이 찻잔을 들며 말했다.

"오늘, 오제호라고 했나? 대통령의 아들이 세상을 떠날 거야."

천유성 대표가 고개를 들어 자신의 아버지를 바라봤다.

떨리는 천유성 대표의 눈빛과 달리 천호령 회장의 눈빛은 담담했다.

세상의 누가 죽어도 관심 없다는 눈빛이었다.

천호령 회장이 입을 축인 후, 찻잔을 내려 두며 계속 말했다.

"내일 아침이 되면 네가 바삐 움직여야 할 거야. 검찰은 지금 약 1천 명의 사람들을 무자비하게 잡고 있어. 나도 내일 오전 중으로 잡혀갈 거야."

"아버지……."

천호령 회장이 빙긋이 미소를 지었다. 그리고 말을 이었다.

"걱정하지 마. 검찰은 결국 승리하지 못할 거야. 내일 아침이면 검경을 비난하는 여론으로 세상이 뒤덮일 거니까."

"아버지……."

"네가 할 일은 내일 아침이 되면 제왕 그룹 이사진을 소집해서 회장 자리에 오르는 거야. 그리고 해외로 빠져나간 우리 자본을 공고히 지키는 거야."

"……."

"머지않아 대한민국에는 세일 기간이 올 거야. 그때 대통령을 등에 업고 쓸어 모아. 대통령도 자기 돈이 들어가 있으니 눈을 감아 줄 거다."

"……."

"그리고 그 시기가 되면 네 형과 동생을 풀어 줘. 왕이 되면 다른 왕자들은 궁을 떠나야 한다고 했지? 그건 왕이 압도적인 장악력을 갖추지 않았기 때문이야. 그 시간이 되면 충분히 제왕 그룹을 손에 넣고 있을 거라고 본다."

천유성 대표의 형과 동생, 천지용 본부장과 천하민 대표는 죄를 짓고 감옥에 들어갔다. 하지만 천호령 회장은 언제든 풀어 줄 수 있다는 식으로 이야기하고 있었다.

그가 계속 말했다.

"지용이와 하민이는 정부 기관에 집어넣어. 그건 내가 대통령과 이야기해 뒀으니 어렵지 않을 거다. 형제가 손을 합치면 못할 일이 없어."

천유성 대표가 고개를 저었다.

"도대체 무슨 일이 일어나고 있는 겁니까?"

천호령 회장이 조용히 미소 지었다.

"검찰이 제멋대로 약 1천 명을 잡아넣고 있어. 대통령도 이번 비리에서 벗어나지 못한 상황인데 검찰의 행동을 어떻게 볼까?"

"……."

"그리고 처음에 말했잖아. 대통령의 아들이 오늘 숨을 거둘 거야. 대통령은 시위대에 의해 아들이 숨진 것으로 생각하겠지. 병원은 경찰을 불렀지만 경찰은 지금 검찰과 손잡고 검문이나 하고 앉아 있어. 오늘 밤, 대한민국의 치안은 무너진 거야."

"……!"

"대통령은 검찰의 행동을 쿠데타에 준하는 상황으로 인식할 거야. 검찰이 법의 칼을 손에 쥐고 멋대로 휘두르고 있다고 생각할 거야."

천유성 대표는 깊은숨을 들이마셨다.

흐르는 공기가 찌르듯 살을 파고드는 느낌이었다.

천유성 대표가 어렵게 입을 열었다.

"아버지가 체포된다고 하셨죠? 하지만 검찰의 힘이 곤두박질할 테니까, 걱정할 필요는 없는 거죠?"

천호령 회장이 천천히 고개를 저었다.

"새로운 세상이 열리려면 제물이 필요해. 난 그 안에서 제물이 될 거다. 우리 제왕 그룹이 세상의 민심을 얻고 훨훨 날아가는 제물로 바쳐질 거야."

"아버지……."

천호령 회장의 시선이 자신의 손목으로 향했다.

"대통령의 아들이 세상을 떠날 시간이야."

대통령의 아들이 입원해 있는 병원.

병원 주차장에 15인승 승합차 세 대가 멈춰 섰다.

우르르 내린다.

그 인원만 서른 명에 가까웠다.

검은 양복을 입은 자들이었다.

그들은 검은 양복과 대비되는 흰색 마스크와 밤에 어울리지 않게 검은 선글라스를 쓰고 있었다.

천호령 회장의 비서인 공명제가 채용한 동남아 불법체류자들로 이뤄진 주먹들이었다.

하얀 마스크에 검은 양복을 입은 무리가 성큼성큼 로비를

향해 움직였다.

흉흉하다.

그들의 모습만으로도 짙은 살기가 뿜어져 나오는 것만 같았다.

항상 생과 사를 함께하는 병원이었지만 오늘은 비릿한 피 냄새가 잔뜩 풍길 거라는 것을 알 수 있었다.

뚜벅, 뚜벅, 뚜벅.

남자들의 구두 굽 소리가 길을 울렸다.

그들이 로비로 들어섰을 때. 뒤에서 어떤 목소리가 들려왔다.

"어디 가?"

뜬금없는 목소리에 검은 양복들이 고개를 돌렸다.

그들의 눈에 벽에 등을 기대고 비스듬히 서 있는 희우가 보였다.

눈이 마주치자 희우가 빙긋이 미소를 지으며 말했다.

"어디 가냐고 물었는데. 설마 대통령 아들 만나러 가? 몇 호인지 알려 줄까?"

"……."

"설마 진짜 올 줄은 몰랐어. 나도 설마 설마 한 일이거든. 천호령 회장이 이렇게까지 무모한 짓을 할 거라고는 생각도 못 했네."

가장 앞에 선 남자가 차가운 시선으로 희우를 훑어봤다.

남자는 키만 해도 2미터에 가깝다.

덩치 또한 만만치 않다.

말 그대로 거한이다.

남자의 입에서 시선보다 더 차가운 목소리가 흘렀다.

“넌 누구지?”

보통은 남자가 이렇게 말하면 겁을 잔뜩 집어먹고 입조차 제대로 떼지 못한다.

하지만 상대는 희우였다.

그는 빙긋이 미소를 그리며 이죽거리듯 답했다.

“이 밤에 무슨 선글라스야? 좀 벗어라. 안 보이니까 누군지도 모르지.”

남자는 가만히 희우를 보다가 선글라스를 벗었다.

하얀 마스크 위로 날카로운 눈동자가 보인다.

흰자위에 검은 눈동자가 작게 있는 눈동자. 보기만 해도 가슴이 섬뜩해졌다,

삼백안 또는 사백안이라 불리는 눈이었다.

하지만 희우는 그의 눈빛을 피하지 않았다.

아니, 오히려 압도하고 있다는 게 맞았다.

희우가 기대섰던 벽에서 등을 떼고 남자의 앞으로 한 발짝 걸어 나섰다. 그리고 주변을 둘러보며 말했다.

“많이도 왔네. 온다고 해 봐야 한두 명 올 줄 알았는데.”

이들의 목적은 듣지 않아도 알 수 있었다.

오명성 대통령의 아들 오제호를 죽이러 온 것이다.

보통 이런 상황이면 적은 인원으로 움직여야 하는데, 이들은 그러지 않았다. 대놓고 움직이고 있었다.

세상에 이 사건을 알리려 하는 것 같았다.

천호령 회장의 의도가 더 명확히 보이는 순간이었다.

그는 최대한 판을 키워 대한민국을 들쑤실 생각이었다.

희우가 말했다.

"천호령 회장한테 이야기 좀 전해 줄래? 이미 계획은 들통났으니 더이상 발버둥 칠 필요 없다고. 내일 아침에 잡으러 갈 거라고."

희우의 말에 남자의 입가엔 비웃음이 잔뜩 머금어졌다.

"네가 김희우라는 의원인가?"

"잘 아네. 선글라스 벗으니까 보이지?"

"널 만날 수도 있다는 이야기를 들었어."

"천호령 회장도 여기까지는 생각하고 있었구나?"

"죽이라고 했지."

"어쩌나. 천호령 회장의 계획에 내가 너희를 이기는 건 없었나 보네?"

끝까지 여유로운 태도를 보이는 희우의 모습에 삼백안 남자의 입가에 머금어졌던 비웃음은 점점 더 악랄하게 변해 갔다.

하지만 희우는 그를 신경 쓰지 않고 쭉 기지개를 켰다.

잠시 서 있는 동안 굳어진 몸을 풀어 싸움의 준비를 하는 것이다.

삼백안의 남자는 품에서 작은 손도끼를 꺼내 보였다.

로비의 등불이 도끼에 비치며 빛이 번쩍거린다.

그리고.

"죽여."

차가운 목소리에 다른 남자들이 희우를 향해 달려들었다.

하지만 희우에게 다가서기는 어려웠다.

희우의 발이 가장 먼저 오는 상대의 무릎을 빠르게 찍어 내렸기 때문이다.

콰직!

"끄아아아아악!"

희우는 거기서 멈추지 않았다.

그대로 주먹을 뻗어 상대의 목에 찔러 넣었다.

상대를 죽일 생각으로 싸우지 않으면 당한다.

그래서 바로 다음 상대의 관자놀이에 팔꿈치를 찍으려 몸을 움직였는데…….

희우의 반격에 남자들의 움직임이 멎었다.

이들은 프로였다.

희우의 움직임을 보고 실력이 어느 정도인지 한눈에 가늠한 것이다.

그들의 품에서 번쩍거리는 쇠붙이가 꺼내졌다.

시퍼렇게 날이 선 쇠붙이는 피를 머금으려는 의지로 가득했다.

희우가 고개를 저었다.

"치사한 거 알지?"

잠시 날이 선 쇠붙이를 보던 희우는 시선을 삼백안의 남자에게 움직였다. 그리고 말했다.

"하나만 묻자."

"……."

"네가 대장이지? 다른 놈들도 오늘 있을 일이 뭔지 자세히 알고 있나?"

삼백안 남자의 입가에 비릿한 미소가 걸렸다.

"쓸데없는 질문이야."

"궁금해서."

"나만 알고 있다."

"땡큐."

그 말을 끝으로 남자들이 다시 희우를 향해 달려들었다.

그들은 희우를 죽일 생각으로 칼을 휘둘렀다.

이들은 밀입국을 한 자들이기 때문에 살인을 해도 상관없었다. 어서 일을 해결하고 다시 배를 타고 떠나면 끝이었다.

상대가 휘두른 칼이 희우의 와이셔츠를 스치고 지나갔다.

살이 베였는지 붉은 피가 와이셔츠를 물들였다.

다른 칼이 또 희우를 향해 휘둘렀다.

희우는 크게 뒷걸음질 치며 칼의 공격 범위에서 벗어났다.

지금 할 수 있는 일은 상대가 틈이 날 때까지 공격을 피하는 게 전부였다.

희우가 계속 뒤로 빠지는 모습을 보던 삼백안의 남자가 입에 담배를 물며 말했다.

“어차피 저놈은 혼자야. 어서 끝내고 이동해.”

그의 입에서 뿌연 연기가 흐를 때, 희우가 말했다.

“미안한데, 혼자가 아닌걸. 어떡하지?”

“……?”

그 말이 끝남과 동시에 로비 안쪽에서 발소리가 요란하게 들렸다. 시선을 돌리자 계단을 타고 내려오는 여덟 명의 사람들이 보였다.

희우가 말했다.

“아, 미안. 혹시 몰라서 대통령한테 일렀어. 오늘 아들이 죽을 수도 있으니 경호원 좀 불러 달라고. 원래 두 명이었는데 여섯 명이 더 왔네.”

경호원을 가만히 바라보던 삼백안의 남자가 크게 웃기 시작했다.

“멍청해! 이놈들은 정말 멍청해! 조용히 끝내고 가려고 했는데, 피를 이렇게 많이 볼 줄은 몰랐어.”

“…….”

“대통령 경호원? 웃기는 소리야. 사람은 죽여 봤나? 살가죽을 뚫고 칼을 넣어 봤나? 너희는 우리를 이길 수 없어. 그리고 김희우라고 했지? 넌 오늘 가장 잔인하게 죽게 될 거다.”

희우가 고개를 저었다.
"그건 노 땡큐."
병원에서 싸움이 시작되었다.
경호원과 밀입국자들.
희우와 밀입국자들.
하얀 병원에 핏물이 떨어진다.
남자들이 희우를 향해 칼을 휘두르고 있었다.
부우우우욱!
다시 희우의 옷이 찢겨 나갔다.
이번엔 조금 더 깊었다.
가슴에 생긴 상처에서 피가 주르르륵 흘러내렸다.
희우는 입을 꽉 다물었다.
이전에 상대했던 동남아인들과는 다르다.
칼을 휘두른 후 빈틈이 생기기 마련인데, 그런 게 보이질 않는다.
철저히 상대를 죽이기 위해 훈련된 살인귀 같았다.
희우가 작게 한숨을 내쉬자 앞에 선 검은 양복이 말했다.
"계속 웃어 봐."
놈은 번쩍이는 칼날을 까닥까닥하며 놀리듯 하고 있었다.
희우가 억지로 미소 지었다.
"원하면, 웃어 주지."
"건방진 새끼!"

후우우욱!
칼이 깊숙하게 찔러 들어왔다.
이번에도 희우는 가까스로 피하는 것만으로 만족해야 했다.

"빨리요!"
연석의 목소리였다.
그는 윤수련 검사에게 희우가 위험할 수도 있으니 가 보라는 말을 듣고 택시에 올라 병원으로 향하고 있었다.
새벽녘이었기에 차량은 많지 않았다.
하지만 오늘따라 왜 이렇게 검문이 많은지 병원으로 향하는 시간은 더디기만 했다.
연석은 입술을 꽉 깨물었다.
오늘따라 불안하기만 하다.
무슨 일이 벌어질 것만 같은 밤이다.
빌어먹을 감이 그렇게 말하고 있었다.
연석이 다시 외쳤다.
"아저씨, 빨리요!"
"네, 빨리 가겠습니다."
택시 기사는 힘껏 액셀을 밟았다.
하지만 여전히 연석에게는 느리게만 느껴졌다.

연석은 초조함을 이기지 못하고 손가락만 만지작거리고 있었다.

연석에게 희우는 은인이다.

나락으로 떨어져 깡패 생활을 하던 연석에게 어머니의 병원비를 대 줬고 대학까지 보내 줬다.

주먹을 사용하지 않고 공부하며 살 수 있게 만들어 준 사람이다.

그 덕에 지금은 어머니의 된장국을 먹으며 살 수 있었다.

인간답게 살고 있었다.

그런데 어쩐지 오늘 희우가 떠날 것 같다는 불길한 생각이 계속 들었다.

"아저씨, 제발!"

젠장, 또 검문이었다.

병원의 경비는 112를 손으로 눌렀다.

"여기 병원입니다. 지금 로비에서 싸, 싸움이 났어요! 그러니까, 그냥 싸움이 아니고요. 깡패들이 몰려와서 칼로……. 몇 명이요? 모르겠어요. 한 쉰 명은 싸우고 있는 것 같아요. 제가 어떻게 나서요! 어서 와 주세요! 어서요!"

병원의 경비는 핸드폰을 손에 내렸다.

자신은 마음이 급한데, 왜 이렇게 경찰은 여유로운지 짜증이 났다.

그 시각.

희우의 와이셔츠는 피로 물들어 있었다.

이 정도로 칼을 능숙하게 사용하는 사람을 상대로 용케 피하고 있는 것도 대단한 일이었다.

여덟 명의 경호원 중 세 명은 바닥에 쓰러져 있었다.

경호원이 아무리 강하다 해도 머릿수로 싸움이 될 수 없었다.

한 사람 앞에 네댓 명씩 붙어 칼질을 해 대고 있으니 어쩔 수 없었다. 대통령의 아들 오제호를 암살하기 위해 이렇게 많은 인원이 올 줄 모르고 적은 인원만 온 게 문제였다.

하지만 지금 문제를 걱정하며 후회하고 있을 시간은 없었다.

다시 후욱!

희우를 향해 칼이 찔러 들어왔다.

희우는 몸을 틀어 또 피해 냈다.

남자의 표정에 짜증이 몰려왔다.

"언제까지 피할 거야!"

희우는 남자가 말하는 그 순간을 놓치지 않고 몸을 낮게 틀어 발을 휘둘렀다.

쩡!
희우의 발이 남자의 허벅지에 꽂혀 들어갔다.
"끄악!"
순간 남자는 흔들거렸다.
남자는 근육이 뒤틀려 꼬이는 고통을 느끼고 있었다.
하지만 희우는 비틀거리는 남자를 향해 다음 공격을 이어가지 못했다.
옆에서 휘두른 칼이 또 날아오고 있었기 때문이다.
몸을 틀었지만 핏, 희우의 팔에 칼이 스쳐 지나갔다.
다시 핏물이 올라왔다.
이번엔 상처가 좀 깊었나 보다.
희우는 자신도 모르게 통증을 이기지 못하고 몸을 비틀거렸다.
그 순간을 상대는 놓치지 않고 퍼억, 희우의 몸을 발로 찼다. 이리저리 잘도 피해 다녔기에 일단 넘어뜨려 기동성을 없애기 위함이었다.
상대의 발길질에 희우는 균형을 잃고 병원 바닥에 쓰러렸다.
칼에 베이고 발에 맞고, 정신을 차릴 수 없었다.
넘어진 희우를 향해 다시 칼이 찍어 내려왔다.
희우는 이를 꽉 깨물었다.
이건 피할 수 없다.
최대한 몸을 비틀어 급소를 피하는 게 최선이었다.

아니, 운 좋게 몸을 틀어 급소를 피했다 해도 문제였다.

고통에 몸을 웅크릴 때, 상대의 칼이 희우의 몸을 향해 사정없이 꽂힐 게 분명했기 때문이다.

'죽나?'

짧은 시간에 불길한 생각이 들었다.

희우는 눈을 질끈 감았다.

"……?"

통증은 느껴지지 않았다.

대신.

콰앙!

둔탁한 소리가 희우의 귓가에 들려왔다.

이어서.

"컥!"

괴로운 소리가 들렸다.

눈을 떠 보니 익숙한 얼굴이 보였다.

연석이었다.

그가 시뻘겋게 충혈된 눈으로 상대를 노려보고 있었다.

Chapter 5

희우는 눈을 찌푸린 채 연석을 바라봤다.

그가 어떻게 이곳에 왔는지 알 수 없었다.

하지만 물어볼 시간도 존재하지 않는다.

바로 상대가 연석을 향해 개떼처럼 몰려들었기 때문이다.

"죽여!"

희우도 바로 자세를 고쳐 일어섰다.

하지만 비틀, 신체의 균형이 흔들린다.

아무래도 칼에 베인 상처가 심한 것 같았다.

그 상황에서 콰직, 연석의 주먹이 가장 앞으로 달려왔던 사내의 얼굴에 꽂혀 들어갔다.

사내는 허공에서 빙그르르 회전하더니 '콰앙!' 하고 그대로 땅에 곤두박질쳤다.

연석은 거기서 멈추지 않았다.

그대로 넘어진 상대에게 달려가 축구에서 공을 차듯 얼굴을 가격했다.

안면의 뼈가 으스러지며 피가 튀어 오른다.

끝나지 않았다.

시퍼렇게 날이 선 칼이 연석을 향해 찔러 들어왔다.

연석은 몸을 틀며 칼을 피하는 동시에 연결된 상대의 팔을 잡아챘다. 그리고 그대로 팔꿈치 뼈의 한계를 벗어날 정도로 꺾어 버렸다.

우두두두두둑!

"끄아아아아악!"

잔인한 소리가 공간을 채웠다.

연석을 향해 달려들었던 사내들이 주춤주춤 뒤로 물러섰다.

방금 희우를 상대로 물러설 때와 달랐다.

희우를 상대로 물러설 때 모습이 전열을 재정비하는 느낌이었다면, 지금은 피에 굶주린 늑대를 알아챈 들개의 느낌이었다.

희우가 비틀거리는 몸을 벽에 기대 잠시 쉬며 연석을 향해 말했다.

"이거 자존심 상하네."

연석의 시선이 희우에게 향했다.

"괜찮으세요?"

"응, 괜찮아."

연석이 희우를 보더니 피식 웃었다.

"검사님도 나이가 많이 드셨네요."

"또 자존심 상하네."

"여기는 제게 맡기세요. 경찰이 올 때까지는 견딜 수 있을 겁니다."

희우는 손목을 들어 시간을 확인했다. 그리고 고개를 저었다.

경찰이 평소 도착하는 시간은 5분 내다.

하지만 지금은 15분 정도 걸릴 거라는 걸 알고 있었다.

오늘 대부분 경찰은 검문검색 및 작전에 투입되어 있다.

그리고 천호령 회장이 막고 있다.

희우의 시선이 상대에게 향했다.

저들도 경찰의 도착 시간이 늦어질 거라는 걸 알고 있는지 다급한 모습은 보이지 않는다.

삼백안의 남자가 연석을 쏘아봤다.

"넌 누구지?"

"알 필요 없어."

"제법 주먹을 써 본 모양이야. 하지만 아마추어의 티를 벗어나지는 못했어. 그게 너의 한계다."

연석의 입꼬리가 비틀어졌다.

"개소리."

삼백안의 남자가 주변을 둘러봤다.

경호원은 이제 셋 남았지만 전투 불능으로 보인다.
희우 역시 마찬가지로 싸움을 하기엔 무리다.
그의 시선이 계속 주변을 둘렀다.
부하의 숫자 역시 크게 줄었다.
잠깐의 싸움으로 서른 명에 가까웠던 부하는 이제 열 몇 명 정도만 남아 있었다.
삼백안의 남자가 낮고 차가운 목소리로 말했다.
"나머지는 죽이러 올라가. 난 이놈을 처리하지."
"네!"
남아 있던 부하들이 일제히 몸을 틀었다.
동시에 삼백안 남자의 살기로 가득한 시선이 연석을 향했다.
"넌 여기서 죽는다."
연석이 손을 까딱까딱 흔들었다.
"말 길게 하지 말고, 와."
희우의 눈살은 찌푸려져 있었다.
상대가 둘로 나뉘어 한쪽은 로비를 막고, 다른 쪽은 대통령의 아들 오제호를 죽이러 가는 최악의 상황이다.
희우는 가볍게 숨을 내뱉었다. 그리고 비틀대는 몸을 벽에서 떼며 말했다.
"연석아, 금방 올게."
"천천히 오셔도 돼요."
삼백안 남자는 희우는 신경도 쓰지 않았다.

좋지 않은 몸으로 나서 봤자 자신의 부하를 이길 수 없다고 생각하기 때문이다.

희우는 한 발자국을 움직였다.

마지막에 넘어질 때 당한 발길질에 갈빗대가 나간 것 같았다.

욱신거리는 통증이 느껴진다.

천천히 팔을 움직여 봤다.

쓰리다.

깊게 베인 상처가 자유롭게 움직이는 걸 방해하고 있었다.

하지만 움직이기에는 충분하다.

'연석이 덕에 잠시 쉬기도 했고.'

희우는 계단을 올라가는 상대를 향해 다가서기 시작했다.

검은 양복을 입은 한 사내가 희우를 보더니 입꼬리를 올렸다.

"절룩거리며 걷네?"

"저렇게 와서 뭘 한다고?"

그 순간, 희우의 비틀대던 발이 점점 빨라진다.

이내 뛴다.

쐐애애애액!

계단을 밟고 튀어 올랐다. 그리고 그대로 상대의 벨트를 잡아 계단 아래로 내던졌다.

상대는 미처 칼을 휘두를 시간도 없었다.

계단으로 굴러떨어질 뿐이다.

콰당탕탕탕! 요란한 소리.

그리고 뒤이어.

"끄아아아……."

신음 소리가 이어졌다.

굴러떨어진 사내는 충격을 받았는지 머리를 잡고 데굴데굴 구르고 있었다.

하지만 이내 그 신음은 그쳤다.

바로 경호원 때문이었다.

쾅!

경호원의 주먹이 상대의 머리를 찍어 눌렀다.

희우가 슬쩍 웃었다.

"잘하셨어요."

경호원도 지친 표정으로 웃어 보인다.

많이 맞았는지 웃는 입술이 퉁퉁 불어 있다.

하지만 계속 웃고 있을 시간은 없었다.

"이런 미친!"

오제호를 향해 가던 사내들이 다시 희우에게 달려들었다.

휘이이익!

칼이 스쳐 갔다.

희우는 몸을 틀어 피했다.

칼은 희우를 베지 못하고 애꿎은 벽을 긁었다.

카카카칵! 칼날이 벽을 긁는 소리가 요란하게 울린다.

아무래도 벽에 칼이 닿는 순간 속도는 느려지기 마련!

희우는 상대의 발을 걸어 균형을 잃게 한 후 비틀거리는 상대의 멱살을 잡아 다시 계단 아래로 굴렸다.

희우의 시선은 남아 있는 상대만 보고 있었다.

계단 아래로 굴러간 사내는 경호원이 처리해 줄 것을 믿고 있었기 때문이다.

희우가 작게 말했다.

"다수의 적을 상대할 때는 좁은 공간에 있어야 한다는 걸 잠시 잊고 있었나 봐. 여긴 딱 내 공간이네."

위로 올라가는 계단의 통로는 좁았다.

사방이 벽으로 막혀 있기에 칼을 휘두르기에도 여의치 않았고 공격을 해 온다고 해도 한 번에 두 명이 최선이다.

희우는 주먹을 쥐었다가 펴 보며 말했다.

"시작하지."

제왕 백화점 대표이사실.

천호령 회장과 천유성 대표는 무거운 침묵 속에 앉아 있었다. 계획이 완성되었다는 소식을 기다리는 중이다.

그때 천호령 회장의 핸드폰이 울렸다. 걸려 온 전화는 비서 공명제였다.

-병원의 일이 조금 꼬였습니다.

"꼬이다니?"

—말씀하신 대로 일을 크게 벌이기 위해 서른 명에 가까운 놈들을 집어넣었습니다.

"그런데?"

—그게 예측하신 것처럼 김희우가 그곳에 있었습니다.

천호령 회장이 고개를 저었다.

"김희우도 죽여. 이제 필요 없어."

—네. 그러려고 했는데, 그게 대통령의 경호원들도 와 있었습니다.

천호령 회장은 입술을 꽉 깨물었다.

희우가 대통령에게 보고할 거라는 생각은 못 하고 있었다.

대통령과 김희우는 사이가 좋지 않은 데다 서로 신뢰하지 않기 때문이다.

천호령 회장이 무거운 목소리로 말했다.

"경호원도 처리해. 그래야 나중에 다 김희우의 농간이고 우리는 모르는 일이라고 잡아뗄 수 있어."

—그게, 지금 밀입국자들이 밀리는 것 같습니다.

천호령 회장의 눈이 찌푸려졌다.

"이전에 있던 조태섭의 수하보다 더 세다고 했잖아?"

—그건 그런데, 마지막에 나타난 이상한 놈이 꽤 강한 모양입니다. 우리 측 놈들이 질 것 같다는 생각은 들지 않는데, 경찰이 올 때까지 시간을 벌기는 힘들 것 같습니다.

천호령 회장이 입술을 꽉 깨물었다.

"나머지 놈들은 오제호를 죽이는 데 최선을 다하라고 해. 경찰이 와도 떠나지 말고 일을 처리하라고 전해. 하지만 네 정보를 알고 있는 놈은 아니야. 그놈을 도망치게 해야 해."

삼백안 남자가 잡히면 공명제의 이름이 드러난다.

그럼 천호령 회장까지 이어지는 건 순간이다.

다른 모든 죄는 천호령 회장이 짊어질 수 있었다.

하지만 대통령 아들의 죽음은 아니다.

대통령 아들은 새로운 세상의 제물로서, 검찰이 폭력 검찰로 변해 불법으로 약 1천 명을 잡는 순간, 가장 불쌍하게 죽은 것으로 포장되어야 한다.

공명제 비서의 목소리가 들려왔다.

-알겠습니다. 그럼 계속 보고드리겠습니다.

천호령 회장은 전화를 끊었다.

소파에 앉아 있던 천유성 대표가 떨리는 목소리로 물었다.

"일이 잘 안 되고 있나요?"

"큰일에는 언제나 위험이 기다리고 있는 법이야."

천호령 회장은 빙글 몸을 돌려 천유성 대표를 바라봤다. 그리고 말했다.

"넌 지금 이곳에서 일을 하고 있던 거야. 아무것도 모르고 있는 거야. 내가 왔던 건 제왕 그룹 후계에 관한 이야기를 나눈 거야. 알겠어?"

"네, 알겠습니다."

천호령 회장은 잠시 천유성 대표를 바라보다가 고개를 저었다.

천유성 대표는 제왕 그룹 회장의 자리를 탐할 때는 뱀 같은 눈을 번뜩이며 아비까지 잡아먹으려 했다.

하지만 지금은 아니다.

얌전하다.

권력이 눈앞에 온 순간 그것을 어떻게 지킬지 전전긍긍하고 있었다.

천호령 회장은 작게 한숨을 내쉬었다.

이래서 천유성 대표에게 자리를 넘겨주고 싶지 않았다.

비열한 성격은 비열하기만 뿐, 세상을 손에 넣고 주무르기 힘들다.

잠시 천유성 대표를 바라보던 천호령 회장이 대표이사실을 빠져나가며 말했다.

"내일이면 결판이 날 거야. 넌 바로 이사회를 소집하고 경영권의 공백이 없도록 처리를 잘하도록 해."

천호령 회장은 다시 한숨을 내쉬었다.

모든 게 걱정된다.

하지만 방금 스스로가 말했듯 큰 것을 먹기 위해서는 그 정도의 위험성을 감수해야 하는 게 사실이다.

천호령 회장은 자신이 죽은 뒤에도 세상의 돈을 쥐락펴락

하는 걸 꿈꾸고 있었다.

다시 병원.

비틀.

연석의 몸이 흔들렸다.

몸에는 잔 상처가 많이 보였다.

상처를 낸 사람은 앞에 선 남자다.

바로 작은 손도끼를 들고 있는 삼백안의 남자.

그는 연석을 바라보며 입가에 비릿한 미소를 지었다.

"미꾸라지처럼 잘도 피하네?"

그때 삼백안 남자의 귀에 걸린 이어폰으로 공명제 비서의 목소리가 들려왔다. 경찰이 오기까지 약 3분이 남았으니 그 안에 너는 피하고 나머지는 오제호를 죽이는 데 최선을 다하라는 말이었다.

삼백안 남자가 조용히 말했다.

"그렇게 하죠. 3분이면 충분합니다."

삼백안 남자의 시선이 계단으로 향했다.

그곳에는 피를 뒤집어쓴 희우와 아직 목표를 향해 가지 못한 부하들이 보였다.

부하들에게 다른 말을 할 필요는 없었다.

그들은 한국 경찰이 오든 말든 자신의 명령이 떨어지기 전까지는 오제호를 죽이는 것에만 집중할 자들이었다.

삼백안 남자의 시선이 다시 연석에게 향했다.

“미안하다. 시간이 없어서 금방 죽어야겠어.”

“끝까지 개소리.”

그 순간!

후우우우웅!

삼백안 남자의 도끼가 빠르게 휘둘렀다.

지금까지 느꼈던 속도보다 더 빠르다.

“젠장!”

연석은 다시 몸을 틀었다.

하지만 늦었다. 상대의 도끼가 어깨를 파고들 것만 같았다.

그때!

콰앙! 둔탁한 소리가 들렸다.

갑자기 나타난 누군가가 삼백안 남자의 어깨를 발로 차며 쓰러뜨렸다.

피로 가득한 로비에 죽 밀린 삼백안 남자가 넘어진 채로 자신을 발로 찬 사내를 바라봤다.

“넌 또 누구야?”

나타난 사람의 이름은 오대성.

조태섭의 수하였던 검은 양복의 부하였다.

얼마 전, 희우는 자신의 아내 희아를 비롯한 많은 사람에

게 경호를 붙였는데 연석에게도 마찬가지였다.

연석에게 붙은 경호원이 오대성이었다.

오대성이 머리를 긁적이며 말했다.

"위급한 상황에만 나설 생각이었는데, 지금이 위급해 보이네."

연석은 눈을 깜빡이며 오대성을 바라봤다.

"누구?"

"나중에 설명하지."

지금 이야기를 들을 시간은 없었다.

삼백안 남자의 실력은 만만치 않다.

연석과 오대성이 함께 잡지 않으면 힘들 정도였다.

삼백안 남자가 미간을 찌푸렸다. 그리고 손도끼를 꽉 잡으며 자리에서 일어서며 말했다.

"이놈이나 저놈이나 짜증 나네."

그 순간, 사이렌 소리가 들렸다.

경찰이다.

차량 한두 대가 아니다.

많은 숫자의 경찰차가 병원을 향해 오고 있었다.

동시에 삼백안 남자의 귓가에 공명제 비서의 목소리가 다급하게 들렸다.

-빠져나와!

삼백안 남자는 입술을 꽉 깨물었다.

그도 자신이 잡히면 안 된다는 사실은 잘 알고 있었다.

자신이 잡히면 이곳에 있는 부하들이 감옥에서 나올 때 도와줄 수 있는 돈도 받지 못한다.

삼백안 남자가 연석과 오대성을 손가락으로 가리키며 말했다.

"너희 눈동자, 기억한다. 나중에 보자."

그 말을 끝으로 삼백안 남자가 확 몸을 틀어 로비를 벗어나 달리기 시작했다.

계단에서 다른 사내들을 상대하던 희우가 연석에게 외쳤다.

"저놈 잡아!"

잠시 후.

경찰이 들어와서도 한참 동안 지옥 같은 상황이 벌어졌다.

사내들은 경찰이 있어도 오제호를 죽이기 위해 계단을 오르려 했고 결국 총이 사용되기까지 했다.

남자들이 병원에 들어와 희우와 맞닥뜨리고 단 20분.

그 짧은 시간에 발생한 경호원을 포함한 사망자가 일곱 명, 부상자가 스물여섯 명이었다.

그 시각, 희우는 차량에 올랐다.

경찰들이 치료를 위해 병원에 있어야 한다며 만류했지만

지금 쉴 시간은 없었다.

그는 시동을 걸었다.

차가 흔들리며 미세한 진동에 몸의 통증이 심하게 느껴졌다.

칼에 베인 상처에서 주르륵 피가 흘러내린다.

하지만 그는 꾹 참으며 연석을 향해 전화를 걸었다.

"어디야?"

-외곽을 타서 인천 방향으로 향하고 있어요.

"……!"

희우의 입이 꽉 다물렸다.

어딘지 더 듣지 않아도 알 수 있다.

아마도 그가 죽었던 그 다리일 거다.

검은 파도가 일렁이던 그 바다, 그 다리.

희우가 힘겹게 말했다.

"알았어. 외곽에 올라가면 다시 전화할게."

전화를 끊은 희우는 선불리 차의 기어를 바꾸지 못했다.

잠시 핸들을 잡고 떨리는 눈동자로 멍하게 있을 뿐이었다.

희우의 입에서 무거운 한숨이 흘렀다.

그가 고개를 저었다.

"결국, 이렇게 되는 거야? 씨발."

희우는 차량의 액셀을 꾹 밟았다.

자동차의 엔진에서 굉음이 울렸다.

하지만 멈추지 않는다.

브레이크는 없다는 식으로 액셀을 더 꽉 눌렀다.

새벽의 외곽 순환 고속도로에는 차량이 거의 없었다.

차량의 계기판의 RPM이 붉은 선을 가리킨다.

100킬로미터 이상!

순식간에 160킬로미터를 넘어갔다.

후우우우우웅!

희우가 탄 자동차는 바람을 가르며 거칠게 달려갔다.

희우의 차에 놀란 다른 차가 클랙슨을 울렸다.

하지만 상관하지 않았다. 그대로 달릴 뿐이다.

핸드폰이 울린다.

"어, 연석아."

−인천 맞아요. 인천으로 들어왔어요. 아무래도 바다 쪽으로 가서 배에 올라탈 생각인 것 같습니다.

"알았어. 계속 추적해 줘."

−네, 알겠습니다.

연석이 전화를 끊으려 할 때, 희우가 다급한 목소리로 그를 불렀다.

"연석아! 연석아!"

−네? 검사님.

희우는 작게 한숨을 내뱉으며 말했다.

"상대가 차에서 내려도 다가가지 마. 멀리서 지켜보기만 해. 놈이 배에 타서 도망가려 해도 잡으려 하지 마. 그냥 지켜보기만 해. 위험한 짓은 하지 마."

―네? 지켜보기만 하라뇨?

"위험한 짓은 하지 마."

불길했다.

다시 세상을 살며 알게 된 것 중 하나가 정해진 죽음을 피하기 어렵다는 것이다.

정해진 죽음을 피하려면 대신 죽어야 하는 사람이 있어야 한다.

어쩌면 그게 연석일 수도 있었다.

죽기는 싫었지만, 자신의 죽음 대신 연석이 제물이 되는 것은 더더욱 마음에 들지 않았다.

"대답해."

―하하. 네, 알겠습니다.

연석은 어색하게 웃는다.

그 웃음소리에 연석의 미소가 희우의 머릿속에 떠올랐다.

살려 주고 싶었다.

이전의 삶과 다르게 행복하게 사는 연석을 보고 싶었다.

희우는 작게 한숨을 내뱉으며 다시 물었다.

"오대성이 같이 있지?"

―네, 옆에 있어요.

"오대성에게도 네 경호만 철저히 하라고 전해."

―걱정하지 마세요. 위험한 짓은 안 할게요. 위급한 순간

이 오면 도망쳐라. 검사님에게 배운 것, 잘 기억하고 있겠습니다.

희우는 전화를 끊었다.

더욱 액셀을 깊게 밟았다.

속도가 더 올라가기 시작했다.

연석이 저렇게 말했지만 어떤 상황이 올지 모른다.

모두 막아야 한다.

속도가 올라가며 차량이 거칠게 떨려 왔다.

이대로 더 달리면 엔진이 부서질 것 같다.

희우의 가슴팍의 상처에서 주르르륵 피가 흘러내렸다.

하지만 역시 멈추지 않았다.

더욱 액셀을 밟았다.

희우가 입을 꽉 다물었다.

'조금만 기다려라.'

부우우우우우웅!

차량이 빠르게 도로를 스치듯 지나갔다.

천호령 회장은 어느새 집에 도착해 서재에 앉아 있었다.

깊은 새벽이다.

잠을 자고 있어야 할 시간이지만 천호령 회장의 눈은 서슬 퍼런 살기를 머금고 있었다.

그의 눈이 슬쩍 서재의 벽에 붙어 있는 시계로 향했다.

'조금 있으면…….'

검찰이 몇 명을 잡아들였는지, 대통령은 아들 오제호로 인해 어떤 심경의 변화를 겪을지, 모두 남은 시간에 결정된다.

천호령 회장은 천천히 손을 들어 올렸다.

그의 손 아래에 실에 연결된 인형들이 제각각 놀고 있는 것처럼 보였다.

'죽는 놈도 나오고, 도망치는 놈도 나오고, 배신하는 놈도 나오고.'

그때 천호령 회장의 핸드폰이 빠르게 울렸다.

오명성 대통령이다.

"네, 천호령입니다."

–오명성입니다.

"늦은 시간에 어쩐 일이십니까?"

여유로운 천호령 회장의 목소리에 오명성 대통령이 발끈했다.

–여보세요! 이게 지금 무슨 짓입니까! 경호원이 몇이나 죽었는지 아세요!

천호령 회장이 슬쩍 미소를 지으며 말했다.

"대통령님, 몇 명이 죽었든, 신문 기사에 나오는 숫자일 뿐입니다. 솔직해지세요. 누가 죽었든 대통령님의 가슴이 아픈 것은 아니지 않습니까? 그리고 저도 지금 막 연락을 받고 알게 된 것인데, 아드님에 대한 테러가 일어났다고요?"

—당신이 꾸민 일이잖아!

절규에 가까운 소리를 들으며 천호령 회장은 피식 웃었다.

"김희우가 꾸민 일입니다."

—……!

"검찰이 폭주하고 있어요. 검찰이 폭주하는 상황은 대통령님도 아시겠지만 제가 원하던 것입니다. 제가 원하던 모든 게 만족되었습니다. 그런데 제가 왜 대통령님의 아들을 건들겠습니까?"

—…….

"김희우가 현장에 있었다는 말 못 들었습니까? 생각 좀 하세요. 누가 이 일을 꾸몄겠습니까?"

—…….

"그리고 설사 제가 오제호를 죽이려 했다고 쳐도 대통령님이 할 수 있는 것 없어요."

—뭐요?

"대통령님, 돈 받았잖아요. 그것도 많이."

—……!

"지금 내 돈을 받은 놈들이 검찰에 끌려가고 있어요. 아침이면 나도 끌려가겠죠. 내 입에서 오명성 대통령이라는 이름이 나오면 당신은 국민들의 손으로 끌려 내려올 겁니다."

아침이 되면, 대통령은 자신의 이름이 나오지 않기 위해 천호령 회장에게 질질 끌려다닐 게 분명했다.

오명성 대통령이 떨리는 목소리로 물었다.

—이, 이걸 계획하고 있던 겁니까?

"아니요, 전 계획하지 않았습니다. 그저 대통령님이 기억했으면 하네요. 기억하세요. 김희우가 꾸민 일입니다. 기억하세요. 당신은 돈을 받았어요. 그러니까 기억하세요. 그냥 가만히 있다가 내가 만들어 둔 자리에 앉아 좋은 대통령으로 남으면 되는 겁니다."

천호령 회장은 오명성 대통령의 말을 기다리지 않고 차갑게 전화를 끊었다.

천호령 회장의 입꼬리가 말려 올라갔다.

"멍청한 놈."

그때 똑똑똑, 문을 두드리는 소리가 들렸다.

들어온 사람은 공명제 비서였다.

"밀입국 깡패들의 수장은 약 30분 후에 배를 타고 떠날 겁니다."

천호령 회장이 희미한 미소를 지었다.

"특이 사항은?"

"그게, 뒤를 쫓는 놈이 있다고 합니다. 김희우의 부하로 생각됩니다."

"그리고?"

"그리고 김희우도 인천으로 향하고 있다는 소리를 들었습니다."

"김희우가?"

천호령 회장은 어이없다는 듯 웃기 시작했다.

"크크크크! 크하하하하하!"

그는 한참을 웃었다.

눈물까지 닦고 있다.

그렇게 한참을 웃던 천호령 회장이 웃음을 딱 멈추며 말했다.

"김희우가 주먹질을 잘한다고?"

"네."

"자기가 주먹질 조금 하는 걸 믿고 그 위험한 곳으로 달려가고 있다고?"

"네."

"미친놈이야, 미친놈. 큭큭큭큭큭. 그래, 밀항선에는 몇 놈이 기다리고 있지?"

"밀입국 깡패를 기다리는 밀항 선원은 일곱 명입니다. 그 일곱 명 역시 상당한 실력자들이라고 합니다."

"기다렸다가 죽이라고 해. 김희우는 세상의 모든 죄를 어깨에 짊어지고 죽게 될 거야."

"네? 죄를 짊어지다뇨?"

공명제 비서의 눈에 궁금증이 서렸다. 그는 지금 천호령 회장의 말을 잘 이해하지 못하고 있었다.

천호령 회장이 말했다.

"신문사에 연락해서 내일 1면 지금 당장 뽑으라고 전해. 신문의 일면에는 김희우의 사진이 있어야 해. 내용은 이것이었으면 좋겠어. 국민의 지지를 얻었던 국회의원 김희우, 정치 검찰을 움직여 반대 세력을 끌어내리고 깡패와 결탁해 대통령의 아들 테러를 계획. 하지만 결국 깡패에게 돈을 주지 못해 살해당함. 그의 행동에는 이상함이 많이 발견되었다. 아내 김희아를 천하 그룹 회장 자리에 앉히기 위해 김용준 회장과 김자혁 대표를 감옥에 보냈다. 모두 정치 공작이었다. 기사의 제목은 김희우 게이트. 좋네."

공명제 비서의 눈빛에도 즐거움이 서렸다.

그가 알겠다는 눈빛을 보이며 다시 천호령 회장을 향해 깊게 고개를 숙였다.

"알겠습니다. 바로 움직이겠습니다."

공명제 비서가 밖으로 나갔다.

천호령 회장은 창가로 걸어갔다.

서울 하늘엔 아직 눈이 내리고 있었다.

천호령 회장이 작은 목소리로 말했다.

"불나방, 죽음을 알면서도 뛰어드는 멍청한 놈. 난 꼭 그게 김희우 자네 같아."

그의 입가엔 즐거운 미소가 걸려 있었다.

천호령 회장이 말을 이었다.

“돈 조금 먹었다고 검찰과 경찰을 피해 도망가는 엘리트 집단, 돈 조금 먹었다고 제 아들이 죽는 것도 어떻게 못하는 멍청한 대통령. 이건 나라가 아니야. 내가 바꿔 주지. 새로운 세상은 이게 아닐 게야.”

천호령 회장은 다시 웃기 시작했다.

희우도 인천으로 들어섰다.

서울과 달리 인천에서는 비가 내렸다.

부슬부슬 내리는 비로 인해 차량의 와이퍼는 쉬지 않고 움직이고 있었다.

하지만 희우의 차량은 속도를 줄이지 않았다.

인천 시내를 고속으로 달려갔다.

새벽이라 차량이 많지 않은 게 다행이다.

희우의 시선이 자동차의 시계로 향했다.

목적지까지 도착 예정 시간은 약 15분.

희우는 다시 입을 꽉 다물었다.

15분이면 사람이 다치고 죽어도 전혀 이상하지 않은 긴 시간이다.

절대 짧지 않다.

‘조금만 더 빨리!’

얼마나 입을 꽉 다물고 있었는지 입에서 피가 흘러내렸다.

가슴과 팔에서도 계속해서 피가 흐른다.

하지만 망설일 시간이 없다. 어서 도착해야 했다.

그때 희우의 핸드폰이 울렸다.

연석인가 해서 봤더니 아내다.

김희아다.

희우는 다시 입술을 꽉 물었다.

숨도 깊게 들이쉬었다.

울컥하는 목소리를 들려주고 싶지 않아서다.

그리고 핸들에 있는 통화 버튼을 누르며 아무렇지도 않은 척 입을 열었다.

"어, 여보."

—아직이야?

"아니, 다 끝나 가. 안 잤어?"

—잠이 안 오네.

잠이 올 리가 없었다.

밖에는 계속해서 경찰 사이렌 소리가 들리고 곳곳에 검문하고 있다.

남편이 위험한 현장에 가 있다는 것을 알고 있는데, 편히 잘 수 있는 아내는 세상에 없었다.

희우가 슬쩍 웃으며 말했다.

"아침엔 된장국?"

-준비 다 해 뒀어. 오면 바로 해 줄게.

"땡큐."

-다친 곳은 없지?

"내가 뭘 한다고 다쳐? 검사들이랑 경찰들이 움직이고 있는데."

희우의 팔과 가슴, 칼에 베인 상처에서는 계속해서 피가 흘러나오고 있었다.

-그럼 어서 일 끝내고 조심히 와.

"응."

그녀가 전화를 끊으려 할 때, 희우가 다시 입을 열었다.

"희아야."

-어?

결혼하고 나서 여보라는 호칭으로 불렀던 희우다.

그런데 갑자기 이름을 부르니 희아는 조금 당황했나 보다.

희우가 낮은 목소리로 말했다.

"내가 사랑한다는 말을 한 적이 없네. 뭐가 그리 어려운 말이라고 못 했을까?"

-응?

"사랑해."

그녀의 목소리가 다급해졌다.

-무슨 일 있어?

"아니야. 아무 일 없어, 그냥 하고 싶었어."

희우는 미안한 미소를 지으며 핸드폰의 통화 종료 버튼을 눌렀다.

미안했다.

바보같이 얼마 남지 않은 수명을 알면서도 결혼을 하고 아이를 낳았다.

어쩌면 혼자 남아 세상을 살아가야 할지도 모르는 아내에게 너무 미안했다.

희우의 입에서 깊은 한숨이 흘렀다.

차량은 계속해서 달리고 있다.

비가 부슬부슬 내리는 바닷가.

모든 것을 집어삼킬 듯 검은 파도가 일렁이고 있었다.

섬을 연결하는 다리 위로 강풍이 몰아쳤다.

다리에 일곱 명의 남자가 검은 우산을 쓰고 서 있었다.

방금 병원에서 싸움을 벌였던 삼백안의 남자와 그를 다시 빼내기 위한 여섯 명의 남자였다.

삼백안의 남자는 통화를 하고 있었다.

"그게 무슨 말이죠? 김희우가 이곳으로 오고 있으니 죽이고 떠나라고요?"

삼백안의 남자는 손목을 들어 시간을 확인했다. 그리고 말을 이었다.

"시간이 촉박한데, 이럴 때는 돈이 배로 뛴다는 거 알고 있죠? 알겠습니다. 그럼 계좌는 그쪽을 사용해 주시고, 한국의 경찰만 오지 않는다면 얼마든지 죽이고 떠날 수 있지요. 김희우요? 주먹을 좀 쓰기는 합니다만 우리 상대가 될 수는 없죠."

그는 다시 상대의 목소리에 귀를 기울였다. 그리고 큭큭큭 웃기 시작했다.

"김희우에게 모든 걸 뒤집어씌우고 떠나라고요? 돈만 더 준다면야 뭐. 알겠습니다."

전화를 끊은 삼백안 남자의 시선이 옆으로 향했다.

그곳엔 여섯 명의 남자가 보였다.

역시 덩치들이 상당하다.

"배는 어디에 있어?"

"다리 너머 아래에 뒀습니다."

"조금만 기다렸다가 가자. 보너스 준다네."

보너스라는 말에 사내들의 눈에 즐거움이 서렸다.

여자 이야기도 하고 마약 이야기도 한다.

시끌벅적한 그들의 목소리를 듣던 삼백안 남자가 입에 담배를 물며 말했다.

"그리고 보너스 기다리기 전에 저쪽에 가서 숨어 있는 놈들 끌고 와."

"네? 숨어 있는 놈이라뇨?"
"가 봐."
삼백안 남자는 자신의 뒤를 쫓던 연석의 존재를 알고 있었다.

차에 타고 있던 연석은 눈을 찌푸렸다. 그리고 옆에 있던 오대성에게 말했다.
"이쪽으로 오는데요?"
여섯 명의 남자들이 비를 뚫고 차로 걸어오고 있었다.
라이트를 끄고 멀리서 숨어 있다고 생각했는데, 걸린 모양이다.
오대성이 고개를 끄덕였다.
"어쩔 겁니까? 싸울 겁니까?"
연석은 고개를 저었다.
"위험해 보여요. 저 혼자라면 모를까, 그쪽까지 있는데 위험을 감수하기는 좀 그러네요."
오대성이 피식 웃었다.
오대성 역시 조태섭의 수하였던 검은 양복의 아래에서 거칠게 살아왔던 사람이다. 그런데 연석에게 이런 취급을 받고 있으니 우스울 수밖에 없었다.

하지만 뭐라고 말하지 않았다.

오대성 역시 병원에서 연석의 실력을 봤기 때문이다.

이 정도의 주먹을 가진 사람이면 그런 말을 해도 된다.

연석이 차량의 시동을 걸기 위해 손을 키로 가져갔다.

그때.

콰지지지직!

연석이 있는 쪽 창문이 부서지며 커다란 도끼가 쑥 들어왔다.

연석은 최대한 몸을 조수석으로 틀었다.

콰아아악!

도끼가 의자를 파고들었다.

연석이 고개를 돌려 창문을 바라보는 순간, 창문으로 어둠 속에서 눈동자를 번뜩거리는 얼굴이 불쑥 튀어나왔다.

"어라? 피했네?"

시트에 박힌 도끼가 빠져나갔다.

창밖으로 보이는 눈은 살기를 머금고 있었다.

그는 도끼를 꽉 쥔다. 다시 휘두르려 하는 거다.

"죽어!"

그 순간, 연석은 재빨리 차량의 문을 거칠게 열었다.

상대가 열리는 차량의 문에 맞으며 주춤거렸다.

하지만 잠시다.

"이런 미친놈이!"

상대는 다시 도끼를 꽉 잡으며 휘두르려 했다.

연석은 도끼가 휘둘리는 그 찰나에 시동을 걸고 재빨리 액셀을 밟았다.
부아아아아앙!
차가 튀어 나갔다.
도끼가 차량의 옆면을 스치며 불꽃을 튀겼다.
도끼가 긁히는 소리가 빗소리와 함께 요란하게 울렸다.
앞에서 걸어오던 여섯 명의 남자는 갑자기 자신들을 향해 달려오는 차를 보며 눈을 동그랗게 떴다.
"저거 뭐야!"
놀라는 것은 잠시 뒤에 해도 된다. 일단은 피해야 했다.
사방으로 놈들이 흩어졌다.
연석은 브레이크를 밟으며 차량의 핸들을 세게 틀었다.
끼이이이이이익! 좁은 도로에서 차량이 크게 한 바퀴를 돌았다.
연석의 옆에 있던 오대성이 외쳤다.
"뭐 하는 거예요!"
"도망쳐야죠! 검사님이 위험하면 도망치라고……!"
연석의 말은 이어지지 못했다.
콰직!
차량의 전면 유리에 도끼가 찍혔다.
이내 유리가 찢어지며 내려앉기 시작했다.
끝이 아니다. 옆으로 흩어졌던 놈들이 차량으로 달려들어

개떼처럼 올라오고 있었다.
타이어가 찢어지고, 누가 위에서 쿵쿵 내리찍는지 자동차의 지붕이 내려앉는다.
연석은 입을 꽉 다문 채 고개를 저었다.
도망가기는 글렀다.
그럼 이제 해야 할 일은 하나다.
연석은 천천히 앞을 바라봤다.
도끼를 손에 쥐고 있는 놈이 전면으로 보였다.
흰자만 보이는 미치광이의 눈빛이다.
그 눈빛과 닿은 연석은 소름이 끼쳐 오는 걸 느꼈다.
심장은 쿵쾅쿵쾅 빠르게 뛰고 있었다.
연석이 떨리는 목소리를 감추며 입을 열었다.
"그쪽, 오대성이라고 했나요? 그쪽 살리면서까지 버틸 자신은 없습니다."
알아서 피하라는 소리다.
오대성이 고개를 끄덕였다.
"나도 여기서는 그쪽 경호하면서 버티기가 힘들겠네."
"그럼 조금 이따가 웃으면서 봤으면 좋겠네요."
"소주나 한잔합시다."
동시에 두 사람은 차량의 문을 열고 밖으로 뛰쳐나갔다.
그 순간, 보닛에 서 있던 미치광이가 도끼를 휘둘렀다.
도끼는 남아 있던 유리가 깨부수며 대시보드까지 찍어 눌렸다.

"또 피해?"

미치광이의 눈이 도망친 연석과 오대성을 좇았다.

"……?"

없다.

분명 문을 열고 나섰는데 보이지 않았다.

"어디야?"

"여기다."

"……!"

미치광이의 눈빛이 천천히 뒤로 움직였다.

그의 뒤에 연석이 서 있었다.

하지만 그는 더 이상 말을 할 수 없었다.

연석의 팔이 그의 목을 틀어쥐었기 때문이다.

"끄읍!"

연석은 상대의 머리를 아래로 향하게 한 뒤 차량의 밑으로 상대의 몸을 던졌다.

꽈직! 상대의 머리가 아스팔트에 찍어 눌리는 소리가 잔인하게 들려왔다.

"끼아아아아아악!"

상대는 고통스러운지 발버둥을 친다.

하지만 연석은 목을 쥐었던 손을 풀지 않았다.

다른 놈들이 미치광이를 풀어주기 위해 연석을 향해 달려들었다.
하지만 무리다.
오대성의 주먹이 다른 놈의 얼굴을 가격하고 있었다.
빼억!
그 모습을 보던 삼백안의 남자가 고개를 까딱거렸다.
"놀고 있네."
그가 피우고 있던 담배를 땅으로 던지며 도로로 향했다.
부슬부슬 내리던 비는 어느새 장맛비처럼 내리고 있었다.

퍼억!
연석의 얼굴이 흔들렸다.
쓰러진 채로 상대의 발에 가격당한 것이다.
그의 치아에 붉게 물든 피가 흘러내리고 있었다.
잘 싸우고 있다고 생각했는데, 삼백안의 남자가 나타나며 전세가 역전되고 말았다.
일대일 싸움이라면 가능했을지 몰라도 다수의 적과 함께 있는 삼백안의 남자를 이길 수는 없었다.
연석이 아스팔트 바닥을 기며 오대성을 찾았다.
오대성의 상황은 더 심각했다.
그는 다리의 입구에 축 늘어져 있었다.

"젠장."
연석은 후들거리는 팔로 바닥을 짚으며 일어서려고 애썼다. 하지만 무리다.
퍼억!
삼백안의 남자의 발이 연석의 복부를 가격했기 때문이다.
"쿨럭."
연석의 입에서 붉은 피가 쏟아져 내렸다.
그때 다리 쪽으로 차량의 라이트가 보였다.
연석은 물론이고 모두의 시선이 차로 향했다.
이 시간에 이곳에 올 사람은 하나.
희우다.
연석의 입가에 희미한 미소가 걸렸다.
"하하."
왜 웃음이 나는지 모르겠다.
희우가 지금의 연석보다 강하다고 할 수는 없었다.
하지만 그가 나타난다면 모두 해결해 줄 수 있을 것 같은 기분이 들었다.
마침내 차량이 앞에 멈춰 섰다.
문이 다급히 열리고 한 사람이 내린다.
그 사람을 본 연석의 눈은 튀어나올 듯 커졌다.
"거, 검사님?"
윤수련 검사였다.

쏴아아아아아아.

비가 내렸다.

거칠게 비가 내리고 있었다.

내리는 빗속에서 그녀는 만신창이가 되어 있는 연석을 봤다.

그녀는 울컥 눈물을 흘릴 뻔했다.

왜 그런지 마음이 아파 왔다.

눈물을 참는 그녀의 눈이 충혈되고 있었다.

그녀는 입을 꾹 다문 채 품에서 총을 꺼내 삼백안의 남자를 겨눴다.

"미란다원칙은 말했다고 치자. 손들고 옆으로 나와!"

윤수련 검사의 목소리를 들은 삼백안의 남자가 크게 웃기 시작했다.

"크크크크크, 크하하하하하! 아, 미치겠네. 검사님이세요? 요즘엔 검사님도 총 들고 다니세요? 헛소리하지 말고 검찰청에 가서 펜대 잡고 공소장 같은 거나 쓰세요."

"옆으로 나와!"

삼백안의 남자는 어이없다는 듯 고개를 저었다. 그리고 입에 담배를 물었다.

내리는 비에 담배가 젖고 있었지만 상관하지 않았다.

그가 잿빛 연기를 뿜으며 말했다.

"이봐요, 검사 아가씨. 공부 많이 했으니까, 내가 문제 하나 낼까? 법보다 무서운 게 뭐게?"

"나오라고!"

"주먹이야, 병신아."

순간, 윤수련 검사의 비에 젖은 머리채가 누군가의 손에 콱 잡혔다. 조용히 뒤로 숨었던 남자가 윤수련 검사의 머리채를 손에 쥔 거다.

"검사님!"

연석의 외침이 울렸다.

삼백안의 남자의 입술에 비릿한 미소가 들었다.

"조용히 해라. 듣기 싫다."

삼백안의 남자가 연석의 얼굴을 '쾅!' 하고 발로 찍어 눌렀다.

충격을 받았는지 연석은 조용해졌다.

삼백안의 남자는 연석의 머리 위로 발을 올린 채 담배 연기를 뿜으며 시선을 윤수련 검사에게 향했다.

윤수련 검사는 그 짧은 시간에 상대에게 머리를 잡히고 총까지 뺏긴 상황이었다.

그녀의 머리채를 쥐고 있던 사내가 웃으며 말했다.

"이거 총알이 없는데요?"

그 말에 삼백안의 남자가 더 크게 웃기 시작했다.

"장난감 가지고 '꼼짝하지 마!'라고 한 거야? 웃기네."

삼백안의 남자가 윤수련 검사의 앞으로 천천히 걸어가 그녀의 앞에서 멈춰 섰다.

"후우."

그의 입에 있던 담배 연기가 윤수련 검사의 얼굴에 뿜어졌다.

"검사 아가씨, 순수한 폭력의 무서움을 오늘 알려 줄게."

그의 입에서 나오는 미소는 악마 같았다.

윤수련 검사가 떨리는 목소리로 말했다.

"연석이는 보내 줘."

삼백안의 남자는 이번엔 손뼉까지 치며 웃었다.

"재밌어. 끝까지 재밌는 말을 하고 있어. 검사 아가씨, 지금 걱정해야 할 것은 너야. 생각해 봐. 우리는 김희우를 죽이고 여길 떠날 거야. 난 너를 데리고 같이 가려고 해. 네가 한국을 떠나 우리가 사는 뒷골목에 가면 뭘 하게 될 것 같아? 그때도 꼼짝하지 마! 이런 개소리 할 수 있을 것 같아? 아, 미안. 할 수 있겠네. 돈 안 주고 떠나는 남자 보면서 말하겠네. 꼼짝하지 마! 돈 주고 가! 크크크크크."

삼백안의 남자가 비릿한 미소를 지으며 윤수련 검사를 바라봤다. 그리고 낮은 목소리로 말을 이었다.

"김희우가 올 때까지 일단 고분고분해지게 일단 맞자."

삼백안의 남자가 윤수련 검사의 뺨을 때리기 위해 손바닥을 곧게 폈다.

그때 삼백안의 남자는 누군가가 등을 때리는 걸 느꼈다.

그가 천천히 고개를 돌렸다.

피투성이가 된 연석이다.

그가 등을 때리고 있었다.

힘이 많이 빠졌는지 주먹이 올라가지 않아 등을 때리고 있었다.

퍽! 퍽! 퍽!

하지만 약하다.

충격을 주기도 힘들다.

삼백안의 남자가 연석을 바라보다가 입을 열었다.

"뭐 하냐?"

연석이 부르튼 입술로 조용히 미소 지었다. 그리고 윤수련 검사에게 시선을 옮겼다.

"도망가요, 검사님."

"연석아."

"도망가요."

연석이 주먹을 꽉 쥐었다. 그리고 '꽈앙!' 하고 상대를 가격했다.

지금까지 등을 때리던 것과 다르다.

연석의 주먹에 삼백안의 남자는 주르르륵 아스팔트로 밀려 넘어졌다.

연석은 그치지 않았다.

윤수련 검사의 머리채를 쥐고 있던 놈.

바로 그놈의 그 손!

그 손가락을 잡아챘다.

"더러운 손을 어디에 대고 있어?"

그리고 꺾는다.

우두두두둑!

손가락이 반대로 꺾여 버렸다.

워낙 순간이라 피할 겨를도 없었다.

"끄아아아아아아악!"

손을 잡고 나뒹구는 사내의 비명이 이곳을 울렸다.

하지만 연석의 시선은 그 비명을 지나치며 윤수련 검사에게 향했다.

두 사람의 눈이 마주쳤다.

윤수련 검사는 다시 울컥함을 느꼈다.

연석의 눈은 실핏줄도 모두 터져 있었다.

연석아 그 눈으로 윤수련 검사을 보며 말했다.

"어서 도망가요. 여기는 조금 있으면 김희우 검사님이 오실 거예요."

"연석아……."

"가요."

"연석아……."

하지만, 늦었다.

뒤에서 삼백안의 남자가 턱을 만지며 일어서며 말했다.

"짜증 나게 하네."

그의 싸늘한 시선이 연석을 향했다.

차갑다.

한겨울에 비를 맞아 온몸이 떨리는 추위다.
하지만 그보다 더 차가운 눈빛이었다.
삼백안의 남자가 말했다.
"김희우고 뭐고 그놈이 오기 전까지 하나는 살려 두려고 했는데, 안 되겠다. 너희 모두 죽인다."
원래는 만약을 위해 살려 둘 생각이었다.
만약의 사태에 인질이라는 것은 매우 훌륭한 전략이 되기 때문이다.
하지만 삼백안의 남자의 생각이 바뀌었다.
"다 죽여."
삼백안의 남자를 제외하고 배를 타고 온 일곱 명이었던 사내들.
싸울 수 있는 사람은 이제 둘밖에 남지 않았다.
하지만 이 둘로도 만신창이가 된 연석과 윤수련 검사를 상대하기엔 충분했다.
그들이 천천히 연석을 향해 다가갔다.
연석은 호흡을 깊게 내쉬며 주먹을 꽉 쥐었다.
무슨 수가 있더라도 윤수련 검사는 살려야 한다는 게 그의 생각이었다.
"검사님, 저놈들이 달려들 때 뒤로 가세요. 모퉁이에서 꺾어서 한참 가면 민가가 있을 거예요. 거기로 가면 될 거예요. 가세요."

"연석아……."

그때!

콰지지지지지지직!

잔인한 소리.

뼈가 부서지는 소리다.

모두의 시선이 소리가 나는 곳으로 향했다.

서 있던 삼백안의 남자의 몸이 기역자로 꺾이고 있었다.

그는 비틀비틀 균형을 잡기 위해 애를 쓰다가 결국 아스팔트에 주저앉고 말았다.

삼백안의 남자는 옆구리에 느껴지는 깊은 통증에 잠시 숨도 쉬지 못하고 컥컥거렸다.

둔기로 얻어맞은 느낌이다.

조금은 정신을 차린 삼백안의 남자가 자신을 때린 곳을 찾았다.

"……!"

그곳에 희우가 주먹을 쥐었다 펴며 서 있었다.

삼백안의 남자의 시선이 희우의 주먹으로 향했다.

'주먹으로 때린 거야?'

희우의 표정은 차갑다.

이 바다보다, 삼백안의 남자의 눈빛보다 더 차갑다.

희우가 천천히 입을 열었다.

"검사를 폭행해? 너희 미쳤구나?"

삼백안의 남자는 희우의 뒤를 확인하며 비릿한 미소를 지었다.

"혼자 왔어? 그쪽도 미쳤네."

"혼자여도 충분하니까."

후우우우웅!

희우의 발이 활처럼 휘어져 삼백안의 남자의 안면으로 향했다.

쩌엉!

삼백안의 남자는 그대로 아스팔트로 쓰러졌다.

희우의 시선이 연석의 앞에 있는 사내에게 향했다.

"다음."

쏴아아아아아아!

비는 거칠게 내렸다.

하늘에 구멍이 난 것만 같다.

바다의 검은 파도는 그 비를 집어삼키고 있었다.

윤수련 검사는 잠시 비를 피해 차에 앉았다.

조수석에는 연석이 뒷좌석에는 오대성이 타고 있었다.

연석이 말했다.

"김희우 검사님, 아니 의원님, 정말 대단한 것 같아요."

윤수련 검사가 고개를 끄덕였다.

"응."

"저도 저렇게 되고 싶어요."

"될 거야."

연석과 윤수련 검사의 시선은 아직 밖에 있는 희우를 바라봤다.

희우는 윤수련 검사에게 수갑을 받아 사내들의 손에 채우고 있었다.

희우는 모든 사람들에게 수갑을 채운 후, 자리에서 일어나 하늘을 올려다봤다.

차에서 지켜보고 있는 연석과 윤수련 검사는 희우가 무슨 생각을 하는지 알 수 없었다.

희우는 비를 맞으면서도 하늘을 본다.

다리로 걸어가 검은 파도를 보기도 한다.

잠깐이면 괜찮겠지만, 상당히 긴 시간이었다.

희우는 오늘의 자신의 운명에 대해 생각하고 있었다.

하지만 그걸 연석과 윤수련 검사가 알 리는 없었다.

연석이 말했다.

"오늘 일은 이제 거의 마무리된 거죠?"

"아침이 돼 봐야 알 것 같……."

그녀의 말은 이어지지 못했다.

"의원님!"

그녀가 차에서 튀어 나가며 크게 외쳤다.

빗속을 타고 넘어간 그녀의 목소리가 희우에게 닿았다.

희우는 하늘을 보는 중이었다.

희우의 시선이 천천히 그녀에게 향했다.

다시 그녀가 손가락질을 하며 외쳤다.

"의원님!"

희우의 시선이 그녀의 손가락이 가리킨 방향으로 향했다.

푹!

"……."

희우의 옆구리에 피가 붉게 올라왔다.

희우는 자신의 옆구리를 만져 봤다.

'피?'

희우의 시선이 뒤로 향했다.

칼을 들고 있는 삼백안의 남자가 보였다.

손에 수갑을 찬 채로 희우에게 조심스레 다가와 찌른 거다.

삼백안의 남자가 미친놈처럼 웃으며 말했다.

"난 너 같은 놈이 제일 싫어! 너만 정의냐? 네가 정의야? 오늘 정의로운 채로 죽어 봐라!"

희우는 멍한 눈빛으로 자신의 옆구리를 다시 만져 봤다.

역시 피다.

그의 귓가에 오래전, 검은 양복이 했던 말이 떠올랐다.

—정의로운 검사 김희우, 열혈 검사 김희우. 그 이름은 제가 기억하겠습니다. 하지만 세상은 비리를 저지른 검사가 약에 취해, 그리고 술에 취해 자살한 것으로 기억할 겁니다.

희우의 눈이 떨려 왔다.

'죽어? 죽는 거야?'

죽는 것은 두렵지 않다.

아니, 두려웠다.

조금 더 살고 싶었다.

아내와 딸의 얼굴을 하루라도 더 보고 싶었다.

아니, 한 시간만…….

아니, 그게 아니더라도 지갑 속에 있는 사진만이라도 보고 싶었다.

"죽어!"

삼백안의 남자가 다시 희우를 향해 칼을 찔러 들어왔다.

푹!

희우는 멍하니 앞을 바라봤다.

그의 앞에는 오대성의 얼굴이 보였다.

오대성의 입술에 붉은 핏물이 흘러내렸다.

"아…… 고마워할 필요는 없어요. 우리 대장이 당신은 꼭 살려 두라고 해서……."

"……!"

대장은 검은 양복을 말하는 거다.
오대성이 말을 이었다.
“우리 대장도 당신이 만드는 새로운 세상에서 살고 싶다고 해서…….”
“…….”
“나중에 우리 대장 출소하면 잘 좀 봐주쇼…….”
“…….”
“저기 저놈한테는 소주 같이 못 먹어서 미안하다고 전해 주고…….”
오대성의 몸이 천천히 쓰러져 내렸다.
그리고 뒤에 서 있던 삼백안의 남자의 얼굴로 희우의 주먹이 찔러 들어갔다.

천호령 회장의 핸드폰이 울렸다.
“네, 천호령입니다.”
－김희우네요.
“……!”
－당신 계획을 망가뜨린 것 같아서 미안하게 됐어요.
“뭐야!”
－소리 지르지 맙시다. 난 당신에게 사형을 구형하려고 하

는데, 어떻게 생각해요?

"뭐 하는 거야!"

—천호령 회장, 넌 사형.

—지금 뭐라고 하는 거야!

천호령 회장의 절규에 가까운 목소리가 수화기를 타고 들려왔지만 희우는 더 듣지 않고 전화를 끊어 버렸다.

더 들을 필요도 없었다.

어차피 분노와 변명의 일색이 된 말일 뿐이다.

희우의 시선이 천천히 뒤로 향했다.

경찰차와 구급차로 인해 어두웠던 다리가 번쩍거리고 있었다.

조용하다.

고통과 신음, 무전기 소리, 환자를 이송하는 소리만 들려왔다.

희우는 천천히 구급차로 다가갔다.

연석과 오대성이 실리고 있는 게 보였다.

두 사람이 차고 있는 산소호흡기에 김이 서렸다가 사라지기를 반복하고 있었다.

피투성이가 된 그들의 상태는 좋지 않았다.

지혈을 했지만 지금도 피가 흐르고 있었다.

특히 희우 대신 칼에 맞은 오대성의 상태는 더욱 좋지 않았다.

희우는 작게 한숨을 내쉬었다.

모두 자신 때문에 벌어진 일인 것처럼 느껴졌다.

"미안하다."

그가 작게 이야기할 때, 옆으로 윤수련 검사가 다가왔다.

"의원님도 병원에 가 보셔야 하지 않나요?"

희우는 물끄러미 윤수련 검사를 바라봤다.

그녀의 상태는 그래도 괜찮아 보였다.

희우가 고개를 저으며 말했다.

"일단 지혈은 했어요. 아직 할 일이 있기도 하고요."

"그래도……."

"검사님도 연석이가 걱정되겠지만 오늘은 놈들의 조사로 고생 좀 해 주십시오. 날이 밝기 전에 천호령과 제왕 그룹의 이름이 놈의 입에서 나오게 해 주세요. 그게 해야 할 일입니다. 그러지 않으면 이놈들이 이렇게 다친 게 의미가 없어져요."

"알겠어요. 전 그렇게 할 테니까, 의원님은 병원에……."

희우를 바라보는 윤수련 검사의 눈은 걱정으로 가득 차 있었다.

연석과 오대성뿐만 아니라 희우의 상태 역시 좋지 않았다.

지금 당장 쓰러져도 이상하지 않을 몸이다.

하지만 그녀는 병원에 가야 한다는 말을 계속하지 못했다.

갑자기 들린 목소리 때문이었다.

"사장님!"

그 목소리엔 분노와 슬픔이 가득 차 있었다.

목소리의 주인공은 상만이었다.

희우에게 전화를 받고 이곳에 온 상만이다.

그는 피투성이가 된 희우를 보고 금방이라도 울 것 같은 눈을 하고 있었다.

"이게 뭐예요! 안전할 거라면서요! 다른 일 없을 거라고 하지 않았어요? 그런데 피……. 병원 가야죠! 누구예요, 사장님을 이렇게 만든 게!"

희우가 고개를 저었다.

"조용. 그렇게 크게 말하면 머리 울려."

상만은 빠르게 입을 닫았다. 하지만 그는 여전히 걱정스러운 눈으로 희우를 보고 있었다.

조용해진 상만을 뒤로하고 희우는 윤수련 검사를 바라봤다.

"그럼 부탁드립니다."

"네? 네. 아, 이게 아니고 의원님, 병원 가야 해요."

희우는 슬쩍 웃으며 상만의 어깨에 팔을 둘렀다. 그리고 그녀에게 말했다.

"갈게요. 일부터 마치고요."

윤수련 검사는 더 이상 말을 하지 못했다.

희우의 눈에 찬 의지를 꺾을 수 없다는 걸 느꼈기 때문이다.
희우의 시선이 상만에게 향했다.
"차까지 부축 좀 해 줘."
"아니, 구급차에 타야지, 왜 제 차에 타요!"
"머리 아파. 작게 말해."
"아니, 그러니까 제발요! 좀!"
"가자. 지금 가지 않으면 연석이나 오대성이한테 미안해."
상만은 입을 꽉 다물었다.
화를 참고 있는 거다.
희우는 언제나 이랬다.
자기가 아픈 건 상관하지 않고 움직였다.
상만은 크게 숨을 내쉬고 가까스로 화를 참으며 말했다.
"가요."
"너 지금 나한테 화난 거 있지?"
"네."
"화 풀어. 삼겹살 사 줄게."
"3인분에 냉면."
"콜. 운전 잘해라."
희우는 비틀비틀 상만의 어깨에 팔을 두른 채 차로 향했다.
그런 희우를 윤수련 검사가 가만히 바라보고 있었다.
희우의 뒷모습은 죽음을 각오하고 움직이는 검사다.
그의 직업이 국회의원이지만 의원이라고 부를 수 없었다.

그는 검사였다.

윤수련 검사는 자신도 모르게 눈에서 눈물이 흐르는 걸 느끼고 손으로 눈물을 훔쳤다.

"왜 이래, 청승맞게."

깊은 새벽이 잠에 깰 시간이다.

도로에는 차량이 많아지기 시작했다.

그 시각, 희우는 상만과 함께 청와대에 앉아 있었다.

문이 열리고 오명성 대통령이 들어왔다.

상만이 자리에서 일어나 오명성 대통령을 향해 깊게 허리를 숙였다.

하지만 희우는 일어나지 않았다.

"정중히 인사 못 해서 죄송합니다. 제가 지금 몸이 안 좋아서요."

오명성 대통령의 시선이 희우를 훑었다.

지혈을 했지만 순간이었는지 의자 아래로 피가 뚝뚝 떨어지고 있었다.

"그런 몸이면 병원에 가야 하지 않나?"

"걱정은 감사하지만, 병원에 가면 속이 타서 죽을 것 같거든요. 할 일 끝내고 가겠습니다."

오명성 대통령의 시선은 의자 아래 고인 피로 향했다.

잠시 피를 바라보던 오명성 대통령은 고개를 저으며 무거운 표정으로 희우의 맞은편 의자에 앉았다.

"나를 찾아온 이유는?"

희우가 피식 웃었다.

"아시잖아요?"

"아니, 모르겠는데. 김 의원이 알겠지."

딴청을 피우는 대통령을 보며 희우가 한숨을 내쉬었다.

"이런 상황에서도 자신의 안위를 생각하시는 겁니까?"

"……."

"제가 아직 할 일이 있어서 바로 본론으로 들어가겠습니다."

"나도 인사치레는 필요 없어."

"제왕 그룹 지분 내놓으세요."

"……!"

오명성 대통령의 표정이 딱딱하게 굳어졌다.

희우가 손을 들어 천천히 그의 의자를 손가락으로 가리켰다.

"그 의자에서 그만 내려오시고요."

"……."

"대통령님의 아들을 죽이려 했던 용의자, 제가 잡았습니다."

"아들을 살려 줬으니 여기서 내려오라는 건가?"

"아뇨. 그건 아닌데요. 재밌지 않나요?"

"뭐가 재밌지?"

"난 대통령님의 아들을 목숨 걸고 지켰습니다. 보다시피 피도 많이 흘렸네요. 여기 칼도 맞았어요. 그런데 대통령님은 정작 자신의 아들을 교통사고 내서 죽이려 했던, 거기에서 모자라 깡패를 보내 살해하려 했던 천호령 회장을 지키려 하시네요."

"지금 뭐라고 하는 거야!"

오명성 대통령이 분노에 가득 차 소리를 질렀지만 희우는 상관하지 않고 말했다.

"혹시 돈 때문입니까? 아들보다 중요하나요? 아무리 양아치 같은 아들이라 해도 자기 자식인데 너무하시네."

오명성 대통령의 얼굴이 일그러졌다.

의자를 가리키고 있던 희우의 손가락이 오명성 대통령의 얼굴로 향했다.

"파렴치한 아버지. 그게 당신이에요."

"김희우!"

"난 기회를 주고 있는 겁니다. 어차피 아침이 되면 그쪽이 최악의 대통령이 되는 건 당연한 겁니다."

"……."

"천호령 회장이 끝까지 대통령님의 이름을 부르지 않을 거라 자신하는 것은 아니죠? 아니, 천호령 회장이 입을 다물고 있다고 해서 조용히 넘어갈 거라고 생각하는 것은 아니죠? 포기하세요. 끝났어요. 여기서 버티면 국민의 손에 끌려 내

려올 것도 거의 기정사실이 될 거예요."

"……."

"하지만 내가 입을 다물면 적어도 파렴치한 아버지는 되지 않을 겁니다. 어떻게 하시겠습니까? 최악의 대통령 받고 거기에 아들 살해범과 손잡은 최악의 아버지까지 되겠습니까?"

"……."

"아니면 그냥 최악의 대통령만 되겠습니까?"

오명성 대통령의 입꼬리가 말려 올라갔다.

"너도 마찬가지잖아? 지금 내게 찾아와서 하는 말이 뭐? 제왕 그룹의 지분을 내놓으라고? 위선 떨지 마."

희우가 고개를 저었다.

"내가 돈이 필요한 것으로 보입니까? 잘못 봤어요. 난 다음을 걱정하고 있을 뿐입니다. 아침이면 제왕 그룹 일가는 사라질 겁니다. 천유성 대표는 버티지 못할 거예요. 그럼 호시탐탐 우리나라 기업을 노리는 외국 자본에 싹 뺏기겠네요."

"……!"

"대통령님이 도와준다면, 제왕 그룹의 일가는 사라지겠지만 그룹은 남아 있을 겁니다. 대통령님이 주시는 지분은 근로복지공단에 같은 곳에 맡겨서 외국 자본을 견제하고 어려움에 처한 근로자를 위해 쓰이도록 관리할게요. 그러니까 마지막으로 좋은 일 하고 내려가세요."

오명성 대통령은 굳은 표정으로 아무 말도 하지 못했다.

희우가 천천히 손목을 들어 시간을 확인했다.
“시간 드릴까요?”
“…….”
“3분이면 충분하죠?”
“김희우!”
오명성 대통령이 자리에서 벌떡 일어섰다.
분노에 가득 찬, 오명성 대통령의 핏발 선 눈이 희우를 노려봤다.
꽉 쥔 대통령의 주먹이 부르르 떨려 왔다.
손목의 시간을 확인하던 희우의 시선이 천천히 오명성 대통령에게 향했다. 그리고 그가 낮은 목소리로 입을 열었다.
“그만 욕심 버려요. 난 이미 당신에게 충분한 예를 갖추고 있어요. 하나만 선택하세요. 최악의 대통령에 최악의 아버지냐, 아니면 그냥 최악의 대통령이냐. 자, 시간은 흐르고 있습니다.”
부르르 떨리던 오명성 대통령의 주먹이 천천히 펴졌다.
그는 쓰러지듯 의자에 주저앉고 말았다.
희우가 다시 슬쩍 웃었다.
“3분 지났네요. 선택하셨습니까?”

희우는 대통령과 제왕 그룹의 지분 문제에 관한 것은 상만

에게 부탁했다. 그리고 홀로 청와대에서 나와 차량에 올랐다.

시동을 걸고 액셀을 밟는 희우의 입에서 '끄음.' 하고 신음이 흘러나왔다.

약한 모습을 보이지 않기 위해 참으려 해도, 막으려 해도 고통은 참기 어려웠다.

고통은 계속해서 온몸을 두드리며 퍼지고 있었다.

하지만 아직이다.

일은 끝나지 않았다.

참아야 한다.

잠시 후, 희우는 천호령 회장의 집 앞에 도착했다.

차에서 내리던 희우는 잠시 운전석의 시트를 바라봤다.

시트는 피로 흥건했다.

"상만이한테 혼나겠네."

이 차는 오래전 희우가 중고로 사 줬던 상만의 차였다.

애지중지 세차를 하며 타고 다니는 상만의 얼굴이 잠시 떠올랐다.

희우는 슬쩍 웃으며 차량의 문을 닫았다.

그리고 앞으로 걸어가려 했지만 무리였다.

피를 너무 흘렸는지 어지러움을 느껴졌기 때문이다.

희우는 자신도 모르게 차량에 등을 기대고 섰다.

그의 입에서 거친 숨이 흘러나왔다.

지금 이 자리에서 주저앉아 쉬고 싶었다.

조금만 눈을 감고 자고 싶었다.

하지만 그럴 수 없었다. 앞으로 나가야 한다.

희우는 차에서 떨어져 비틀 한 걸음을 걸었다.

밤새 쌓인 눈에 피가 떨어졌다.

하지만 그는 다시 걸었다.

희우의 손이 천호령 회장의 집 대문에 닿았다.

평소 잠겨 있어야 할 문이 끼이이익, 힘없이 열렸다.

희우는 다시 천천히 걸었다.

밤새 쌓인 눈으로 인해 걸을 때마다 뽀득거리는 소리가 울렸다.

흰 눈으로 희우의 붉은 피가 뚝뚝 떨어져 내렸다.

하지만 희우는 비틀비틀 걸어 나갔다.

오늘 안으로 해결해야 한다.

상처 입은 늙은 호랑이를 세상에 풀어 두는 것만큼 위험한 일이 없다.

조선 시대, 호환을 입었던 사례를 보면 모두 나이 든 늙은 호랑이가 한 짓이다.

천호령 회장은 늙은 호랑이다.

희우의 입에서 다시 한숨이 흘러나왔다.

어쩌면 마지막이 될지도 모를 오늘이었다.

오늘이 가기 전에 천호령 회장을 그 자리에서 끌어내려야 했다.

눈을 밟고 앞으로 걸어 가던 중, 희우의 핸드폰이 울렸다.

희우는 피 묻은 손으로 핸드폰을 들었다.

이제 손가락도 잘 움직여지지 않았다.

"아, 민수 선배."

-너 어디야! 미친 새끼야!

윤수련 검사에게 뭔가를 들었나 보다.

병원에 가야 할 사람이 이리저리 날뛰고 다니는 게 못마땅했나 보다.

민수의 목소리에는 분노가 가득 담겨 있었다.

"천호령 회장 집이에요."

-기다려!

뚝. 그대로 전화가 끊겼다.

희우의 입가에 작게 미소가 걸렸다. 민수답다는 생각이 들었기 때문이다.

그리고 다시 한 걸음. 천호령 회장의 서재를 향해 움직였다.

그때.

"어딜 가나?"

천호령 회장의 목소리가 들렸다.

희우의 시선이 천천히 목소리를 향했다.

정원의 정자에 앉아 있는 천호령 회장이 보였다.

희우의 입가에 비릿한 미소가 걸렸다.

"당신을 만나러 왔습니다."

"이리 와. 여기 풍경이 좋아."

천호령 회장은 마치 딴 세상에 있는 것 같았다.

그는 희우를 보며 미소를 짓는 여유까지 보이고 있었다.

조용히 눈발이 흩날렸다.

인천에 쏟아지는 비와 달리 소복소복 쌓이는 눈이다.

희우는 주먹을 쥐었다가 펴 보았다.

목도 살짝 움직여 봤다.

'가능해.'

천호령 회장을 지키는 경호원이 있다고 해도 상관없었다.

그런 희우를 보며 천호령 회장이 조용히 말했다.

"아무도 없어. 걱정하지 말고 오게."

"모든 걸 포기한 건가요?"

"아니, 새로운 시작이지."

희우는 천천히 천호령 회장을 향해 다가갔다.

뽀드득.

눈 밟히는 소리가 들렸다.

천호령 회장은 술병을 들어 잔을 채웠다.

두 사람 사이는 적막했다. 차가운 바람만 불고 있을 뿐이다.

하지만 조용함은 잠시였다.

쾅! 문이 열리고 거친 소리가 들려왔다.

"김희우! 어디 있어! 이 멍청한 놈아!"

민수였다.

민수는 천호령 회장의 집으로 들어와 주변을 두리번거렸다. 그러다가 희우를 발견했다.

성큼성큼 걸어온 민수가 희우를 위아래로 살폈다.

"이 미친놈이! 넌 내가 잡을 거라니까!"

"죄송해요. 할 일이 있어서요."

희우는 턱짓으로 천호령 회장이 있는 곳을 가리켰다.

민수의 시선이 천호령 회장에게 향했다.

천호령 회장이 술잔을 들어 보이고 있었다.

"내가 살날이 얼마 남았겠나? 이 겨울과 눈을 보는 것도 어쩌면 마지막일 수 있어. 술은 한잔할 수 있지 않겠나?"

민수의 입꼬리가 비틀려 올라갔다.

"개소리하네, 범죄자 새끼가."

"……!"

"감옥에서 물이나 마셔."

민수의 말이 끝남과 동시에 문으로 경찰들이 들어섰다.

그들이 들어가 천호령 회장의 몸을 틀어잡았다.

민수가 말했다.

"어설프게 폼 잡지 마, 범죄자야. 너 같은 범죄자는 법 앞에서 비참해져야 해."

천호령 회장은 한국의 경제를 이끌었던 거인이다.

하지만 이제는 욕심을 부리며 경찰에게 붙들린 보잘것없는 노인이 되어 버렸다.

그는 반항도 하지 않았다.
그저 비참하게 질질 끌려갈 뿐이었다.
천호령 회장의 시선이 희우에게 닿았다.
바닥에 쌓인 눈보다 서늘하게 느껴지는 시선이었다.
하지만 잠시였다.
그는 고개를 저으며 경찰들에게 끌려 이곳을 벗어났다.
천호령 회장이 떠나는 걸 보며 희우는 털썩 자리에 주저앉았다.
민수가 걱정스러운 시선으로 희우를 바라봤다.
"구급차를 부를 테니까, 조금만 기다려."
민수의 표정엔 평소의 묘한 미소도, 장난스러운 표정도 없었다.
희우를 걱정하는 마음뿐이다.
희우가 슬쩍 민수를 보며 말했다.
"담배나 하나 주시겠어요?"
"너 담배 안 피우잖아?"
"주세요."
이전의 삶에서는 곧잘 피우던 담배다.
하지만 새로운 삶을 살면서는 제대로 피워 본 적이 없다.
희우는 민수에게 받은 담배를 입에 물었다.
그의 입에서 뿌연 담배 연기가 흘러나왔다.
희우는 앉아 있는 것도 힘들었는지 이내 바닥에 누워 버렸다.

눈 때문에 차가웠지만 이게 더 편했다. 그가 누운 자리는 붉은 피로 물들기 시작했다.

민수가 입을 열었다.

"체온 떨어져. 일어나 있어."

"이게 편해요. 조금만 쉴게요."

"야! 체온 떨어진다고! 일어나!"

"조금만요."

"일어나라고!"

"조금만."

"야, 이 개새끼야!"

희우는 조용히 눈을 감았다.

그의 눈앞에 아내가 보였다.

따듯하고 구수한 된장국을 끓이고 희우를 맞이한다.

아내가 안고 있는 딸 귤희가 보였다.

희우를 보며 방긋방긋 웃고 있다.

'보고 싶네.'

병원 앞으로 번쩍거리는 경광등과 함께 사이렌 소리를 울리며 구급차가 들어섰다.

응급실의 주차장으로 긴장된 표정의 의사들이 보였다.

구급차는 의사들이 있는 곳을 찾아 후진을 했다.

차량을 멈춰 세워짐과 동시에 '쾅!' 하고 뒷문이 열렸다.

바퀴가 달린 환자 운반 침대, 즉 스트레처카가 아래로 끌려 내려왔다.

그곳에 희우가 누워 있었다.

희우를 본 의사들의 표정은 더욱 딱딱하게 굳어졌다.

검사를 해 봐야 알겠지만, 겉으로 본 상태는 연락을 받은 것보다 더 심각해 보였다.

하지만 지체할 수는 없었다.

의사들은 구급대원의 손에서 스트레처카를 넘겨받으며 바로 복도를 달렸다.

민수는 망연자실한 표정으로 멀어져 가는 침대를 바라보았다.

'수술 중'이라는 글씨가 보였다.

굳게 닫힌 철문 앞으로 희아가 기도하듯 손을 모으고 있었다.

"제발, 제발, 제발."

그녀는 쉬지 않고 기도를 올렸다.

발을 동동 구른다.

그녀는 이 자리에서 천하 그룹의 회장이 아니었다.

그저 남편이 살아 돌아오기를 바라는 여인이었다.
"제발, 제발, 제발."
희아의 옆으로 상만과 민수가 멍하니 서 있었다.
두 사람은 멍하니 '수술 중'이라는 글씨만 보고 있다.
상만이 멍한 눈으로 중얼거렸다.
"사장님……."
시간은 흘렀다.
수술은 끝나지 않는다.
수술실을 향해 급한 발소리가 들려왔다.
이어서.
"희우야!"
희우의 어머니, 아버지 목소리가 이어졌다.
오랜 시간 수술실의 문 앞에 서서 두 손 모아 기도하던 희아가 고개를 돌렸다.
"어머님……."
희아의 눈에서 참고 있던 눈물이 흘러내린다.
"희우는?"
"어머님……."
두 사람은 부둥켜안고 울기 시작했다.
희우의 아버지는 '수술 중'이라는 글씨를 바라봤다. 그리고 비틀거렸다.
상만이 달려가 쓰러지는 희우의 아버지를 부축했다.

그때 불빛이 꺼졌다.

수술이 끝났다는 말이다.

희아의 시선도, 상만과 민수의 시선도 모두 닫힌 문으로 향했다.

잠시 후, 수술실의 문이 열렸다.

밖으로 나온 의사의 앞으로 모두 모였다.

의사는 마스크를 벗으며 착잡한 시선으로 희아를 바라봤다.

―제왕 그룹 천호령 회장이 살인 및 살인 교사, 국가 내란 혐의로 구속당했습니다.

―어젯밤, 각 단체의 인사 및 고위 관계자들이 뇌물 수수 혐의로…….

―검찰은 각 단체의 인사들을 대상으로 고강도의 수사를 하겠다고 전했습니다.

―오명성 대통령이 천호령 회장과의 관계를 모두 인정하고 하야 하기로 결정했습니다.

―진규학 의원이 천유성 대표의 비리를 담은 서류를 공개했습니다. 진규학 의원은 자신도 공범이었다는 걸 밝히며 천유성 대표를……

―천호령 회장의 자택의 연못에서 유골이 발견되었습니다. 유골은 천호령 회장의 막내딸 천시현 씨의 남편인 청안제약 김성민 대표인 것으로 밝혀졌습니다. 천호령 회장은 능력 있는 사위가 재산을 탐하는 걸 보

고 훗날 유산상속에 문제가 될까 봐 살해를 지시했다고 합니다.

ㅡ천호령 회장의 막내딸 천시현 씨가 오명성 전 대통령의 아들 오제호 씨의 뺑소니범이라며 자수했습니다. 천시현 씨는 천호령 회장의 자택에서 발견된 시신이 자신의 남편이었다는 것이 확인된 후, 모든 걸 인정하고 천호령 회장의 죄를 밝히기 위해 자수하기로 결정했다고 전했습니다.

ㅡ천호령 회장의 비서 공명제 씨가 모든 범죄 사실을 인정했습니다.

ㅡ황진용 의원이 대통령 선거 출마 나이를 변경하자는 의견을 제안했습니다.

세상은 여전히 시끄러웠다.

그리고 희우는 병원에 있었다.

그는 아직 의식을 찾지 못하고 눈을 감은 채, 침대에 누워 있었다. 깊은 잠에 빠진 듯했다.

그의 앞에 상만이 앉아 있었다.

"연석이하고 오대성 씨는 일어났어요. 연석이는 며칠 후면 일상생활이 가능할 것 같고요. 오대성 씨는 재활해야 할 것 같아요. 제왕 그룹은 일단 임원 측에서 돌리다가 전문 경영인을 투입하기로 했어요. 아무래도 나중에 분리되는 건 피할 수 없을 것 같아요."

역시 희우는 아무 말이 없다.

하지만 상만은 계속 이야기를 전했다.

"형수님은 잘하고 계세요. 아니지, 그냥 잘하는 게 아니라

엄청 잘하고 계세요. 천하 그룹은 계속 최고 주가 경신을 기록하고 있어요."

상만이 머리를 긁적였다.

"그리고 지임 씨는 사법 고시에서 떨어졌어요. 흐흐, 그래서 슬슬 청혼하려고 하는데, 아무래도 시험에 떨어진 사람한테 결혼하자고 하는 건 이상하겠죠? 그래서 참고 있어요. 올 여름에 청혼하고 가을에 결혼하고 싶은데, 차이는 건 아니겠죠?"

상만은 잠시 말을 멈췄다.

역시 희우는 눈을 감고 있다.

"저는 백수예요. 사장님이 다른 일을 주지 않아서 계속 백수로 있어요."

상만은 매일 희우를 찾아와 소리 내서 책이나 신문을 읽거나 옆에서 이렇게 있었던 일을 이야기하고 있었다.

하지만 희우는 일어나지 않는다.

상만은 안타까운 시선으로 잠시 희우를 바라봤다.

"사장님, 어서 일어나요."

잠시 후, 상만이 떠난 병실.

희우는 홀로 누워 있었다.

여전히 뉴스는 시끄럽다.

—국가 내란 혐의로 구속된 천호령 회장이 서울 중앙 지방법원에서 열리는 재판에 출석하기 위해 호송 차량에서 내려 법원 청사로 들어가

고 있습니다.

그 순간, 희우가 눈을 떴다.

법원의 복도에 구두 소리가 울렸다.
민수다.
덥수룩한 머리는 보이지 않았다. 깔끔했다.
수염도 잘 깎았다.
오랜만에 말끔한 얼굴을 한 채 걷고 있었다.
하지만 그의 눈빛은 매서웠다.
살기마저 느껴졌다.

"존경하는 판사님, 우리는 피고인 천호령이 그동안 해 온 일을 깊이 고려해야 합니다. 피고인 천호령은 지난 대한민국의 역사에서 경제를 일으키기 위한 최선을 다했습니다. 가난했던 대한민국에서 세계에서 인정받는 기업을 만든 피고인 천호령의 업적을 기억해 주셨으면 합니다. 이번의 사태는 검찰이 내란죄라는 이름으로 본질을 외면하고 있습니다. 하지만 피고인 천호령은 대한민국의 또 다른 발전을 위한 생각만을 했을 뿐입니다. 그 판단이 비록 잘못되었지만 그 역시 심신이 미약한 상황에서 대한민국 경제를 고민하다가 했던 판단입니다. 그동안 대한민국을 위해 살아온 천호령 피고인에게 가혹한 책임을 묻지 않으셨으면 합니다. 이상입니다."

판사의 시선이 민수에게 향했다.

"검사는 논고 및 구형을 하십시오."

민수가 천천히 자리에서 일어섰다.

"피고인 천호령이 돈을 번 것은 국가의 미래와 국민을 위해서가 아닙니다. 피고인 천호령은 모두 자신의 안위와 후대를 위해 돈을 벌었을 뿐입니다. 그의 머릿속에 국가와 국민이라는 단어는 없었습니다. 그 증거로 피고인 천호령은 자신의 탐욕을 위해 전 대통령 오명성의 아들 오제호를 살인 교사 하려 했으며, 뇌물로 협박하여 자신에게 유리한……."

민수의 말은 계속 이어지지 못했다.

법정이 웅성거리기 시작했기 때문이다. 그리고 그 소음은 더욱 커지고 있었다.

민수는 잠시 입을 닫고 소리가 들려오는 곳으로 시선을 움직였다.

"……!"

그의 눈이 동그랗게 커졌다.

평소 바보 같은 행색을 하고 다녔지만 눈빛만은 또렷했던

민수다. 하지만 지금 그의 눈동자는 멍했다. 입마저 벌리고 있었다.

어떤 말을 하고 싶은지 민수의 입술이 달싹거리기 시작했다. 그런데 이상하게도 목소리는 나오지 않았다.

끝내 말을 하지 못한 민수가 묘하게 웃기 시작했다.

"흘흘흘흘흘, 흐하하하하하!"

마치 실성한 사람처럼 무릎까지 치며 웃고 있었다.

그의 웃음소리가 법정을 울렸다.

그리고 민수는 이곳이 법정이라는 것을 상관하지 않고 크게 소리를 질렀다.

"희우야!"

그의 목소리가 닿는 곳에 희우가 윤수련 검사의 부축을 받고 서 있었다.

민수가 다시 외쳤다.

"희우야!"

희우는 잠시 민수와 눈을 마주쳤다.

희우가 민수를 향해 눈으로 말했다.

'고생하셨어요.'

희우가 누워 있는 동안, 천호령 회장이 죄에서 벗어나기 위해 얼마나 몸부림을 쳤을지 뻔했다.

몸이 아프다며 병원에 입원해 있었을 테고 변호사를 통하지 않으면 단 한마디도 전하지 않았을 것이다.

모든 인맥을 동원해 수사를 방해했을 게 분명했다.

희우와 눈을 마주쳤던 민수가 고개를 끄덕이자 희우의 시선이 판사에게 옮겨졌다.

“존경하는 판사님, 법정을 소란스럽게 한 점 죄송합니다. 하지만 저는 이민수 검사가 최종 구형을 내리기 전, 증거 하나를 더 제출하고자 합니다. 대한민국을 흔든 사건인 만큼 재판의 순서와 규정에는 어긋나지만 허락해 주시면 감사하겠습니다.”

가만히 희우를 바라보던 판사가 고개를 끄덕였다.

“알겠습니다. 본 판사는 이번 사건의 경중을 생각하여 김희우 의원에게 증거를 받도록 하겠습니다.”

희우는 윤수련 검사의 부축에서 벗어나 뚜벅, 발을 걸었다. 그리고 다시 뚜벅.

그는 천천히 판사의 앞으로 걸어갔다.

그 모습은 텔레비전을 통해 생방송이 되고 있었다.

희우의 의원 사무실.

서도웅의 시선은 소파에 앉아 자장면을 먹고 있는 상만에게 향해 있었다.

“왜 꼭 점심을 여기서 드시는 거예요?”

"사장님이 안 계시니 내가 이 자리를 지켜야 하지 않겠냐?"

"아이고, 알겠어요. 그런데 제발 그릇은 밖에 두고 가 주세요. 맨날 치우기 힘들어요."

"흐흐, 알았어. 그런데 넌 왜 자장면 안 먹어? 시켜 준다니까."

"전 김희우 의원님의 보좌관이기 때문에 민간인이 사 주는 음식은 안 먹습니다. 뇌물이에요. 그리고 저, 밥 먹고 왔어요."

"그래. 알았습니다, 보좌관님, 전 맛있게 먹겠습니다."

상만은 나무젓가락을 뜯으며 시선을 앞에 있는 텔레비전으로 향했다.

텔레비전에는 천호령 회장의 재판이 생방송되고 있었다.

상만은 젓가락으로 면을 집으며 텔레비전을 바라봤다.

상만의 모습은 그대로 석상처럼 멈췄다.

그가 더듬더듬 입을 열었다.

"야, 도웅아. 내가 지금 미쳤냐?"

책상에 앉아 서류를 만지작거리던 서도웅이 시선을 들어 상만을 향했다.

"왜요?"

"몰라. 나 미친 것 같아."

"왜요?"

"내가 분명 아침에도 뵙고 왔거든? 그런데 왜 텔레비전에 나오는 거지? 요즘에는 법정에서도 CG 쓰냐?"

"무슨 소리를 하시는 거예요?"

서도웅이 책상에서 일어나 상만의 옆으로 다가와 텔레비전을 바라봤다. 그리고 무덤덤한 목소리로 입을 열었다.

"김희우 의원님이네요."

하지만 그건 잠시였다.

서도웅의 눈이 튀어나올 듯 커졌다. 그가 크게 말했다.

"김희우 의원님이 일어나셨어요?"

상만이 자장면 옆에 젓가락을 내려 두며 벌떡 일어섰다.

"맞지? 사장님 맞지? 지금 저러고 돌아다니는 사람이 김희우 사장님 맞지? 내가 안 미친 거 맞지! 와 씨!"

그 말을 남기고 상만은 밖으로 내달렸다.

문을 닫는 것도 잊고 내달리는 상만의 뒷모습을 서도웅이 멍하니 보았다.

서울 시내 한복판은 많은 자동차로 인해 꽉꽉 막히고 있었다.

차량의 뒷좌석에 희우의 아내인 희아가 보였다.

그녀는 피곤한지 눈을 감고 있었다.

남편 희우가 쓰러졌지만 그녀는 하루를 바삐 살고 있었다.

그녀는 희우의 옆에서 병간호를 하고 싶었지만 그럴 수 없는 삶이었다.

슬퍼도 슬픈 내색을 내비칠 수 없었다.

천하 그룹의 회장 자리는 그런 자리였다.

그녀의 입에서 작게 한숨이 흘렀다.

'어서 일어나. 제발…….'

눈을 감은 그녀의 귀로 차량의 라디오에서 흐르는 뉴스가 들려왔다.

–제왕 그룹 천호령 회장의 재판이 열리는 서울 중앙 지방법원에 김희우 의원이 나타났습니다. 현장에 나가 있는 기자를 연결해 상황을 보겠습니다.

희아는 감고 있던 눈을 다급하게 떴다.

지금 잘못 들었나 싶었는지 잠시 눈을 깜빡이던 그녀가 입을 열었다.

"박 기사님, 소리 좀 키워 줄래요?"

아나운서의 목소리가 더욱 크게 들려왔다.

–의식을 찾지 못하고 있던 것으로 알려진 김희우 의원이 재판장에 나타난 것은 조금 전입니다. 김희우 의원은…….

희아의 눈동자가 떨려 왔다.

그녀가 조용히 입을 열었다.

"차 돌려요."

"네?"

"차 돌리라고요! 지금 당장 법원으로 가요!"

"저기, 사모님, 약속은……."

"됐어요. 돈이고 뭐고, 나는 내 남편을 보고 싶어요! 차 돌려요!"

법원에서 판사는 희우가 건넨 증거서류를 받아 보고 있었다.

희우가 천천히 입을 열었다.

"천호령 회장의 사주를 받아 살인을 저지른 조진석과 그 일당의 진술서입니다. 그 안에는 한상제 변호사라는 사람의 죽음에 대한 진실이 적혀 있습니다. 제왕 그룹 법무 팀에 있던 한상제 변호사는 제왕 그룹 비자금 조성과 그 돈이 쓰일 곳을 알고 모든 사실을 폭로하려 하다가 살해당하고 자살로 위장되었습니다. 물론 비자금이 쓰인 곳은 대한민국의 혼란입니다."

희우의 시선이 천호령 회장에게 향했다.

천호령 회장은 희우의 시선을 피하지 않았다.

충혈된 눈동자로 희우의 눈을 똑바로 마주 보고 있었다.

희우가 천호령 회장을 보며 천천히 입을 열었다.

"많은 평범한 사람들이 오늘도 열심히 일하고 피땀 흘려 일하고 있습니다. 그렇게 번 돈으로 세금을 내고 있습니다. 하지만 천호령 회장은 국가에서 정해진 세금도 피하려고 한 사람입니다. 그 돈으로 비자금을 만들었고, 그 돈으로 정치인과 유력 인사들을 매수했습니다. 심지어 대통령까지 뇌물로 엮었습니다. 절대 국가를 위해 한 행동이 아닙니다. 모두 자신과 후대만을 생각해 행동한 이기적인 선택입니다.”

“…….”

“일반 사람들이 세금을 빼돌리거나 살인을 교사하거나 국가 내란을 기도했다면 어떤 형이 나올지 아실 겁니다. 저는 이 자리에서 내려가기 전에 한 말씀만 드리고 싶습니다. 돈이 있는 사람도 없는 사람도 법 앞에선 평등합니다. 유전 무죄, 무전 유죄라는 판결의 악순환의 고리는 이제 끊어야 한다고 생각합니다.”

“…….”

희우가 시선을 천천히 판사를 향했다. 그리고 살짝 허리를 굽혔다 편 후 다시 입을 열었다.

“법정을 소란하게 하여 죄송합니다.”

희우는 몸을 돌려 그 자리를 벗어났다.

이제 희우가 할 수 있는 것은 없었다.

판결은 판사에게 맡겨야 했다.

판사는 말없이 받은 증거서류를 넘기고 있었다.

그 안에는 한상제 변호사의 살인 과정과 원인이 적혀 있었다.

이번 사건은 모두 그 비자금에서 시작된 것이다.

천호령 회장은 비자금을 만들어 뇌물을 줬다.

세금으로 쓰였어야 할 돈이 권력자들의 손에 들어가며 나라가 더러워졌다.

천호령 회장은 나라에 내야 할 세금으로 자신의 세력을 넓히고 있었다.

판사는 서류를 덮으며 고개를 저으며 민수에게 시선을 향했다.

“검사, 계속하세요.”

민수가 자리에서 일어나며 다시 입을 열었다.

“피고인 천호령은 거대 기업의 회장이었습니다. 평범한 사람은 꿈도 꾸지 못할 재력을 가지고 있었습니다. 그렇다고 해서 더 가혹한 잣대를 들이댈 수는 없습니다. 돈이 많다고 일방적으로 나쁘다고 할 수는 없습니다. 누구에게나 법은 평등하기 때문입니다. 그렇기에 지난날 피고인 천호령이 국가의 경제를 위해 애썼던 일을 끄집어내며 죄를 덜 수도 없습니다. 법은 이 순간, 이 자리에 앉아 있는 자에게 평등해야 하기 때문입니다.”

“…….”

“방금 김희우 의원이 했던 말이 있습니다. 유전 무죄라는 악순환의 고리를 끊어야 합니다. 다음 순간에 나타날 또 다른 누군가에게 경각심을 심어 주어야 합니다.”

민수의 싸늘한 시선이 천호령 회장에게 향했다.

그는 천천히 말을 이었다.

“이에 검찰은 피고인 천호령 회장에게 탈세와 국외 탈세, 재산 국외 도피, 뇌물 및 살인 교사, 국가 내란죄를 적용하여 사형을 구형합니다.”

천호령 회장의 눈동자가 더욱 충혈되었다.

재판이 끝났다.

천호령 회장이 자리에서 일어나 경찰에게 양팔을 붙들린 채로 걸어 나왔다.

예상치 못한 판결에 당황했는지 천호령 회장의 걸음이 비틀거렸다.

그의 앞에 희우가 섰다.

천호령 회장의 주름진 눈이 희우를 향했다.

천호령 회장은 애써 여유로운 미소를 지으며 입을 열었다.

"안 죽었군."

"그러네요. 살았네요."

"하나의 계획이 실패했을 뿐이야. 그다음 계획도 남아 있어. 자네가 죽었다면 조금 더 쉬웠을 텐데, 아쉬워. 그렇다 해도 상관없어. 내 계획은 완벽하기 때문이야."

희우가 피식 웃었다.

"그 계획이라는 게 휠체어 타고 코스프레 하려는 것은 아니죠? 적당히 눈치 보다가 조용해지면 보석이나 다른 것으로 풀려나는 것도 아니겠죠?"

"어떤 방법도 쓸 수 있겠지."

"미안하네요. 하지만 어떡합니까? 제가 이번 대선에 출마하기로 했습니다. 대통령이 되면 이런저런 많은 일을 할 수 있다고 합니다. 그중 하나가 당신에 대한 사형 집행이네요."

천호령 회장이 낮은 목소리로 입을 열었다.

"김희우."

"내가 미리 알려 줬으면 좋았을 텐데요. 부정과 부패는 순간적으로 달콤한 사탕으로 느껴질지 몰라도 결국 지금 당신 꼴이 될 뿐입니다. 남은 삶이 얼마나 될지 모르겠지만 언제 선고가 내려질지 몰라 두려움에 떨면서 살아 보세요. 그게 내가 주는 벌입니다."

희우의 차가운 시선에 천호령 회장이 입을 꽉 다물었다. 그리고 다시 비틀비틀 경찰의 손에 이끌려 법정을 떠났다.

윤수련 검사가 희우의 옆으로 다가와 말했다.

"이제 다시 병원에 가셔야죠."

"네, 멋대로 빠져나왔다고 의사 선생님께 혼나겠네요."

하지만 두 사람의 말은 이어지지 못했다.

뒤에서 큰 소리가 들려왔기 때문이다.

"사장님!"

상만이다.

상만이 팔을 크게 벌리고 희우를 향해 달려왔다. 그리고 꽉 끌어안았다.

뼈가 으스러질 것 같았다.

"사장님! 사장님! 사장님! 사장님!"

상만은 눈물까지 찔끔거리며 희우를 안고 빙글빙글 돌았다.

희우가 어색하게 웃으며 말했다.

"상만아, 미안한데, 내가 아직 몸이 아프거든."

"아! 죄송해요!"

멋쩍게 미소를 짓는 상만의 입은 찢어질 듯 웃고 있었다.

다시 또 다른 목소리가 들려왔다.

"여보!"

아내 희아다.

그녀는 상만처럼 달려오지 못하고 손으로 입을 가린 채 서 있었다.

그녀가 주춤주춤 희우의 앞으로 천천히 다가왔다.

희우의 옆에 서 있던 상만이 눈치껏 옆으로 자리를 피했다.

그녀가 희우의 품에 안겨 울먹거리는 목소리로 입을 열었다.

"진짜 한 번만 더 위험한 짓 하면……."

희우가 그녀의 등을 토닥였다.

"미안. 아침에 간다고 했는데, 이제야 돌아왔네. 된장국 많이 식었으려나?"

희우의 가슴이 희아의 눈물로 적셔지고 있었다.

Epilogue

―방중찬 의원이 대권 도전에 나서겠다고 선언했습니다. 방중찬 의원은 대한민국의 미래가 어린 김희우 의원에게 맡겨지는 건 막아야 한다며…….

―황진용 의원을 비롯한 쉰 명의 의원이 무소속 김희우 의원에 대한 지지 선언을 했습니다. 황진용 의원은 김희우 의원만이 대한민국의 미래를 온건히…….

―병역법 위반으로 인기 탤런트 강종문 씨가…….

―검찰은 의정 활동비 명목으로 정지 자금을 받은 서만준 시의원과 고위 공직자 아홉 명을 검거했다고 밝혔습니다.

―필로폰을 밀반입한…….

천호령 회장과 그 일가는 감옥에 있지만 세상은 여전히 시끄러웠다.
하지만 시간은 흐른다.
세상이 떠들썩하더라도 서산으로 넘어갔던 태양은 드넓은 바다에서 떠오른다.
겨울이 지났다.
매서웠던 추위가 사라지며 새싹이 움트고 있었다.
그 시각, 뚜벅뚜벅 병원 복도로 무거운 발소리가 들렸다.
김석훈이었다.
그가 향한 곳은 천시현이 교통사고를 낸 또 한 명의 피해자가 있는 병실이었다.
문을 열고 병실로 들어가자 할머니와 함께 있던 여성이 김석훈을 바라봤다. 그녀의 이름은 손진하다.
그녀가 김석훈을 보며 방긋 웃었다.
"또 오셨네요."
손진하 역시 얼마 전에 의식을 찾았다.
그녀는 김석훈이 자신에게 지시를 내렸던 사람이라는 걸 전혀 알지 못했다. 그저 자신이 의식을 잃고 있는 동안 병실에 찾아와 후원한, 좋은 의원이라고만 생각할 뿐이었다.
김석훈은 물끄러미 그녀를 바라보다가 말했다.
"이제 하고 싶은 일을 하도록 해."
"네, 항상 감사합니다."
"할머니께 효도하도록 하고."

잠시 손진하를 바라보던 김석훈이 몸을 돌렸다.

"이제 안 오실 거예요?"

그녀는 김석훈과의 만남이 이번이 마지막일 거라는 느낌이 들었나 보다.

김석훈은 뒤를 돌아보지 않은 채 고개를 끄덕였다.

"이제 나도 집에 가야지."

"항상 응원할게요."

"미안했어."

미안하다는 말에 손진하는 고개를 갸웃거렸지만 김석훈은 더 이상 말하지 않았다.

그는 쓴 미소만을 남긴 채, 병실을 벗어났다.

탁, 문을 닫은 김석훈은 작게 한숨을 내뱉으며 낮은 목소리로 중얼거렸다.

"집으로 돌아가기까지는 오래 걸릴 거야."

김석훈은 자신의 딸인 한미와 그녀의 엄마에게 돌아가려고 했었다. 하지만 면이 서지 않았다.

그는 가난할 때, 사랑했던 여성을 성공한 후 버렸다.

그 여성으로부터 태어난 딸을 자신의 성공에 걸림돌이 된다며 평생 그림자 속에 살게 했다.

그런데 돌아간다니.

권력도, 돈도 없는 상황에서 다시 옛사랑을 찾으려 한다니.

그것이야말로 돈 떨어지니 다시 찾는다는 것과 다를 게 없어 보였다.
그래서 천호령 회장의 아래로 들어가 권력에 손을 댔다.
하지만 자신의 모습은 여전히 추할 뿐이었다.
김석훈은 절레절레 고개를 저었다.
"오래 걸릴 거야."
그는 다시 걸었다.
"어디 가세요?"
들려오는 목소리에 김석훈이 몸을 돌렸다.
김석훈의 시선에 희우가 보였다.
"안 죽었나?"
희우가 슬쩍 웃으며 어깨를 으쓱해 보였다.
"목숨이 질긴가 봐요. 그런데 어디 가세요?"
"네 면회 간다."
희우의 시선이 김석훈의 손으로 향했다.
"주스 하나 안 사 오시고?"
"내가 그런 센스는 부족해서."
희우가 슬쩍 웃었다.
"오세요. 병실에 음료 많아요."
김석훈이 희우의 옆으로 섰다.
"몸은 어때?"
"보다시피 괜찮습니다."
"아쉽군."

"그러게요."

"어서 몸 추슬러서 선거운동 해야 하지 않아? 물론 난 자네를 뽑지 않을 거야."

그렇게 두 사람은 복도를 걸었다.

두 사람 사이에 담담한 이야기가 흘렀다.

두 사람은 미운 정과 고운 정이 다 든 사이였다.

병실의 문 앞에 도착한 희우가 문고리를 잡으며 말했다.

"아, 지금 말씀드리지만 안에 손님이 계신데, 어쩌면 곤란한 상황이 벌어질 수도 있어요."

"무슨 말이야?"

"김석훈 의원님이 뺨을 맞을 수도 있고요."

희우의 말에 김석훈의 미간이 찌푸려졌다.

"무슨 말인데?"

희우는 문을 열었다. 동시에 김석훈의 눈동자가 크게 떠졌다.

안에는 그의 딸 한미와 그녀의 엄마가 앉아 있었다.

얼마 전, 한상제 변호사의 아내와 딸이 한국으로 입국했다.

한미와 그녀의 엄마는 그 두 사람을 좇아 오랜만에 다시 이 땅을 밟은 것이다.

김석훈은 한미를 봤다가 그녀의 엄마에게 시선을 향했다.

아무도 말이 없다. 적막만 가득할 뿐이다.

김석훈은 떨리는 눈동자를 숨기지 못하고 천천히 고개를 숙이며 두 사람에게 말했다.

"미, 미안했습니다."

먀칠 후, 희우의 병실로 찾아온 사람이 있었다.

윤수련 검사와 연석이었다.

침대에 앉은 희우가 눈을 깜박이며 두 사람을 바라봤다.

"이제 대놓고 손잡고 다니네?"

연석이 슬쩍 웃었다.

"그렇게 됐어요."

"경찰 합격했다며?"

연석이 기분 좋게 고개를 끄덕였다.

그의 얼굴을 보며 희우도 기분 좋게 미소를 그렸다.

이전의 삶에선 주먹질을 하며 살았던 연석이 경찰이 됐다니 기분 좋은 일이었다.

그때 문이 열리고 상만과 서도웅이 들어왔다.

두 사람은 매우 화가 난 표정이었다.

상만의 눈빛이 연석을 노려봤다.

연석은 멋쩍게 웃고 있다.

상만이 다시 희우를 바라봤다.

"사장님! 연석이 이놈이 저보다 빨리 결혼한대요!"

"어?"

희우는 눈을 깜빡거리며 연석에게 시선을 향했다.

연석이 슬쩍 웃었다.

"그렇게 됐어요."

희우는 연석과 윤수련 검사를 멀뚱히 바라볼 뿐이다.

윤수련 검사는 부끄러웠는지 희우와 시선을 마주치지 못하고 살짝 고개를 숙였다. 그리고 작게 말했다.

"그렇게 됐나 봐요."

상만이 요란을 떨었다.

"봤죠? 와, 저는 어제 청혼했는데, 이게 말이 돼요?"

희우가 다시 눈을 동그랗게 떴다.

"청혼했어?"

"네, 10월에 결혼하기로 했습니다."

"10월? 그럼 연석이는?"

분명 상만은 연석이가 더 빨리 결혼을 한다고 말했다.

희우와 눈을 마주친 연석이 머리를 긁적였다.

"저희는 9월요."

서도웅이 고개를 숙이고 중얼거렸다.

"저는 언제쯤 봄이 올까요?"

그들의 소란스러움은 이어지지 못했다.

문이 열리고 희우의 아내 희아가 들어왔기 때문이다.

상만이 희아를 향해 꾸벅 고개를 숙였다.

"형수님, 오셨어요?"

고개를 숙였던 상만의 시선은 희아의 손에 가 있었다.

그녀의 손에 초음파 사진이 들려 있다.

상만은 눈을 깜빡이며 그녀의 손에 들린 초음파 사진을 바라봤다. 분명 아기 사진이다.

상만의 눈이 빠르게 희우를 향했다.

"뭐예요?"

"뭐가?"

"사장님, 병원에만 있던 거 아니에요?"

"무슨 말이야? 일 때문에 잠깐잠깐 외출했지."

"짐승!"

며칠 후, 희우의 집.

희우는 재킷을 꺼내 걸쳤다.

희아가 희우에게 다가와 옷매무새를 고쳐 주며 말했다.

"오늘부터지?"

희우는 가볍게 고개를 끄덕였다.

본격적인 선거운동의 시작이다.

희아가 넥타이를 만지며 말했다.

"다치는 일이 있으면 안 되는 거 알지?"

"응."

희아는 이리저리 남편을 바라보더니 고개를 끄덕였다.
"좋아. 누구 남편인지 잘생겼네."
"괜찮아?"
"응, 괜찮아. 그럼 이제 대선에 나가는 김희우 후보님께 질문을 하나 해 볼까? 앞으로 많은 질문을 받을 텐데, 첫 질문은 내가 하고 싶어."
희아의 장난에 희우가 피식 웃었다.
"어떤 질문이든 받지요."
희아가 마이크를 쥔 척 손을 쥐며 희우의 앞으로 내밀었다.
"김희우 후보님은 어떤 대한민국을 원하세요?"
"대한민국의 주권은 국민에게 있고, 모든 권력은 국민으로부터 나온다. 국회의원과 공무원은 국민에 대한 봉사자이며, 국민에 대하여 책임을 진다."
"응? 그게 무슨 말이야?"
"모든 국민은 법 앞에 평등하다."
희아가 말했다.
"그게 뭐야?"
"당연한 건데, 안 되는 거. 내가 원하는 대한민국이야."
희우는 다시 거울로 향했다. 그리고 자신의 모습을 가만히 바라봤다.
두 번 사는 인생이며, 죽었다가 다시 사는 인생이다.
적어도 그 의미는 있어야 한다.

희우에게는 당연한 게 당연한 것처럼 되는 대한민국을 만드는 것이 목표였다.

희우가 다시 몸을 돌려 아내를 보며 조용히 말했다.

“그럼 다녀올게.”

희우는 아직 자고 있는 딸 귤희의 볼에 살짝 뽀뽀를 했다.

이 아이가 자라서 살아갈 대한민국은 행복한 세상이 되기를 바라고 있었다.

희우는 천천히 몸을 돌렸다. 그리고 성큼성큼 걸었다.

집의 문이 열린다.

희우는 엘리베이터를 타고 내린다.

아파트 복도로 그의 발소리가 울렸다.

그렇게 그는 밖으로 나왔다.

밖으로 나온 희우는 잠시 하늘을 올려다봤다.

오늘의 해가 내리쬐고 있었다. 기분 좋은 따스함이다.

희우의 시선이 천천히 하늘에서 내려와 세상으로 향했다.

열심히 오늘의 하루를 준비하는 사람들의 모습이 그의 눈에 담겼다.

‘좋아.’

희우가 다시 세상으로 나왔다.

《어게인 마이 라이프 Season 2》 마칩니다